わが夜学生

以倉紘平

ノア叢書::16

わが夜学生　目次

I

II

カバー装画作品　谷　なつ子
装幀　森本　良成

I

大阪弁―たくらみの言葉

大阪で金のかからんおもしろいとこは、と聞かれたら、私はだんぜん、大阪ミナミの元千日前百貨店の南側、日活ロマンポルノ東側にある「マルエイ」のたたき売りをあげる。大阪のたたきは、二軒あって、他に新世界の「マルトミ」が、衣料品をたたき売るが、冬場はやらないので年中ひやかしのできるマルエイがいつの間にか私のひいきになっている。ただし、ひいき筋とはいっても肝心の商品は一度も買ったことがない。買う気はないわけではないのだが、どうもまわりの人垣の視線が気になって、どうしてもあの〈もろたろ〉という晴れがましい一語が発せられない。それに学生の頃、天王寺公園で、〈この師走に工場が焼け、工員が全国に散って万年筆を売りさばいています〉という口上の、いわゆる〈焼きぶち〉と称する香具師《てきや》にひっかかって、インクのでない万年筆をつかまされた経験があるので、いざとなると警戒心もわくのである。

　マルエイでは主に時計のたたきをやっている。ロンジンとかアロマとかグローバルとかいう名の腕時計に、馬鹿でかい双眼鏡とシャープペンシル、あるいはライターなどを気前よく添えて、五万円位からたたくのである。だいたいは、壱万円とちょっとで買手がつくのだが、その口上がプロの漫才師などよりよほどおもしろい。

　〈ええようにしたげまんが、まけときまんが、ガーンといったろ、これでどないだ〉パチンとソロバンをはじく呼吸で、こいで買わなお客さん男やない、というふうに見上げられれば、気弱な男性はそのど迫力に圧倒され、もうこらえしょうがなくなって〈ほな、もろとこ〉ということになってしまう。まけときまんが、どないでもしたげまんが、お客さんのええようにさせてもらいまんが、の〈…まんが〉は、リズムがあってたたみかけるようにやってくる。〈ええようにしたげまんが〉というのは、要するに、時計と大双眼鏡の組み合わせが嫌なら、双眼鏡の代わりに電子計算機かポータブルラジオでもよい、客の好みを配慮するという意味である。あるいは、本日もし御都合の悪い方は、少しの内金で予約承わります、という看板の意味でもある。（ただし内金を、ナイカネと読むなと再三の注意がある）ともかくこの〈…まんが〉は、たたみかけるような勢いがあって、それが余勢を残してパチンと止まる。この瞬間の間合いの魔力に打ち勝てなかった買客は、いつの間にやら時計と大双眼鏡の入った紙袋をもたされ、夜風に吹かれて道頓堀をぶらぶら歩いているといった始末になるのだ。もし、一対一でまわりの人垣の視線が抑止力として働かなければ、私だってもう何組、高級水晶発振時計と大双眼鏡を持ち帰ってかみさんを慨嘆させていたか。

〈どや、よし、もうこうなったらガーンといったろ、まけとくが、どないでもしたげるが、五万から四万、三万、二万五千、二万円、二万から五百円引いて一万九千五百円、そんなケチなことは云わんで、一万九千、八千、七千、ええいじゃまくさい、一万五千円！よーし、もう一声、一万二千円!! どや、これ以上はまからん、もっていき〉と、濃紺のケースのビロードにひきたつ腕時計と大双眼鏡がお盆にのせられて一巡する。〈十七年間、ここで商売させてもろうてる天下のマルエイだす。ええかげんなものは売りまへん。そんなもん売ってたらつぶれてまんが。なんでこんなに安いか、倒産した時計屋の商品だんね、ウチは全国からそれが流れてきよりまんね。メーカーの保証書もウチの保証書も入れたげるが、横文字の保証書だんが、この間お客さんが、兄いちゃん、その保証書、何んて書いてあんか読んでんか云わはったけど、ワテことわったんだ、そんなもん読めるぐらいやったらこんな商売やってまっかいな、なあ大将〉口上の合い間にも、巡回するお盆を凝視する学生に、〈えらい！　この兄いちゃん、買う気あるでえ、いま自分とたたこうてる最中や〉などと笑わせる。買手がつかない場合には、〈今日の客はえらいしぶといな〉とぼそぼそつぶやき〈まだなにか期待しとるな、よーし、こうなったらこれつけてこましたれ〉と、メッシュ風ベルトか財布を追加する。残念ながらそれでも日によっては買手がつかない時がある。そのおりの口上がまたおもしろい。〈ほんなら、いよいよお待ちかね、キョウレツビンボー人大会にはいったろ〉そういって歯ブラシ一本拾円で売ったりする。そうかと思うと突然、〈一寸まて、お父さん、ええもんあるがな、そこいのくな、帰るなよ〉と地響きたてるような声で引きとめ、奥の方から新しい商品を持ちだしてくる。〈それ、もろたろ〉一声かかれば、受けとった壱万円を両手で高々とさし上げ、〈ちゅうもーくー!!　見たかビンボー人、これがいちまんえんさっちゃ〉〈お父さん、長いあいだおめにかかったはりまへんでっしゃろ、きょうび、ヨメはんよりも大切なんはこれだっせ〉たたいている人もおもしろいが、見物客の表情もまたおもしろい。口上にいちいち頷く客、思案の客、無表情の人、顔色やや青ざめ目の血走っている客、終始一貫、あいそ笑いを浮かべている人……こういう人たちが、昼の日なかから、二、三十人、店頭を囲んでたたきの口上をロハで楽しんでいるのである。〈一年間にたったの十秒しか狂わん水晶発振時計や、付けてるやつの頭の方が先きに狂てまうちゅうやっちゃ〉〈かねェ足りなんだら、となりの人のポケットにてェつっこめ！　それぐらいの気魄をもて、気魄を!!〉ダミ声の口上が、こうして、えんえん夜のふけるまで続くのである。

私は、たたきの研究家ではないから、全国のたたき売りの口上が、いったいどのようなものか見当もつかないが、「男はつらいよ」に出てくるフーテンの寅さんの口上は、たて板に水を流すようで、なるほどうまいとは思うけれど、あまりに流暢すぎてマルエイほどの味わいがあるとは思えない。あれが江戸前なら、そんな江戸は、現在の東京のどこにも存在していないという感じがする。しかし、マルエイのたたきには、大阪弁の泥くさい、ねちっこい、ユーモラスな感じが、その口上のすみずみにまでしみ込んでいて、良いも悪いもこれが現代の大阪だと思わしめるところがある。商いは笑いである、相手をまず笑わせることである、という大阪人のモットーを地でいくような商い行為の原型が、ここにあるといってもよい。相手を笑わせ、もちあげたり、なですったり、時には圧迫し、時にはおのれを卑下していつの間にやら親和しながら、商いを成立させていく。こうした大阪弁について、私は、この言葉の核心、本質とは何だろうかとしばしば考えることがある。このことは、同時に、その言葉の使い手である、大阪人の核心、本質とは何かを問うことでもある。

　大阪弁は、あほらし、えげつな、ややこしはなしや、等という言葉を単に表記してみただけでは、とうていその言葉の内容を十分に表現しえたとは思われない。例えば、東京人が、これらの語をあの歯ぎれのよい口調で発音したとしたら、大阪人がそれらの語によって伝達しようとする感情は、絶対に伝わっていかないだろう。かつて谷崎潤一郎は、「大阪及び大阪人」という卓抜なエッセイにおいて、東京人と大阪人の肌合いの違いを、何よりもまず、その声に認めたが、「あの粘っこい、歯切れの悪い、ねちねちした声」を通してこそ、大阪言葉の内容は、さながら水を得た魚のようにいきいきと伝わってくるのである。あほ、あおか、あおやな、という言葉ひとつとってみても、歯ぎれのよい蒸留水のような澄んだ声で、アホ、アホカ、アホヤナと正確に発音されては、へんによそよそしくて、発話者の相手に対する気やすさや親近感は伝わらない。先ほどのマルエイの口上にしても、谷崎の表現を借用すれば、「あの悪く底力のある、濁って、破れた、太い、粘り強い」声でしゃべるところがおもしろいのであって、残念ながらこの感じは、とうてい文字表記によっては伝達することができない。地名その他においても、どとんぼり（道頓堀）、にっぽんばし（日本橋）、どしょうまち（道修町）、えべっさん（戎さん）等と、好んで濁音、促音を使用する。東京では日本橋はニホンバシであろうが、大阪道頓堀にかかる日本橋は、絶対にニッポンバシでなければならないのである。落語でいえば、桂米朝より、笑福亭松鶴の声が、だんぜん大阪的である。松鶴のあの歯切れの悪い、泥くさい、妙な所で間のびしたり、力の入ったりするユーモラスな語り口こそ、私には庶民的な大阪弁の精髄という感じがして、織田作之助の『夫婦善哉』のおわりにある柳吉のセリフを松鶴がしゃべったら恐らく最高だろうと思う。

こ、こ、ここの善哉はなんで、二、二、二杯ずつ持って来よるか知ってるか、知らんやろ。こら昔何とか太夫ちゅう浄瑠璃のお師匠はんがひらいた店でな、一杯山盛にするより、ちょっとずつ二杯にする方が沢山《たくさん》はいってるように見えるやろ、そこをうまいこと考えよったのや。

大阪弁は、大阪人の生活と行動のスタイルを決定している。こう書けば、「思考は言語に依存する」という今日知られているサピア＝ウォーフの仮説を思い出すが、これから書くことは、その仮説の証明などというだいそれたもくろみではない。むしろ、その仮説を前提にすれば、大阪弁の背後に、大阪人の輪郭、本質がどのように見えてくるかというほどのことである。たたき売りのプロ師も柳吉も、おそらくは、この大阪弁の本質と相似形の生活と行動のスタイル、精神のかたちをもっているにちがいない。

こんな泥くさくて、よごれて、へんに底力のある野暮ったい発声を好んでする人間が、生粋の東京人のような、粋でスマートな身の処し方など、からっきしできないのが当たり前で、大阪人の目からみると、何とキザで、りくつっぽくって、ええかっこしいかと見えるのである。私は、もちろん、大阪人であるからといってこの言葉に肩入れするつもりは毛頭ないのだが、味わえば味わうほどそのおもしろさに一寸ぬけだせない感じがする。ある意味では、関西に移住した谷崎潤一郎もこの言葉の魅力にとりつかれた一人であっただろう。手はじめに、谷崎の小説の大阪弁から考えてみたい。

彼は、『卍』、『猫と庄造と二人のおんな』『細雪』等の大阪弁を駆使した小説を書いたが、わけても『猫と庄造と二人のおんな』は、大阪弁の〈基底〉が、作者をそっちのけにして、勝手に紡ぎだした白昼夢のような、とりとめもないけったいな小説である。絶対に標準語では思いもつかない話である。ここに〈基底〉というのは、例えば〈…しまんねん〉〈…ですねんけど〉〈…でっしゃろ〉という大阪弁独特の語尾がある、これらの語尾には、…シマス、…デスガ、…デショウという意味以外の、無意味だがつかまえどころのないある種の味わいがこもっている。大阪人の肌合い、下味のようなものとしかいいようがないが、そこが大阪ことばの生まれる母体でもある。このとらえどころのない情感、母なる闇を、仮に〈基底〉と呼ぶのである。意味文脈を支えるこの深々とした情感の世界から、先ほどの大阪ことばの泥くささも、力強さも、へんにユーモラスな野暮ったさもみな生まれてくるわけで、従ってそこが大阪的な精神、発想の根源ということになる。谷崎の『猫と庄造と二人のおんな』は、この大阪人の〈基底〉賛歌の物語だといってよい。意味文脈は、紹介するのもあほらしいほどたわいもない筋から成っている。それというのも、登場人物や猫は、すべて大阪弁の味、大阪人の〈基底〉を表現するためにのみ駆りだされているにすぎないからである。

リリーという猫を溺愛している庄造というけったいな男がいる。その妻である福子に先妻の品子から手紙がきて、せめて猫だけは先夫のかたみにくれないかというのである。先夫は、妻であった私より猫をかわいがったが、あなたの家庭ではそんなことはあるまいという訳である。これは、先妻の品子の奸計であって、猫をもらえば、先夫は、猫会いたさにまた自分の所へ戻ってくるというヨミである。福子は、夫が猫と私のどちらが好きか心配になってくる。


「あんた、そっち向いたらあかん！」

「頼むさかいに寝さしてエな、ゆうべ僕、蚊帳ん中に蚊ア這入っててちょっとも寝られへなんでん。」

「そしたら、わての云う通りしなはるか。早う寝たいなら、それきめなさい。」

「殺生《せっしょう》やなあ、何をきめるねん。」

「そんな、寝惚《ねぼ》けたふりしたかて、胡麻化《ごまか》されまっかいな。リリー遣《や》んなはるのんか執方《どっち》だす？　今はっきり云うて頂戴《ちょうだい》。」


…………


「痛い！　何をするねん！」

「あんた、いつかてリリーに引っ掻《か》かれて、生傷《なまきず》絶やしたことないのんに、わてが抓《つね》ったら痛いのんか。」

「痛！　ええい、止めんかいな！」
「これぐらい何だんね、猫に搔《ねこ》かすぐらいやったら、わてかて体じゅう引っ搔いたるわ！」
「痛、痛、痛、………」

（『猫と庄造と二人のおんな』新潮文庫）

こういうやりとりの末に、庄造は、猫を先妻の品子のところへやることをしぶしぶ承諾させられる。そして、猫会いたさに先妻の留守宅に上りこんだ庄造が、猫と対面している最中、品子の帰りを告げる見張りの声におどろいて〈彼は転げるように段梯子を駈け下り〉〈恐い物にでも追われるように反対の方角へ一散に走った。〉で、この小説はおわっている。

ナンセンスの世界を暗示する結末の一行などさすがは谷崎だと感心するが、この一見アホらしいとしかいいようのない筋立てをもつ小説は、標準語によってはとうてい書く気などおこるはずはなく、たとえ書いてもその効果は半減するにちがいなく、要するに、谷崎は大阪弁の〈基底〉に促されて、こういうとぼけた味わいの小説を書いたのである。ところで私は、谷崎のとらえた大阪弁、あるいは〈大阪的〉なものには、二つの性格があると思っている。その一つは、この小説にみられるような間のぬけたとぼけたおかしみである。しかも、このおかしさは、どちらかといえばナンセンス文学のブラックユーモアに近いものであって、人性にひそむ、あるいは、人生にぽっかりとひらいている〈無意味の深淵〉を覗くこわさに一脈通じるものである。

今ひとつは、その〈番頭的性格〉とでも称すべきものである。

まっ、おはいり。へっ、おーきに。そいではちょっと見せてもらいます。これ、こんなけで五百三十円いただきます。それからこれえ、すまんこっとすけど二百円にしか……へっ、そうでっかほいたら、そうさしてもらいます。あのう、失礼なこっとすけど、ここへおところとお名前書いとくれやす。へっ、おーきに、どうもおーきに。

これは、大阪の本好きなら誰でも知っている有名な古本屋の主人のことばを『京ことば、大阪ことば』（読売新聞社刊）によって拾ったものだが、谷崎の小説には、こういう大阪弁の客あしらいにみられるような、あたかも番頭が当家ののれんといとはんをもらいうけるため、身を粉にして働きあちこち気を配り、なでたりさすったり、おどしたり、もみ手したり、はいつくばったりする男性心理が描かれていると思う。こういう傾向に、谷崎と大阪弁との〈愛咬、吸血〉の儀式が成立していたと思えるのである。

ところでもちろん大阪弁の本質は、何も〈谷崎的大阪〉につきものではない。『猫と庄造と二人のおんな』の大阪弁は、『夫婦善哉』の柳吉のセリフやたたきのプロ師の口上と比較すれば一目瞭然だが、大阪人の活力、えげつない底力をひめた、あのもっさり型のユーモアとはちがっている。本来、大阪人のとぼけたユーモアは、健全な現実主義の所産であって、大阪人はこのユーモアを武器にして〈非現実〉の一切を鋼鉄のようにはじきとばしてきたのである。誰が、笑福亭松鶴のようなもの云いをする人に、青くさいゲイジュツ論や不粋な政治運動の話などできようぞ。〈ソウダンナ〉と笑われて相槌をうたれたらしまいである。かつて、織田作之助は、「大阪の顔」というエッセイで、「単にえげつないというだけが、大阪の味ではなく、たとへば執拗に人生の手を握ったあげく『阿呆らしい』と離してしまふのも大阪」であると書いたが、大阪人にとって、確固とした〈現実〉がゆらぎだす誘惑と危険がある場合には、その寸前に〈あほらしやの〉警鐘が鳴るのである。

〝猫と庄造〟の大阪弁は、人生を執拗に握っていた手を「阿呆らしい」と離してしまう大阪人の平衡感覚、現実とバランスをとる武器としてのとぼけ加減、ユーモアを武装解除し、いわばあくの抜けた大阪弁のとぼけ味を書いたのである。だからここには、「執拗に人生の手を握」ろうとするたくましさもえげつなさも書かれていない。

ところで、意味文脈をささえる大阪弁の〈基底〉を、歯切れが悪くて、粘っこくて、野暮ったい、へんに底力のある大阪人の声の感じと並んで、あるいはそれらと重なる、『夫婦善哉』や〝猫と庄造〟のセリフのおかしさ、したしみ、泥くささなどをつけ加えて考えるなら、総じてよごれとおかしさに集約される大阪弁の特色は、私には大阪人の精神のかたちを物語っているように感じられる。世なれた大阪人は、いつも意図的にこのよごれとおかしさを、要するにボケ役を引き受けようとする心のかたむきをもっていると思えるのである。

私の勤めている大阪の夜間の工業高校では、土曜日の夜ともなれば、〈われェ先きィいてできあがっとけ、おれ風呂いてからいくさかい〉などという河内弁に限りなく近い大阪弁のとび交っている所だが、秋の体育祭になると応援合戦が大変みものである。機械科、電気科、建築科の生徒たちが各科それぞれに応援を競うのだが、その生徒たちの服装をみているとおなじみのガクランとラッパズボンの他に、地下足袋をはいたトビ職のあんちゃん姿、あるいは上半身裸にさらしの腹巻といったこの上なくえげつない恰好をするのである。標準語も話す全日制の受験校の生徒たちならこうまでならないと思うけれど、大阪弁を唯一至上の言語とする我校の生徒たちの風俗とはそういうものである。

田辺聖子は自分の着物の趣味について次のように云っている。「着物でも、東京の人だと地味好みでしょう。……でも大阪人は、そんなの嫌いだから、友禅のパーッと派手なのを着て、東京の人は顰蹙してはるけど、私も大阪風の派手なのが好きなのよ。見られるとわかるように、もっさりしていて毒々しゅうて、派手なばっかり。品ものうて、何て泥くさいのやと思うけど、パーッと派手な柄が好きなのよ。紬みたいな渋くて目立たないものは嫌い」。この泥くさくて、もっさりしていて、毒々しい派手さを好む傾向は、わが夜間高校生の、今日ではもはや野暮天のきわみのような、えげつない、そしてどことなくおかしみのただようものを志向する傾向と絶対にどこかでつながっているはずである。

これは、道頓堀に勝手気ままに毒々しいほど派手なネオンの花を咲かせたり、機械仕かけで八本の足の動く大きなかにを店の看板にあげてみたり、宝塚歌劇の女優たちの芸名を天津乙女、鳳蘭、遥くらら、結婚式場の名前を玉姫殿、疲労回復剤を玉龍ドリンクなどと命名したりする傾向と同じであろう。

どうもこう見てくると、大阪人は、泥くさくて野暮で力があって派手なものへの志向性をひめているらしい。どうやら大阪人は、野暮で泥くさくて、えげつないものを根底から軽蔑できず、場合によっては、そういうものにこそ底力があって、本当の実力がひそんでいると信じており、時にはみずからもことさらに泥くさく、野暮ったく、えげつなくふるまって笑われ役を買って出ようとする傾向があるのである。この笑われ役＝阿呆役こそ、しかし、もっとも手っとりばやく、相手のふところにとび込んで親近感をえる方法である、と考えているところがあるのだ。「いきがるよりは、ヤボのきわみがじつはイキなことだと、どこかで思っているふしがある」とかつて富岡多恵子も書いていたが、たしかに野暮でよごれることを厭わぬ阿呆役、フールこそ、実は本当の賢者であり、真の実力者なのだと大阪人は本気で考えているのである。

ところで、さて、私はこのエッセイのタイトルを、大阪弁―たくらみの言葉―としたが、話をぼつぼつこの言葉の核心に戻すべきだろう。いったい、大阪弁の重要な柱であるよごれ（泥くささ）とおかしさとは何だろう。それは、大阪町人が商談を成立させるに際し、おのれを低め相手を高め、相手の警戒心と用心を解き、気安さを与えて油断させ、じわじわ当初の目的を達するために練りに練られたたくらみの結晶ではなかったか。相手を安心させ、ねむらせておいて寝首をかくためには、言葉の外縁を泥くさく気やすく装うのである。だからこの言葉を武器として使う大阪人は、いつもどこかでさめているにちがいない。加太こうじがその著、『江戸っ子』で書いていたが、庶民の言葉遣いには、江戸の職人的な切口上型と大阪商人的な段どり話型とがあるという。江戸の職人は、武士が相手なので、まちがいがあっては首がとぶ。そこで「まず、用件を口調を改めてはっきりいう」と云う。〈ええ、こんちは、お庭の松の木の枝を払いにまいりました。さっそく取りかからせていただきます。またきょうはぽかぽかとあったかくて、花も満開でございますな〉という具合に。しかし、大阪では「値段その他の重要なところは、なるべく相手に先にいわせるように仕向ける」と云うのである。

〈ほんにまあ、きょうは、およろしいようで、雨ばかりつづくと、ほんまにあきまへんで、なんというても出あるくには…〉などと、なかなか用件をいわない。そのうち商談にはいるが重要な点は相手にあずける。〈わてのほうでは、これ以上まからん思うとりまっせ、そやけど、この品、高いと思いますんやろか、なんぼくらいなら、おひきとりねがえまっしゃろか……〉

こういう段どり、駆引型の会話が、大阪弁の特徴であるというのだ。面白い指摘である。大阪商人はどこかでさめながら漫才師と同じように大阪弁をあやつっているわけである。泥くささと、おかしさ、気安さをばらまきながら、心のなかでは段どりを考え、ソロバンをはじいているわけである。つまり、大阪人はある意味では〈悪党〉なのだ。あのピカレスク小説に出てくる魅力ある小悪党、ピカロだといってよい。相手をたぶらかそうとするトリックスターなのである。何のために？　いわずもがな金儲けのためである。この罪深い言葉の核心には、現世における物質主義、享楽主義の思想が隠されている。

万貫目持たればとて、老後迄其身をつかひ、気をこらして世を渡る人、一生は夢の世とはしらず、何か益のあらじ。

（「日本永代蔵」）

あるいは、「何せうぞ、くすんで／一期は夢よ、ただ狂へ」の心である。色と金は、この言葉の核心である。いかなる精神主義も形而上学もこの言葉とは相入れない。〈ほな……〉〈へたら……〉という発語だけで、すべてあらゆる形而上的想念はけしとぶのである。

この言葉は、渦巻状星雲のように、泥くささと、汚れと、気安さと、おかしさを拡散放射しながら、その星雲の奥深く、閃光のごときハレ性の味到を秘めているのである。大阪弁は、このハレ性の味到にいたるために、いかなる汚辱も、道化も、駆引も身にひき受けることを辞さぬ言葉である。それゆえ、この一個の言語世界は、仮面、奸計、競争、眩暈、賭、運、だじゃれ、機知、哄笑等にみち、もっとも魅惑的な「ホモ・ルーデンス」の言語的可能性を有しているとも云えるのである。

ところでピカロたりえず、ピカロとして大成しなかった大阪人、浮世の闇にあの世の閃光をかいまみることができなかった大阪人ほどあわれをとどめるものはない。生涯、色と金以外いかなる形而上学ももたなかったゆえに、人生流転の実相はもろにその精神をおそうのである。かつて谷崎潤一郎は、東京と大阪の敗残の老人について興味ある観察をした。

東京の下町には、所謂「敗残の江戸っ兒」と云ふ形に当てはまる老人がしばしばある。私の父親なぞもその典型的な一人であったが、正直で、潔癖で、億劫がり屋で、名利に淡く、人みしりが強く、お世辞を云ふことが大嫌ひで世渡りが拙く、だから商売などをしても、他国者の押しの強いのとはとても太刀打ちすることができない。そんな工合で親譲りの財産も擦ってしまひ、老境に及んでは孫子や親類の厄介になるより外はないが、当人はそれを少しも苦にしない。無一文の境涯になったのを結局サッパリしたくらゐに思って、至って呑気に余生を楽しんでいる。

（「大阪及び大阪人」）

悪くいえば「生存競争の落伍者」だが、「見ように依っては市井の仙人とでも云ふべき味がある」と述べている。それに対し、大阪へ来てからは、こういう老人に遇ったことはないというのである。

大阪には儲けよう儲けようとあせった結果、欲心に眼が眩んで料簡がさもしくなり、根性が卑しくなり、遂には世人の爪弾きを受けて落伍する、と云ふやうなのが多いのであろう。実際大阪人が「無一文になる」と云ふことを恐れる程度は到底東京人の想像も及ばないものがある。

谷崎が書いているのは、大正から昭和にかけての話だが、現今でもこうした東西の差は、相当に詰まっているだろうとはいえ、まだまだ相違点は残っていよう。蓄財もなく、子供に遺産分配もできぬ甲斐性なしは、大阪の家庭ではまったく馬鹿にされ、発言権を封じられる。こうした敗残の老人たちに、この世は万事、色と金という大阪哲学は、どれほど人生を哀感をもってながめさせたことであろう。彼等は、大阪の下町の棟割長屋の路地の床几に腰をかけ、ぼんやりと空をながめ、おもてに水をまき、朝顔のつるに添木をし、日ましに、まるう、ちいそうなって死んでいくのである。枯木のもつ澄みわたったさわやかさはどこにもみられない。生涯、学問も芸術も金銭以上に価値あるものと考えなかったが故に、敗残の老人たちにとってぽっかり見えているのは、一種の〈空無〉であり、後悔や諦めをともなった人生流転の無常の観念であるにちがいない。

こうした失意の老人の姿を私はまずもって自分の父親に認めることができる。私の父は明治二十六年生まれで生きていればすでに九十歳を越えたはずだが、晩年の二十年は不遇であり、おまけに死ぬ四、五年前から中風になって、カステラを喉に詰め七十四歳であっけなくこの世を去った。

父は剛直で短気でプライドが高く、人に頭を下げることのできない性質《たち》であったので、とうぜん金儲けはへたであった。しょせんは〈ピカロ〉たりえぬ大阪人であったのである。そういう性格にくわえて戦争が父から仕事をうばい去った。二度離婚した母親と二人の異父弟のために、中学を出てからは小学校の代用教員、税務所員になり、結婚後は小さな銀行につとめたが、一番羽振りのよかったその時期も戦争で銀行がつぶれておわった。敗戦直前に南河内郡某村の村長を務めたものの終戦で公職を追われ、あとは二、三手がけた事業のすべてに失敗した。もの心ついた私が覚えているのは、裏庭に小さな養鶏場を作ったり、山を切り開いた畑にぶどうを作っている何となくわびしげな父親の像である。

父は暇があったので、家の用事ができるとよく私を大阪の町へ連れて行った。その折のこととして私には父に関する忘れることのできない記憶が二つ残っているのである。

そのひとつは隣村出身の〈成功者〉が経営する衣料店に、安く手に入る私のスポーツシャツか何か買いに行った時のことであった。その人の店はたしか日本橋にあったと思う。丁稚奉公からたたき上げて、小さなビルをひとつもって少なくとも一国一城の主におさまっている分限者に、父は〈おたくはえらいでんなあ、わてらのような甲斐性なしはあきまへんわ〉という意味のことを云ったのである。そして、須臾の間をおいてふと口元がゆがみ、うすら笑いがうかぶのを私はなぜか忘れずに記憶している。父はめったに笑わない人であったので、久しぶりに父の笑顔をみたという印象で覚えているのではない。その時の笑いは、ありがちなお追従笑いともちがう、一寸説明のつきにくい奇異な感じであったから覚えているのである。もうひとつはこれも入院中の誰かを見舞いに町へ出た折のことであった。私たちは天王寺駅周辺の大衆食堂でおそい昼めしを食べることになった。店内はせまく、五つか六つぐらいの机しかなかっただろう。父は店の人に何かを注文した。ところが、聞きとれなかったのか女店員はもう一度聞きかえしたのである。〈スウドン〉と答えたがまたしても父の口元にあの笑いがうかぶのを私は見のがすことができなかった。すうどんはもっとも安いうどんであり、父の笑いはそのことに関係しているということを私はなにゆえか了解できた。子供心にも父の秘密をのぞいてしまった気がしてその日のことだけは母に告げてはならぬことのように思ったことを覚えている。

今にして思えば、この父もまた、晩年の二十年の長きにわたって無職で収入の道がないことを恥とし、自嘲し、失意をかこつ大阪人であったことがわかるのである。

職をもたぬ吾を意識し一ぱいのビールをのむと階を下りてゆく
食ふに追はるる人といえども夫々の玩具もちたりパチンコの音

二十年の久濶を詫ぶ職場も肩書もなき名刺出し合ひ
汚垢とれぬ掌をこすりゐて湯の中にわが妄想の何と果敢なく
余りたる生をいたはらむ一錠の糖衣が咽喉《のど》にためらひてゐる
忘るることの冥加をもたぬ妻はまたわが古傷に触れていきたり
職業を農と記すも恥しき種蒔く時期も妻にはかるに
眼鏡すく目ぶたの皺が目だち来て襤褸を並べて繕ふ妻よ
今日は何をすべきと惑ふ朝にして流らふ雲を仰ぎてゐたり
何百年も睡りつづけて醒むるときは只山川を愛しむべし

父、源次は、晩年になって玄二名で歌をつくったが、彼の歌はこっそりと傷口をなめるような営みであり、余生を作歌でおくるといった晴々とした印象はまるでなかった。狭い路地で鉢植えをいじるわびしげな町の老人と同じで、失意の気配が濃厚に感じられたのである。父もまたこの世においてハレ性の閃光を十分には味わうことのできなかった悔い多き大阪人であったのだ。〈誇り一つなき生わずかに慰むる酒なりと思ひひとときを飲む〉〈この世をば再び行かむ勇気なし顧みて遠き険しかりし道〉そんな歌の多くを書きつけていた父にとって、恐らく人生は慰めようもなく茫茫と悲しく映じていたにちがいない。

　私は大阪弁の核心にふれようとして脇道にそれてしまったのだろうか。いや、そうではないのだ。おそらく大阪人にとって、人生とは流転常なき哀歓の時間として認識されているはずである。一切の形而上学とは無縁なこの言葉には、〈空無〉以外に建つべき家はなく、せめて生きている間はおもしろおかしく生きるべきだというこの世主義の思想以外に何物も宿りようがないからである。金と色をなくせば大阪人にとって人生の〈空無〉は、救いようもなくあらわに姿を現す他はない。大阪弁は、その核心に人生の〈空無〉をひそませた言葉である。だからこの言葉で書かれた小説に高邁な思想も崇高な悲劇もありえなかったが、人生流転の哀感《ペーソス》だけはありえたのである。

　考えてみればなんと哀しい言葉であろう。〈たくらみ〉の言葉といっても、その本質は、おのれをたぶらかすのである。色と金によって〈空無〉であるおのれの本質をおもしろおかしくたぶらかすのである。この世を生きている間は、せめておもしろおかしく暮らしたい、それが大阪弁という言葉の核心にひそむ思想ではないだろうか。


（「詩学」一九八三年九月号）

〈淀川〉の背後——附清水正一

淀川に特別な感興を覚えたのは三年前の冬の夕暮れのことである。過去二十年間、私はほぼ毎日、この川を電車で往復していたが、それまで特別の関心を抱いたことはなかった。しかし、その年の冬の夕暮れ、通勤電車の窓からみた淀川の風景は、突然私に長らく忘失していた次の詩句をおもい出させた。

　ラインに降る雨は天からの長いたよりだ

誰の詩句なのかよくわからない。私はこの詩句を、昔、受験雑誌の文芸投稿欄で、選者がリルケのものとして紹介していたように記憶するが、その後リルケ全集を調べてみても未だに発見できずにいる。その選者は、他に『マルテの手記』の冒頭の一節をあげ、一人の妊婦が高い塀の続く道を重たい足どりで歩いていく描写を象徴的手法だといってほめていたから、あるいは私は錯覚していたのかも知れない。ともかく作者不詳のその詩句がきっかけだった。雨中の淀川の夕暮れの風景は、私に一種名状しがたいもの悲しさを与えたのである。それは、詩句の風景とはあまりにかけはなれているものとして目に映じたからである。淀川は、詩句のライン河の眺めとは、おおよそ対極にある地を低くはうもの、土俗的なもの、どうしようもなく暗いものとして私には認識された。それは、天と地のはざまにあって、一つの形而上学のなかに息づく川と都市の調和・共生のイメージではなく、アジアの、日本の、この上なく暗く、わびしげな風景として私の目に映ったのである。

冬の夕暮れなど神戸に帰る電車の窓から淀川一帯に降る雨をみていると、昔中学生の頃受験雑誌の文芸投稿欄でリルケのものだとして選者が〈ラインに降る雨は天からの長いたよりだ〉という詩句を紹介していたのを思い出す。この詩句をつぶやくとにわかに私のこころのなかには、白い斜線のような雨脚が夜空から広大なライン河に神秘めいた符号のように落ちているさまが浮かび上がる。両岸にはまだ見たことのないドイツの町と家々がしっかりと灯をともして静まりかえっている……

いつだったか私は淀川に降りそそぐ雨を見ようと梅田にある高層ビルの最上階にのぼってみたことがあった。あるいはまた岸辺を流れに沿って歩いてみたこともあった。水ぎわに枯れ葦が生え茂り、川面にしょぼしょぼと雨が落ちていた。私には金子光晴のうたった「洗面器」でそれにまたがって放尿する広東の女たちのあのしゃぼりしゃぼりというさびしい音が聞こえてきた。さびしい音を浮かべながら淀川は立ちならぶ工場群やアパートの群れに分けいり人々の日々の暮らしのなかを流れていた。歴史の錆で濁りながら私の魂のなかをも流れていた。

遠くから眺めても近くに寄って歩いてみても天のたよりなどどこにもなかった。ただ河原に折れ曲った枯れ葦がさむいさむい昔からの風に吹かれていた。（「淀川」）

このはなはだ出来ばえのよくない自作詩をあえて引用して恥をさらすのは、私がその時感じたわびしい印象だけは、この詩が資料的にいくらか伝えていると思ったからである。

淀川におちる雨には、ラインに降る雨の形而上学はまったくなかった。

マルティン・ハイデッガー『ヘーベル・家の友』によれば、ドイツ・ライン地方には、バーゼル生まれの詩人、ヨハン・ペーター・ヘーベルが作った〈家の友〉という名の地方暦があるという。アレマン語という方言で書かれたその地方暦には〈種々の物語や考察〉が挿入されていて、〈一地方の民衆の気質と視野〉が留められているばかりか、同時に〈気高い詩〉が感じられるという。

ライン地方の家の友〈＝暦の作者としてのヘーベル〉はラインの流をせっせと上り下りし、数々の家の窓を覗きますが、ひとびとは彼を見ませんし、家の友は幾つかの酒場に腰を下しますが、ひとびとは彼を知りませんし、家の友は休日には幾多の実直な人たちと、折にふれて半時間か一時間ばかりの散歩をしますが、自分が家の友であることを、誰にも気附かせないのです。

ライン河の詩句の世界に対する私の感動は、〈家の友〉・ヘーベルという詩人によって、そんなふうに愛情深く観察されたこの地方の人々の世界や人生に対する〈深い諸関係〉と同じものが、そこに感じられると思われたからである。私がその詩句に見たのは〈すべての事物を貫き統べつつあるかのいと高きもの〉に包摂され、ヨーロッパ的な思惟と美の結晶としての町を作り、生活の型を作ってしっかりと灯を点しながら生きているある甘美な生のイメージであった。街も川も一枚の〈織物《タペストリー》〉のような緊密な連関を構成し、人々は〈家の友〉と名付けられたその世界の〈すべての事物を貫き統べ〉る暦によって、生誕から死に至るこの世における遍歴の仕方を学んだのである。詩人はそうした世界の洞察者であり、解読者であり、立合人であったのだ。

しかし、わが大阪を流れる淀川の地と空には、そのような天の暦は存在していなかった。私の目に入った淀川周辺の風景は、広い川幅一杯に流れる濁った水と、両岸に点在する殺風景この上ないアンバランスな建物の群れであった。他に水ぎわの枯れ葦や、堤防と鉄橋の交叉するあたりの空缶や紙くずなども目に映じたであろうか。それは、〈天からのたより〉などまったく落ちてくるはずのない、ものわびしく悲しい大阪の風景であった。(私の感じたあの雨中の淀川は、しかし現在の私には、明治以降治水対策の必要から旧称中津川を掘削した新淀川であったことがわかっている。水都の面目をわずかに伝える桜宮から淀屋橋にかけての大川(旧淀川)の眺めと、この新淀川の風景とは違うものであり、この点についてはあとでふれる機会があるであろう。）私はその後、この淀川の風景が与えた悲しくわびしい印象の意味についてしばしば考えることがあった。そして、そのわびしさは、私の人生の負的体験によって生じたものというよりは、その原因は風景そのもののなかに客観的にひそんでいると私には思われた。今になって思えば、その時までに私の心のなかに蓄えられつつあったある種の〈経験〉の重なりがその風景の発見に作用していたとわかるのだが、その時の私には、あのような風景の構図は万人にもの悲しい感情をつくりだすものとして認識された。戦後の大阪を代表する近代的な高層ビルは、川を遠巻にして遠くから眺めているばかりで、絶対に近付こうとはしなかった。両岸の近くにあるのは、くすんだ低い家並みか町工場か、あるいはこれ以上味気ない建物は、世界に類例がないと思われるような灰色の鉄筋市営住宅群が点在している程度であった。管理規制によるのか一本の樹木もその堤防や河川敷に発見することはできなかった。街がいかにこの川を粗末にし、よそよそしく疎遠であり、親和していないかが即座にみてとれる風景であった。新淀川はたしかに旧淀川の洪水の恐怖から解放されるために、巨大な放水路として設けられたことは事実である。しかし、私にはあの雨の日の風景のわびしさは、たんに放水路としての性格から生まれたものとは思われなかった。あの散漫で、アンバランスで、汚れたわびしい風景は、日本の社会が、とりわけ東洋一であった実業都市が背負わなければならなかった不幸な近代そのもののなかにあるような気がした。その風景はたんに淀の川筋にのみ見られるのではなく、私たち近代大阪人の魂の全領域にわたって展開している風景のように思われた。私はいかにしてこの近代の大阪の風景と私との距離を埋めていくべきか考えあぐねる他はなかった。その風景との距離が埋まらない以上は、私は大阪を離れるか、日本を離れるか、ともかくも両者に永久に背を向けて生きる他ないと思われた。大阪は、私にとって異郷の地のようによそよそしく、わびしく、乏しい土地柄のように思われたのである。

大阪の母なる川、淀川に〈天からのたより〉も〈天の暦〉も発見することができず、近代大阪の〈家の友〉たりえなかった私の淀川体験も、結局はアンチ大阪を確認することでもう終わりかと思われた。そんなある日、私は偶然にも大阪の古本屋で、近世の『淀川両岸一覧』という絵入りガイドブックに出会うことになった。私はそこに周辺の景物とみごとに調和した実に美しい淀川を発見したのである。その本には、かつて与謝蕪村が「春風馬堤曲」の成立を告げた門人宛書簡で、〈余幼童之時、春日清和ノ日ニハ、かならず友どちと此堤上ニのぼりて遊び候。水ニハ上下の船アリ。堤ニハ往来ノ客アリ〉と書いた淀川が息づいていた。この川の風景には第一樹木があった。桜並木や柳道が美しく続き、家も人も社も川岸に寄り集まり、両岸の景物が川を眺めるまなざしはやさしげで、川は満足げにそれらの景物のなかを流れていた。そこには、〈ラインに降る雨は天からの長いたよりだ〉という詩句の世界とはまた違ったみごとな日本的〈タペストリー〉の世界が息づいていたのである。川には京伏見と大坂天満八軒家を結ぶ無数の船舶が上下し、船の発着所は殷賑をきわめていた。私は八軒家界隈の舟宿の明りに詩情を感じ、あるいはまた大川にかかる天満・天神・難波橋の長さ二百メートルは優にある長橋の〈画にかく夢〉の雑踏に陶然とし、対岸の家並みも霞んでみえるように描かれた水の都の壮麗さにうたれていたのである。それはかつて十八世紀末葉に『日本紀行』を書いたツンベルクが、富豪の邸宅が甍を並べ、〈あらゆる種類の享楽機関〉と奢侈と建設と商業の盛んなる様をみて〈日本の巴里〉と称し、幕末に来日した『大君の都』のオールコックが、市中縦横に発達した運河によって〈日本のヴェネチュア〉と呼称した近世都市大坂の再現であった。

その後の私は、美しい〈織物《タペストリー》〉として存在した浪花の町の痕跡を戦後の近代都市大阪の町のなかに探し歩く日を重ねた。埋めたてられ、あるいはどぶ川と化した運河の跡をたどり、いくつもの幻の橋をわたり、わずかに高速道路の弊害からまぬがれた天神橋の上から大川（旧淀川）の流れに、私は往時の黄金色に輝く時をしのんだりしたのである。（たしかに桜宮から淀屋橋にいたる大川周辺だけは、水の汚れを別にすれば、例外的に水都のおもかげをしのばせる最も大阪的な景物の展開する空間であるといえるだろう。）東は、芭蕉や蕪村も立ち寄った有名な料亭浮瀬のある上町台地の新清水寺界隈、『曾根崎心中』幕あきの場面で有名な生国魂神社。愛染坂、源聖寺坂、口縄坂。谷崎の『春琴抄』では、鵙屋琴の墓があるとするこのあたりからの眺めを次のように描いている。

折柄夕日が墓石の表にあか〳〵と照ってゐるその丘の上に彳《たたず》んで脚下にひろがる大大阪市の景観を眺めた。蓋《けだ》し此のあたりは難波津の昔からある丘陵地帯で西向きの高台が此処からずっと天王寺の方へ続いてゐる。そして現在では煤煙で痛めつけられた木の葉や草の葉に生色がなく埃まびれに立ち枯れた大木が殺風景な感じを与へるがこれらの墓が建てられた当時はもっと鬱蒼としてゐたであらうし今も市内の墓地としては先づ此の辺が一番閑静で見晴らしのよい場所であろう。奇しき因縁に纏はれた二人の師弟は夕靄の底に大ビルディングが数知れず屹立する東洋一の工業都市を見下しながら永久に此処に眠ってゐるのである。

また、口縄坂の入口にある織田作の碑文は、谷崎と共に近代の文人の述懐ではあるが、大阪への愛惜にみちている点で心にしみたものである。〈口縄坂は寒々と木が枯れて、白い風が走っていた。私は石段を降りて行きながら、もうこの坂を登り降りすることも当分あるまいと思った。青春の回想の甘さは終わり、新しい現実が私に向き直って来たように思われた。風は木の梢にはげしく突っ掛っていた。〉西はお初天神、曾根崎、常島の元遊廓のあったあたり。埋めたてられた硯川など。私は梅田新道のわき道に天満天神への参道を示す鳥居を発見して、その門前町のスケールの大きさを空想し、天満界隈の老舗を誇る海産問屋の古びた風格のある看板に、船荷を積みおろす人夫の掛声や淀の波音を聞いたのである。そして、おっとりとしたおだやかな大阪弁をしゃべるこの界隈の商家のことばを反芻したりしながら、近代にかすかな痕跡をとどめるそれらの乏しき断片を綴り合わせ、かつての完成された一枚のタペストリーとしての大坂を夢想したのだった。

私のこの都市に対する空想は、天神橋の欄干にもたれ大川に浮かぶ天神祭の船渡御を見た時、もっともたかまったといえるだろう。夏の夜の大川には、どんどこ船、かがり火船、だんじり船、獅子舞船、遊覧船など百隻の船団と、船上には壱万を越える遊覧客が、右岸にはかがり火、両岸には数十万に及ぶ見物客が、遠くの天満橋には橋上の雑踏が、そしてそれらの頭上には大輪の花火が、まさに蕪村句の〈画にかく夢〉のごとく望まれたのである。私はこの時、『細雪』の蒔岡家の四姉妹が、〈京都から東へはめったに足を伸ばしたことがな〉く、〈大阪程よい土地はないと云ふ風に考え、芝居は鴈治郎、料理は播半《はりはん》かつるや、と云ったやうなことで満足してゐて、見知らぬ土地へ出たがらなかった。〉というくだりを自然に思い出していたのだった。つまり戦前までの大阪人にとって、大阪・京都・奈良の土地柄は、食物・観劇はむろんのこと、春は嵐山、吉野の桜、秋は高尾、箕面の紅葉、夏は祇園祭、天神祭、大文字、冬は東大寺二月堂のお水取り、若草山の山焼きなど、四季の運行を告げ知らせる行楽、祭典、行事にことかかず、山は六甲、比叡山、少し足をのばせば比良の山、眼下の琵琶湖、海は甲子園から須磨、舞子の海水浴場など、まさに京都周辺から東へは足を伸ばす必要のない洗練された環境にめぐまれていたのである。だから『細雪』の蒔岡家の姉妹は、季節までがみがき上げられたこの伝統的な文化圏のなかで、それらの行事と景物の呼吸やリズムにおのれの生の呼吸やリズムを重ね合わせて生きていれば、人生と生活はおのずと熟れた果実のような芳醇な香りを漂わすことができたのである。

『淀川両岸一覧』によって、私は、淀川という一筋の流れの彼方に、〈近代〉によって汚される以前の大阪、並びに〈近代〉によって蝕まれつつ、まだなお余光をとどめていた一枚の典雅な〈織物《タペストリー》〉としての大阪をはからずも垣間見ることができた。このほろびてゆく世界のかすかな余香をわが身に味わうために、私は四季折々の景物と行事をめで、仕事の切れ目には六甲、比叡、京都、奈良、滋賀のあたりに小旅行をこころみて由緒ある旅館やホテルで休息をとり、周辺の名所、旧跡を巡歴して、関西以西、以東より一歩も出ない生活をしばらくはわが身に課そうかと思ったくらいである。時代錯誤と笑わば笑え、私にとって生活のリズムが洗練された文化や四季の呼吸によって刻まれていくことは、殊のほか新鮮な発見のように映ったのであった。しかし私は、予期せぬ世界を垣間見、その世界の余薫に埋没する人生を思いつつあった時、その魅力とは性質を異にするもうひとつの大阪が、次第に明瞭なかたちをとって意識の表現に向かいつつあるのを自覚し始めてもいたのである。

私の淀川体験がいささか回顧趣味的な伝統文化への郷愁と回帰に傾きつつあったとき、私はまたしても近世の出版物、井原西鶴『世間胸算用』巻四、〈亭主の入替り〉という有名な短篇小説によって、あの冬の日に感じたわびしい淀川の風景のもつ意味を解く鍵を与えられたのであった。御承知のようにこの小説は、年を越すためのあてがはずれて伏見から大坂へ帰る近世庶民の師走の窮状を、淀三十石夜舟に乗りあわせた一人一人の身の上話として採りあげた名作だが、私はこの作品の背後に見えがくれしながら流れている淀川に、あの冬の荒涼とした淀川に感じたのと同じ暗くてわびしい淀川が息づいているのを感じたのである。しかし、その感じには、しみじみと胸を打つ人生への感慨がこもっていた。これはむろん、単なる風景と芸術作品からくる違いであろうが、しかしいずれにしてもあの冬の日の雨中の風景は、師走の三十石夜舟に乗り合わせた近世庶民の様々な人生の放つ生の色彩とどこかで根柢的に通じていると思われた。雨のライン河の荘重な世界をもたぬあの淀川の風景には、しかし、その生の流れの上に生活をうかべ、なりわいをたて、人を愛し、子供を育て、年老いて死んでいった連綿たる日本庶民の歴史の全反映がこめられていると思われたのである。それはもはや好悪・是非の判断を越えたひとつの事実であった。あの冬の夕暮れの淀川の風景こそは、アジアの端っこにある島国の、そこに生きる人間の生活と精神のかたちを象徴的に物語る風景であったのだ。もはや私はこの風景から逃げるわけにはいかなかった。あの寒い日に幻視した＜天からの長いたより＞のおちるライン河は、遠い異国を流れるなつかしい河にすぎなかった。ラインに降る雨の形而上学を奪われた私に、いまや市井の大阪人、私も含めて四囲の日本人の生活が、あの冬の日のわびしい風景の色調をおびて、しかし、しみじみとした人生への感慨をともなって見えてくるのをさけて通るわけにはいかなかった。

私は勤務先の定時制生徒の書いたガリ版刷りの一冊の文集をもっている。もうところどころ黄ばんで、紙もかさかさになっているが、この十年余、私のかけがえのない宝としてもっとも大切に保存している。これは昭和四十七年の秋に、夜学の生徒たちが、主として国語の授業時間中に書いたものである。〈主として〉と書いたのは、彼等がこれを職場の昼休みの時間を使ったり、家人の寝しずまった一室しかないその部屋で書いたりした場合もあるからである。毎日生徒の仕上げる原稿を持ちかえってはガリを切り、翌日教室でそれを読ませ、各自が歩んできた道に勇気づけられてまた一人が自分の自叙伝を書くといった具合にして、ほぼ一ケ月90ページ、三十九人分の『証言集』にまとまったのがそれである。昭和四十七年、彼等は二年生であったので、今は三十歳前後にはなっているだろう。その文集には、ちょっとふつうの生活を送っている者には見えてこない、生徒たちの生活と人生が、例外なく描かれていていつも私の心の奥深く生きつづけてきたものである。大阪府は、十五年以上同一校勤務の教師を昼の新設校等に配転する計画をもち、すでにそれを実行している。私は二十年近く同じ学校にいたから、いずれは夜学を去らなければならないだろう。私のように好んで夜学の教師の道をえらんだものは、学校増設にともなう教育行政上の必要からとはいえ、今さら将棋の駒のように昼の学校へ配属されることには抵抗があるのである。夜学を愛したかつての同僚はもうほとんどいなくなった。従って私にもその時がくれば、愛着多いこの夜学と共に私は府立高校から足を洗うつもりである。人には何の興味もないこんな私事を記すのは、その時までに、私が心ひそかに念願していることがただひとつあるからである。それは、その「文集」を残して卒業していった生徒たちを十一年ぶりに訪問したいという願いである。

私は過去に、孤児院で育って夜学を中退したHの消息を追って、愕然とさせられた経験をもつ。建築会社の寮に入っていた彼は、マルチ商法に引きこまれて精神に異常をきたし深夜の公園で保護されて大和川精神病院に送られ、一年後泉南市砂川の療養所からさらに泉佐野市の某病院に収容されていたのだった。在学中は戸籍に書かれている母親を捜しに原籍地の長崎へ旅立ったこともあるHは、病院を訪ねた私に、病室の〈鉄格子からお母さんがのぞいていた〉と真剣に云うのだった。病気が回復期にむかってもこれを迎える両親も不明なら親類縁者もいないのである。おそらくは一生、病院との縁の切れない彼に対し私のできることは、折々その病院を訪れること以外にないのである。そして、もしできるなら彼の原籍地を起点に、どのような事情からか幼児のHを大阪の孤児院の門前に置いて去った母親の消息をさがしあてることである。

そんないくつかの経験から、何人かの気がかりな生徒たちを私は夜学の職を去る前に訪ねてみたいという気がするのである。例えば「私の履歴書」と題して衝撃的な書き出しの作文を書いたUはどうしているだろうか。

出身地　鹿児島県日置郡伊集院町（以下八字省略）
生年月日　昭和二十九年三月八日
現在所　大阪・富田林市（以下五字省略）
勤務先　大阪・羽曳野市誉田（以下五字省略）安田工務店（仮名）
家族　父　内山正秋（仮名）昭和四十四年二月死亡　四十二歳
　母　ヤエ子　昭和三十七年一月死亡　三十三歳
兄　正一　昭和二十七年六月五日生　二十歳

私が二歳の時、母は、歯癌のため入院した。その時は福岡県に住んでいたと思う。そして小学校二年の冬に死亡。その間ずっと入院していた。時々病院に行ったが、顔に包帯を巻いていた。死ぬ少し前には右か左か忘れたが目をとり出していた。それで母の顔というものはほとんど記憶にない。死亡した時は鹿児島の大学病院である。母が死亡した年に大阪へ移った。三年生の時である。父と兄と三人の生活が始まった。父は職をよく変えた。六年の時から新聞配達を始めた。夕刊だけであった。兄もすぐ配達しだした。朝夕刊である。私も二ケ月後に朝刊を配った。親父はあまり働くのがきらいで、兄と私の給料で生活していた。それに酒飲みで弱った。私は小学校六年の頃から少し悪くなっていた。よく家出をして、二、三日帰らない時もあった。悪いことをして交番所に呼出されたこともあったが、兄は真面目であった。中学一年の終りに京都へ行った。引越しである。新聞屋の主人が一家揃って新聞配達をしないかという話が決まったからだ。最初の時は、二階の狭い部屋で、三人とも寝起きしていた。が、しばらくして三畳一間のアパートに越した。しばらくは真面目に学校へ行き、新聞も配達していたが、学校の帰りに遊びに行き夕刊の配達を休むようになった。朝刊をくばる時は、親父がいつも午前三時ごろ僕等をおこしていた。夜はいつも十二時頃寝ていた。親父が酒をのんでいて、いつも怒鳴っていたからである。その親父も中学三年の卒業前の二月一日の夕方、病院に行く途中で意識不明となり、二十四時四十五分に死んだ。親父が死んでから兄と新聞店の二階に住込んで生活していた。中学も卒業して京都市立M高校の定時制へ通い始めた。十五の時だ。その頃は、朝刊が終ってからうどんの配達を昼までして、昼から集金、そして夕刊の配達をして学校と、忙しかった。そのM高校を二年間で中退して、大阪へ来てからはすぐ本校の試験をうけて現在に至っている。

これは何も特別な生徒の話ではない。父が交通事故で足をつぶし、家をうしない母と子と夏の公園で一日を過ごし、夜になって兄の働いている工場の独身寮でこっそりねむる日を送ったという経験をもつA、盲目の母の手を引いて小学校に上がる前から市場へ買物に行き読み書きを覚えてからは一人で家の用を足したというB、薬局で買った薬を手に山に入っていく母の背で、お母さん、それは何とたずねたら死ぬ薬だよと云われた経験をもつC……。

大阪府下に十二校ある工業高校は、工業都市大阪の振興を目的として作られた元、職工学校であり、その卒業生は主として大企業の末端である下請け工場で働く最底辺の工場労働者である。小さな町工場で働く彼等の生活と人生こそ、ある意味では変貌を遂げた近代の大阪人の一典型を語っているともいえるのである。町工場がつぶれるたび職を求めて生活の方途をさぐる他ない底辺労働者の人生に対する感慨こそ、やがて夜学の教師を去る私がつぶさに採録しておくべき最後の仕事であるかも知れないのである。十幾年も忘れることのなかった「文集」の書き手との再会には心がときめくと同時にこわくもあればおそろしくもある。が、いずれにしてもこれからの私の人生に大きな影響を与えるという意味では、これは私にとって大切な〈舞踏会の手帖〉のような旅である。

あの冬の日の暗くわびしい淀川の風景が、私にしみじみとした人生の哀感をともなって見えはじめた背後には、こうした夜学生との長い接触の歴史があったとも云えるだろう。それまで恐らく人並み以上には気にとめていなかった、生徒たちの住む人口密集地の、例えば釜ケ崎の低く重くつらなりあったくすんだ家並みや、かつて生徒の働いていたダビの『北ホテル』のような安宿や、複雑で狭い迷路のような路地のあるこのあたり一帯の風景に、あたかも迷いこんだ犯罪者が抱くような、重くて暗い生の哀感を認めるようになったのも、私にそうした長い前史があったと考えるのが正しいのであろう。森有正がいうように、人間の変貌には本人も自覚することのないこうした長い〈経験〉の重なりが作用しているのではないだろうか。

大阪にはおのがじしまぎれもない自分の人生の〈経験〉を深めている、幾人かのひそかに私の敬愛する詩人たちがいる。井上俊夫、桑島玄二、清水正一、斎藤直巳といった人たちがそれである。『淀川』『続淀川』『わが淀川』の淀川三部作をもち、淀川を描いてつとに名高い井上俊夫氏は、まさに、淀の〈流れをせっせと上り下りし、数々の家の窓を覗き〉、舟宿の〈酒場に腰を下し〉、〈休日には幾多の實直な〉農民たちと、〈折にふれて半時間か一時間ばかり〉の散歩をする『ヘーベル・家の友』のごとき詩人である。氏は、この川の流域の農民の生活に探くおもりをおろし、そこを起点にして、淀の流れのようにたくましく生き続ける近世・近代の大阪人の叙事詩を描こうともくろんでいるかに見える。桑島玄二氏は『四季の呼吸』その他によって、今はなき幾多の戦友を哀悼し、戦後の暮らしのなかで〈戦争〉を凝視する詩人であり、斎藤直巳氏は『草木巡礼』によって戦前戦後の大阪の風土とそこに生きた人々への挽歌をうたう〈家の友〉（＝詩人）である。そしてわが清水正一氏は、『清水正一詩集』によって私が二十年の歳月を共に過ごした夜学生たち、都市の片すみにあって強い風波のなかに一生をおくる大阪庶民の最良の〈家の友〉である。

私は〈夜学生〉の人生の肯定を清水氏の詩においてみるものである。私が二十年の月日をかけ、夜学生を通じて知りえた市井の生活に対する肯定を清水氏は明確に教えている。氏はかまぼこを作ることによって暮らしをたてている人である。かつて足立巻一氏はこの点について次のように書いた。（「詩とカマボコ」『清水正一詩集』栞）

実際、清水正一の詩はカマボコと深く結びついている。清水が造ってきたカマボコは、夫婦が昼食も食わずに加工し、子どもが学校から帰るのを待ちかねて手伝わせ、そうしてやっと造りあげた物を店にならべるという野趣のある手工業だったという。この手工業精神とアルチザン・シップとが一体となっているところが、清水の詩にも共通している。

清水氏は生活者であり人生派の詩人であるが、長年のかまぼこ作りによって魚の詩人、魚の哲学者といった趣も持っている。だから魚を描けば、あたかも魚棚の明りの下の魚のように詩が新鮮にいきいきする。チェホフや、ルナールやフィリップを愛する氏の人生をみつめる目は、哀しみを奥にひめてやさしげに見える。清水氏の美学は、現実の匂いを、

〈魚〉の匂いを少しいつも脱臭するところに成立している。これが氏の人生に対する態度なのであろう。

ウマレタ日ガ大雪デ／家デハ／産婆サンニ／鯔《ボラ》ノアラノ味噌汁ヲダシタ／〈ボラノアラ　チョウダイ〉／ワタシハ七ツニナリ／手ニ銅貨一マイ／シッカリ握ッテイタ

（「魚屋ゴッコ」）

詩人の誕生の日に出された魚は、人間が死ぬ日まで放ちつづけるなまぐさい生の刻印の象徴であり、味噌汁のなかのボラノアラは、人がこの世に生まれて生きねばならぬことの哀しみの象徴である。人間は、少年の頃から〈手ニ銅貨一マイ／シッカリ握〉りしめて人の世の身すぎの哀しみを覚えるのである。この詩の世界に降る雪は、人間がそうした哀しみを背負って生きることの浄化のしるしであると云えるだろう。脱臭と云い、浄化と云い、それは清水氏にとって人生への祈りと同じようなものである。

この浄化の最大は次の「魚の名」と題する詩であろう。

日本人とうまれたからには
いちどは富士山のみえるところで暮したい

ピチピチと手を噛《か》むような魚を焼き
女房はしずかに紺絣《かすり》をぬう

ぼら
さより
はまち
ひめます

男の子には魚の名をおしえ

みたけ　かたゆき　たてづま——と
おんなの子には　縫い名をおしえ

女房とわたしで草花をうえ　芋《いも》をつくる
ゆうばえのなかにしずむ冨士
さびしけりゃ
魚の名をうたおうよ

この詩は『清水正一詩集』中、もっとも美しい作品であると私は思っている。これは西洋の聖家族を思わせる歌である。しかし、なんとやさしく、つつましく、すがすがしい祈りにみちた詩《うた》であろう。これは生活によっても汚されることのなかった詩心というよりも、生活によってみがきぬかれた生活者清水正一の生き方の気品を伝えている詩である。富士の山は〈地〉の突起物である。自然のうんだ名山である。この詩には、〈天〉という観念も、神も、ライン河に落ちる雨の荘重さももとよりない。清水氏は、せいぜい富士の高さ程度に飛翔することはあっても、それ以上、垂直に強く舞い上がることをしない人である。これは在住五十五年の大阪人であり（清水さんの生まれは芭蕉と同じ伊賀・上野である）、生活者としての氏が自然と身につけた生きるコツのようなものである。だからこの詩がすがすがしい日本の〈聖家族〉の表現になりえたのである。
清水氏は純化された〈聖家族〉の世界を内に秘めた詩人であるが、氏の現実の世界には、家出人も自殺者も出れば溺死体も流れつく。氏は自分の世界がそういう世界と地続きであることを知っているので、

雨ニナッテ夜ラシウナッタ／家出シタ少女ノ《尋ね人》ノ広告《ハリガミ》ガ／コンナ場末ノ銭湯
ニマデ流レテキテイル／千葉《チバ》県《ケン》東《ヒガシ》葛飾《カツシカ》郡《グン》浦安《ウラヤス》町《マチ》／其処モ今夜ハ／雨ダロウカ
（「わが町」）

と案じてみたりする。また、

17階マンモスビルノ屋上カラ／ナムアミダブツ／カケ声モロトモ飛ビオ
リタ若イ女ノコトハ／ＴＶニモ新聞ニモ騒々シク出タガ／10階ヒサシニツルサレタカ
ゴノ中ノ小鳥ガ／羽毛ヲ逆立テタ一シュンノコトハ／ダレ一人気ヅカナイ
（「鬱色」）

と＜カゴノ中ノ小鳥＞に托してその戦慄を告白する。

清水氏はたえずそんなふうに人との関係性をみつめている。だからこの人の孤独は、西洋人の発明になる実在者の孤独ではない。そんなあやしげなものではなくて、千年生きた鶴の死後、＜ノコリノ九千年ヲ／ドウ　暮ソウカト　カンガエタ＞（「孤独」）亀の孤独である。＜犬モ吠《な》カナイ／雪モフラナイ／友ダチモコナイ／手紙モコナイ＞（「錯覚ノ風景」）そんな時の孤独である。なんというすがすがしさであろう。これは裏を返せば生を愛する人の人なつかしさの表白である。それからまたこの人の世界は、前に書いたようにどこまでも地つづきになっていて、北国にむかうほど甘美にはなるが、それでも決して地から＜天＞に舞い上ることはない。西洋人の発明になる観念の無駄がない。この人の詩には、W・ホイットマンもブルックリン渡舟場も、ダミアも巴里祭も居酒屋のマリア・シエルもジャック・ベッケルもジャン・カルズーも出てくる。しかし、それらは要するに現実を肯定するための薄化粧の材料にすぎない。観念の贅肉などひとかけらもついていない。現実的な精神が魚棚で使う水によってたえず洗われているような清潔さが信条である。

清水氏は「オーサカ寒イ」という詩で＜まげるとカラダはたしかにぬくもる＞と書いている。＜まげることをオロソカにし／棒をのんだよな世渡りで　サムイッぽなし　だ＞とも書いている。氏はこの〈サムイ〉大阪で、かまぼこを作って身すぎしながら、背筋を凛とのばし詩をかきつづけてきたのである。これは大学の先生が、暇にまかせて（といっては失礼だが）詩文を弄ぶのとはちがうとびきり上等の行為である。私は大阪という町がこういう清水氏のような詩人をその市井に隠しもつことを、何か秘密の宝物をもつ少年のように喜ぶものである。

魚の詩人という呼称は、むろん生活の詩人・人生の詩人の暗喩であるが、氏は、魚は、〈腐るまで〉に〈むごい新鮮さ〉（「高架下の暗い魚店で」）を放つと云い、〈無類の「うみ」〉が生じるのも、その〈腐敗する寸前！〉（「S魚誌」）であるという。私はこれを氏の老年に賭ける覚悟であり、自負であると思っている。私は氏の人生が老年を迎えていっそう新鮮であり、無類の味わいを発揮することをひそかに期待するものである。

（「詩学」一九八三年十月号）

過ぎゆく日

大晦日は、気の向くままに大阪を歩くことにしている。これは、日頃、忙事に邪魔され、日を惜しむいとまがないので、せめてその午後だけでもひとり気ままに過ぎていく時間を送りたいと思うささやかな感傷から発したここ数年の私のならわしである。

そんな気ままな散歩なので、道順にきまりのある訳はないが、たいていは、心斎橋筋から道頓堀の繁華街を抜け、法善寺横丁に寄って黒門市場の雑踏をくぐり、最後はかならず新世界のジャンジャン横丁から釜ケ崎に至るのである。

歩行の途中、道頓堀にかかる戎橋の上に用もなく佇む。いつの年だったたか、阪神タイガースの優勝を祝って、この川にとび込む若者をみたが、いまは、そんな宴が嘘のように川面は寒々とにごって、本年最後の午後の光をあびている。いつしか私は、職場や家庭の繋縛から解放され、帰る場所をもたぬ自由な放浪者のごとき気分に自分が浸されていくのを感じる。法善寺横丁の水掛不動で、信仰厚き大阪の人を線香の霧の向こうにみて、生国魂（生玉）神社界隈を歩けば、さかさクラゲのホテル街から最後のなごりを惜しむ男女のかげをみることもある。

ジャンジャン横丁で、ヘボ将棋を観察し、いちはやく正月を迎えている釜ケ崎の住人としきりに袖すれあう頃には、早い冬の日は次第にかげりをみせ、いよいよ大晦日もあと数時間を余すところとなる。私は、この日の釜ケ崎が気にいっている。なぜなら、その日、大阪で一番くつろいで賑やかな町は釜ケ崎だからである。特に、ジャンジャン横丁を中心とした新世界界隈は、すでに年越しの用意なった住人たちのいい顔であふれるからである。

今年、飛田商店街を歩いた時、落日を浴びた西の路地に〈花市旅館〉という看板をみとめて、私はしばらく幻想の世界をさまよった。歩行中、私の物思いは、川の流れの泡沫のように浮かんだり消えたりするが、その日の最大の収穫は、くすんだ釜ケ崎の軒ひさしのなかに、その名を発見したことにつきていよう。私は商店街のとある家具屋の前で、諸国流浪の旅人として、正月を迎えるいそぎに、どのような調度品を買い揃えるべきか、そして、それによって女が、どのような表情をうかべるかをあれこれ想像した。二人とも世を捨てた境涯の人間として、この〈花市旅館〉にしばらく身をおくというありふれた筋書である。はじめ、〈花市ホテル〉と読みちがえたくらい小粋に、私はその名を、わびしげでくすんだ釜ケ崎のドヤ街のなかにみつけたのだ。貧のなかのはなやぎ、わびのなかの栄華といってもよい。私は、大晦日の釜ケ崎を大きな〈花市旅館〉だと思う。種々雑多な人間が、光と影を背負って、ひとまずここでくつろいで年を越すのである。この大晦日のスラムのはなやぎによって、大阪という都市の光と闇がいっそう浮かび上がるように私には思われる。

ここで話は芭蕉にとぶが、大坂に芭蕉が漂着したのは、元禄七年（一六九四）秋九月九日であった。重陽の節句を奈良で迎えた彼は、〈菊の香や奈良には古き仏たち〉の句を残して、生駒山麓にある暗峠を越えて、大坂に入った。途中、疲労のため駕籠に乗ったが、生玉周辺で下りると、折りから降りしきる雨のなかを菰をかぶった姿で市中に入ったという。なにゆえ、雨中菰をかぶって大坂入りしたかを問われ、『三冊子』に芭蕉は次のように答えたと書かれている。〈かかる都の地にては、乞食《こつじき》行脚の身を忘れて成がたし〉私は、元禄最大の都市・大坂に、芭蕉が菰をかぶって入ったというこのエピソードに深い魅力を抱いてきた。これは、まず、『三冊子総釈』に言うように〈この様な都会の地では、自分が乞食同様、貧の境涯に安んじながら旅をつづける身分である事を忘れては駄目だ〉というほどの意味であろう。しかし、ここにはまた、大坂という都市の豪奢が、都市の繁華が雨中菰をかぶった乞食の境涯との対比によって、みごとに写しとられていることがみてとれるのである。

〈なし得たり、風情終に菰をかぶらんとは〉と芭蕉はいっているが、この菰のなかにひそむ両眼がとらえた〈難波〉のポエジーを、私は、蕪村が伏見百花楼の遊女に託して〈舟中寝を同じくして長く浪花の人とならん〉とうたったポエジーと共にこよなく愛するものである。近江の膳所での歳旦吟に、〈都近き所に年をとりて〉と詞を置いて〈薦《こも》を着て誰人います花の春〉と、うたったこともある。乞食漂泊の人をながめながら、そこに自分自身の姿を重ねた句とみるべきだが、ここにも菰かぶりの乞食の炯眼が捉えた花の春の栄華が息づいている。花の春も、難波の町も、この菰かぶりの視線によって、新鮮にその本質を、その栄華をあらわにする。

春や都市に限らないであろう。若さも、恋も、人生も、菰かぶりの風情、菰かぶりの装置をもってみるとき、ポエジーを生むのである。ポエジーとは、おそらく、菰をかぶって身を屈めたあの乞食の低い姿勢からながめる眼差しによってよく捕捉されるものであろう。物乞いの姿勢といってよい。王にひれ伏す奴隷、奥方に仕える小間使い、天使のごとき恋人に焦がれる地上の人間、病者の幻想のなかにある健康な人生。

　このような菰かぶりの眼によって捉えられた大坂は、殷賑をきわめた奢靡《しゃび》の都であると同時によるべなき乞食漂泊の旅人が流れる淀の橋の下に、あるいは釜ケ崎の〈花市旅館〉にそっと身をおくわび・さびた場所でもあったのである。〈秋深き隣は何をする人ぞ〉といったポエジーは、そのような菰かぶりの低い姿勢によって捕捉されたものであると私は思う。〈秋深き〉の深きは、都市空間のはらむ闇の深さでもあるのだろう。その深いところに、〈貧〉の境涯を生きる無数の人間が日を送っているのである。一方に、都市の栄華をおくことによって、この都市空間の闇の深さはいっそうきわだってみえてくるだろう。その闇の拡がりのなかに〈花市旅館〉もあったであろう。

　私は大晦日の大阪を歩きながら、いつしか近代都市大阪の光と影を正しく写しとることのできるのは、〈花市旅館〉の客でなければならぬという思いに激しくかられるのである。——そしてその宿泊客こそ、わが夜学生ではないかと思われるのである。夜学生の生活と人生を語ることは、私にはきわめてむつかしい。それは、私の半生を語ることであり、愛と憎しみの対象を見すえることである。私は、否定され、傷をうけ、時に彼等を組みしいたのである。彼等は私にとってたえずみごとな他者であり、私は彼等と格闘しながら私の人生観をつくり上げてきたのである。そんな物思いにふけりながら、私は釜ケ崎のドヤ街の喫茶店に身をおき、最後は〈ずぼらや〉でふぐうどんを食べる。

ふぐうどんを食べる習慣ができたのは、このうまさを教えてくれた桑島玄二氏への挨拶だが、両方の店にはかつて私の受持った生徒がつとめていたのである。ひとりは単車で暴走事故死し、ひとりは家出して上京、一時ヤクザの使い走りをさせられていたが、意を決して足ぬけし、帰阪の後ぷっつりと消息がとだえている。よくけんかをしたが二人ともなつかしくいい奴であった。日を送るということは、人を送るということでもあるだろう。私の大晦日は、このような気ままなぶらぶら歩きに費される。こうして歩くうちに日は暮れ、家に帰ると、後は紅白歌合戦を待つばかりとなる。歌に趣味のない私は、部屋にこもり、乱雑をきわめた机の上の整頓でも心がける以外にすることがない。

（「アリゼ」3号・一九八八年一月）

II

冬の靴

〈能登の七尾の冬は住みうき〉と詠まれた七尾湊《みなと》の夜間高校をかつて私は訪れたことがあった。時雨の季節で、町は魚屋の店先のように濡れていた。泥濘の道を急ぐと、校門附近に落葉した樹々が、海に近い土地特有の形をしてつっ立っていた。〈病気以外の理由で休む子はまずありませんね〉質問に答え終わると、教務担当は、学校訪問をしている私たちを促して案内に立った。教室棟に入った時である。靴箱の棚にきちんと並べられた生徒たちの靴が、突然目にとび込んできたのである。靴は、冬近き日の北国の空に向って整然と並んでいた。どの靴も風や水に傷んでいたが、決してねをあげたり、なげやりだったり、わがままであったりしていなかった。質朴で、忍耐強い魂の形を保っていた。夜ふけて、また能登の町はしぐれた。私は、あれらの靴が運んで帰ったさまざまな人生を思いながら、どの夜学生の生活もまだきちんとして形が崩れていないと思えることに感謝した。そして、かつてない羨望と幾許かの悔恨のうちに、時雨の降りしきる能登・七尾市の夜を眠った。

最後の夜学生

吹雪はじめたゲレンデをほやほやの〈スキーヤー〉がけんめいに滑ってくる。俊敏な者もいれば、時にはまろびながらたどたどしく降りてくる者もいる。ここは猪苗代《いなわしろ》スキー場。室内に灯が入って、生徒たちの雪焼けした笑顔がぼくの周りに揃っている。しかし野村一男はここにいない。今夜も大阪は冷え込みがきついだろうか。外の暗闇に母の手を引いて病院に通うのっぽの猫背の姿がうかぶ。〈ぼくの修学旅行は、みんなお母さんにかかっている。……行きたいが行かれない、ぼくは家に帰って、お母さんとお父さんに話をした。お母さんは行かないでほしいという。お父さんは、お母さんが行かないでほしいというのにおまえは行くのかといいました。ぼくは昔からお母さんのしんどそうなところを見ていますのでぼくはお父さんにこういいました。行かないと。先生には話しづらいのでテストが終ってから話そうと思っていました。もう一つお父さんがいったことで胸にいまでものこっていることがありますので書きます。お父さんはこういいました。おまえはスキーとお母さんのどちらをとるのかと。先生にはわるいがぼくはお母さんをとります、先生ごめんなさい、これでぼくの作文はおわりです。〉あ
あ、なんと優しく、愚直で、無垢な魂だろう。母を責める気も、父を咎める気も、自分の宿命を厭う気もさらさ

らない。……初産のお前が生れてすぐ、お前の母は神経を病まれた。それ故、お前は健康な母の容姿を生れて一度もみたことがない。中学校の修学旅行も、そしてこの寒い冬の夕べも、いやこの四年間のいつの日も、お前は仕事を終えて帰ると母をつれて病院への道を通った。遅刻と早退のもっとも多い野村一男。その数だけ母の世話をした野村一男。お前の母は騒音や自動車の警笛を極度にきらわれる。お前はだから静かな路地を怯える母をかばいながら歩く。お帰り。ぼくを含めた十一人の夜学生が、やがて今夜も交替で電話を入れるだろう。そして眠る前、めいめいの心に問うだろう。修学旅行にきた全クラスの、全校の、全大阪の、日本中の若者の心に問うだろう。〈野村一男をどう思うか？〉

夜学生（二）

大阪市の某孤児院の門前に捨子があった。昭和三十三年十二月二十八日の夕刻で生後三週間であった。少年は、中学を卒業する迄この施設で育てられた。卒業後は福祉規則に従って施設を出、大阪平林にあるベニヤ工場に勤め、寮の住込みとなった。昭和四十九年四月、少年はこうして夜学に入学してきたのである。学級委員に選ばれ、体操部に所属した。華麗ではないが、努力型の演技は今も私のまぶたにある。二年の時、少年は二、三の級友《クラスメイト》を前に自己の生いたちを語ったことがあった。作文の時間のあと、自分は捨子であること、書置きによって母の出身地は長崎県であり、その名は、〈柳田ベン〉であると。その年の夏、同郷の級友の案内で、彼は長崎市へ旅立った。しかし、〈柳田ベン〉なる女性の行方はしれなかったのである。施設で育って、大阪の地下鉄すら乗車したことのなかった彼の、唯一の旅が母を求める旅であったことは象徴的である。柳田が発病したのは、昭和五十三年十一月であった。大阪扇町公園で、深夜、暗い夜空にむかって咆哮しているところを警官に補導され、某精神病院に収容された。私は大和川沿いにあるその病院を幾度か見舞っている。すでに全身がむくみ、分裂病特有の緩慢な動作と弛緩した表情をもつ人間になっていた。

〈窓から〉と彼は言った。その時の目の異様なかがやきを私は忘れない。〈きのうもお母さんが覗いていた〉と。柳田信吾の病いは一進一退であった。ただ一度、病気が快方にむかったことがあった。彼は担任の私に〈帰るところがあればなあ〉とつぶやいたのである、妻と二人の幼児のいる狭い私の家に、彼をひきとることは不可能であった。私は無言のうちに彼を拒み、彼の快癒の唯一の機会を奪い去ったのである。彼はやがてリハビリテーション用の公共の厚生施設に移され、施設と病院の出入りを繰り返した。それから七年、昭和六十年十二月七日、柳田信吾は病院の屋上から投身自殺をとげたのであった。病院のカルテには、警察の調べによって彼の死を〈柳田ベン〉に伝えたとある。〈柳田ベン〉は、遺体並びに遺骨の引取りを受諾せず、病院側にまかせる由の連絡をしたと記している。よって彼の遺体は、大阪市長の命により、セレモニーユニオンなる名の葬儀会社によって荼毘に付され、その遺骨は、阿倍野斎場高台の最西端にある無縁仏の墓に合葬された。

一年後、私は病院のカルテの記載をたよりに、〈柳田ベン〉の動静を求めて、佐賀県唐津市の小さな田舎町を訪ねて行った。私の目的は、いかなる理由によって子供を捨て、いかなる理由によって遺骨の引取りを拒んだのかを知ることでない。わが子との対面を拒むには余人の与り知らぬ深い事情がひそんでいるに違いない。ただ私は、生前の少年が母を求めて旅立ったこと、病室の窓から自分を見つめている母を歓喜をもって語った事実だけは伝える義務があると信じたからである。しかし、捜しあてた共同長屋の住所には、すでに〈柳田ベン〉はいなかった。彼女は半年前に死亡しており、しかも彼女は〈柳田ベン〉という名をもつ廃品回収を業とした朝鮮の女《ひと》であったのである。

夜学生（一）

夜学の入学試験のとき、試験場を巡回する監督者の顔を見上げて、月のように笑う少年がいた。答案はどの教科も白紙に近かった。議論の末、入学を決めた。特別のカリキュラムが組まれ、少年用の授業が別室でおこなわれることになった。私は国語を受け持った。彼の不思議な点は、自《みずか》ら言葉を絶対に発しないことであった。〈こんばんは〉とこちらがいえば、おうむ返しに〈こんばんは〉は返ってくるが、その逆は絶対にないのであった。

教科書を範読すると、その分だけ追読するが、一字たりとも自ら先を読むことはないのである。ただ彼が何ごとか表現したいときは、辞書の見返しにある〈五十音図〉をひらいて、鉛筆で次々と文字をさし示すか、辞書をひいて端的に言葉を示すか、さもなければノートに、ある種の文字を書き記すのであった。〈た・し・ざ・ん・が・あ・せ・を・か・い・て・い・る〉〈実習工場には、せっけんとけいさつの匂いがする〉そんな言葉が次から次へ紡ぎ出された。私の興奮を察すると、少年はかん高い声を発しながら、さらにふしぎな言葉を生みだすのであった……

しかし、少年は決して、生理上の、あるいは生活上の欲求に根ざす言葉を示すことはなかったのである。人間はそれぞれ心という染料の入った壺をもっていて、人間の言葉はその壺につけられて、心の色に染め上げられて出てくる。特に肉声とはそういうものであろう。しかし、少年の使う言葉には、そういう心の色がまったくなかったのである。辞書の言葉のように無色透明であった。私は、少年が河べりにしゃがみこみ、渦巻く水面をながめている姿をしばしば想像した。人間が声帯をふるわせて自ら言葉を発するという領土へ行きつくには、暗い河があるのだ。

虹

「奥の細道曽良随行日記」は、芭蕉の旅に随行した曽良の日録である。その日の天候、旅程、宿、旅費等を記した備忘録である。しかし、全編、無味乾燥な事実の列挙のなかに、妙に心ひかれる個所があるから不思議だ。〈一家に遊女とねたり萩と月〉で有名な市振の、例えば次のようなくだりである。〈（七月）十三日、市振立、虹立、玉木村、市振より十四・五丁有〉親不知の難所を越え、越後市振で旅装を解いた芭蕉は、翌日、十四・五丁先にある玉木村という越中との国境にある村に向った。出立の朝、曽良は、海べりの小さな市振の部落に虹をみたという。〈市振立、虹立、玉木村…〉と記されたこの虹は、記録と記録にはさまれた天候の記録であって、それ以上のものではない。しかし、私はこの虹に、「奥の細道」本文以上にあこがれてきたことを告白する。この虹は、卓抜な芸術的趣向や象徴的な意味や、作者の思い入れを持たず、ただ、ただ、夏の北陸のつつましい土地の上に瞬時あらわれて消えたのである。

夜学の職場の先輩で、すでに退職されているK先生から暑中見舞いの葉書がきた。先生は、高校を卒業後、種々の職歴を経て、工業高校に実習助手として採用され、後、教諭となり、定年の二年前に、多くの同僚と生徒たちに惜しまれながら教職を去られたのであった。先生の専門は鋳造で、鉄と土と熱を相手の仕事だから、自然、腕も指も太く、掌は厚く大きかった。実務に強く、生徒たちや若い教師たちのよき相談相手でもあった。肥大した理想より、現実を愛し、理屈よりまず身体の動く人であった。生徒たちを家に呼び、風呂に入れ、供応の労を惜しまれなかった。先生はいわゆる苦労人であり、よき生活者であった。私は強い憧れをもって先生の虹を眺めていたのである。

夜学生

母と兄を立て続けに亡くしたと云う野上芳秀君の早口の声が電話口から聞こえてくる。母親はスキル性の胃がん、うつ病の兄は、母の葬儀のあと、自殺したというのだ。八十歳の父親は三十年近く入退院を繰り返している。本人は現在、熊野市で鍼灸と整体の小さな医院を開いている。独身で、もう四十六歳。夜学の卒業生である。彼自身は腸に次々原因不明の潰瘍のできるクローン病である。固形物はほとんど食べられない。栄養を管で腸に流し込んで摂取する他なく、患者の数を制限しながら診療を続けている。夜学生の頃、まだ発病はしていなかったが、身体の強くない野上君は将来を考えて、鍼灸の道を志した。国家試験にも合格した卒業時には、世話になった先生宅を訪れ、身につけた整体術を施して廻ったこともある。父親は某アスベスト鉱山の抗夫であったが、野上君の中学卒業時、心肺に霧状のアスベストがたまって働けなくなった。それで彼は、家族を支えるべく、大阪の鉄工所に就職し、夜学に来たのであった。苦労が絶えないが、本人は慣れっこになっていて、病気のせいで身体の調子に波があり、38度位の熱が続いても、休診にはしないという。人生には、それぞれに意味がある。しかし野上君は、特別の意味ある人生を送るようこの世に生まれてきた人のように思われる。何故か意味を深めることを命じている力が働いているような気がするのである。熊野灘の海に近い小さな診療所。白衣をきた痩身の夜学生に、私は生涯自分とは無縁であった異国の神を垣間見ることがある。

夜学生―母親

釜ケ崎に隣接する大阪の工業高校の夜学に、国語の教師として赴任したのは、昭和四十年（一九六五年）であった。最初に担任したクラスの生徒とは、私は、なぜか縁が深くて、彼らの催す会合には大抵出席している。昨年の秋、定例の同窓会では、男ばかり十三人が集まった。私は一年前に聞いたN君の話の〈その後〉が一番知りたかった。夜学生は、例外なく、私などの及びもつかぬ人生を経験している。昨年のN君の話は、尋常でない内容だったので、皆はいろいろ意見を述べ合ったけれども、結局その後、N君は、どうしたのか知りたかった。N君は、小学生の頃、両親の離婚で、母方の祖母の家で育てられた。若い母親は、N君を残して、米兵と米国に行ってしまうのだが、米兵との関係が離婚の原因であったのか、私にはわからない。ただ一度だけ、N君の母は、米国人との間にできた男の子を連れて、一九七〇年、大阪で開催された万国博覧会に、帰国したことがあった。その頃はすでに夜学生であった彼は、自分を捨てた母親を許すことができず、罪のない〈弟〉にも邪慳な態度をとったそうである。ここまでは、N君の仲人を務めた私には、知っている話だった。それが昨年、まったく音信のなかった母親から、突然、国際電話が掛かって来たというのである。用件は、私はもう長く生きられない、ぜひあなたに会って話したいことがあるので、こちらまで会いに来てほしい、という内容だったそうである。なんと身勝手なと、N君は激昂して、電話を切ったのだったが、気になっていて、実は現在も悩んでいるというのは昨年の話のあらましであった。互いの人生をよく知っている、六十歳半ばの元夜学生の多数意見は、〈お前、会いに行って来い、お前を生んでくれた母親はこの世にたった一人しかおらん〉ということであったけれども、多感な少年時代に、母親に捨てられた彼が、どういう結論に達したのか、一年ぶりに会って知りたかった。N君は、その後も掛かって来る米国からの電話に対して、会わない、会いたくないと、拒み続けていたそうであるが、なんと母親は、突然、我が子に会うために、日本にやってきたというのである。やむを得ずN君は、細君と二人で、関西国際空港に出迎えに行くことになった。空港の到着口で待っていると、五十年後に、現れた人は、日本人らしかぬ厚化粧をした、まったく見知らぬ老人であった。N君は、何かの悪い夢だ、間違いだと思って帰ろうとしたのだが、傍にいた細君が、写真のイメージが残っている、パパ、あなたのお母さんよ、と背中を押してくれたそうである。歩み寄ってくる人に対して、N君は、とっさに英語で、何か話しかけた。N君は、トヨタ車の販売会社に長く勤めたので、英語をしゃべるのであろう。夜学の仲間の前で話す英語が声も小さく早口だったので、私にはよく聞きとれなかったが、二人は歩み寄って、気がついて見ると、抱き合っていたというのである。強く抱きしめられてN君は、はじめて、この人は自分の母親だとわかったと言ったのである。幼い頃、母親に愛情をこめて抱きしめられた記憶が蘇ってきたのだろうか。そのような記憶はコトバを超えていて、私たちのこころの奥深いところで今もひっそりと生き続けているのかも知れない。人間が生きるということは、大変なことである。私は久しぶりに、詩なんか書いたことのないN君から、まっとうな詩を教えられたのである。

夜学生——『夜学生』二〇〇三年刊より

1

学年末の三月三十一日で、退職者は、めでたく校務から解放される。といっても、これは形の上での話で、すでに最後の授業は、二月の中旬頃に終わっている。三月三十一日といえば、春休みの最中で、第二次生徒募集の願書締切日でもあるから、長年の習慣でその人数も気になるところだが、もうそんな区分も意識も必要がなくなる。あと何日で新学期だから教材の準備をしなければとか、受持ちの生徒のあれこれに対する気づかいも無用である。夏の盛りに、家庭訪問や職場訪問で、ほこりくさい大阪の下町を歩きまわる必要もなければ、木枯らしの吹く冬の夜、自転車を漕いで帰宅を急ぐことも、夜の十一時前に夜食をとるといった長年の悪習を続ける必要もなくなる。これで酷使した胃腸にも少しは楽をさせることができるだろう。これからは、毎日、規則正しく、日の出と共に起きて、日没と共に休む生活ができる。何といっても、自分はもはや自由の身である。心踊るとはまさにこのことを言うのであろう。地図を開いて、好きなところに旅することも、渓流を求めて釣りに出かけることも、月に何度映画館に足を運ぼうが、読書三昧に耽ろうが一切は自由なのだ。私は、折々、自分の停年退職の日をそんなふうに夢想しては、心ひそかにその日の到来をワクワクしながら待ち望んでいる人間である。

始めあれば、終わりありで、その日はかならずやってくる。しかし、である。〈ワガ事オワリヌ。この世に生まれてなすべきことは一切私はやってしまった。私に課せられた仕事はみなやってしまった。余生は私自身のものなのだ〉こう書いたチャールズ・ラムのように、よしんば、余生が〈私自身のもの〉になったとしても、〈この世に生まれてなすべきことは一切私はやってしまった〉といった晴れやかな気持からは、はるかに遠いところに自分がいることは間違いない。もっとも当のチャールズ・ラムにしても、母親を誤って刺殺する結果になった狂気の姉と同居し、五十歳停年まで二十八年間、東印度会社の会計係として、帳簿の仕事に明け暮れ、独身生活を余儀なくされた彼の生涯からすれば、〈ワガ事オワリヌ〉といった心境は、〈エリア〉なる虚構の人物に仮託された彼のひそやかな願望に過ぎなかったのかも知れない。そして、また、強い自制と忍耐を必要とした彼の人生からすれば、彼の〈ワガ事オワリヌ〉という感慨は、芸術作品の制作を指して言うのではなく、不幸な家族を背負った男の、家族や社会に対する責任と義務をはたした気持の方が強かったとも考えられる。

引き合いついでに言えば、チャールズ・ラムの停年退職は、一八二五年三月二十九日で、没年は一八三四年十二月二十七日であった。〈余生は私自身のものだ〉と言った彼の余生は、五十歳からわずかに九年でしかなかった。すでに、彼の退職した年齢に達している私としては、ただ、ただ愕然とする他はない。怠惰と非才を恥じるとしても、せめてこのあたりで、――それが〈ワガ事オワリヌ〉といった達人の心境からもっとも遠いものであったとしても――私の〈ワガ事〉すなわち本職の夜学の教師の仕事について書き残しておくのもこの時代を生きた人間の務めのひとつかも知れぬと思われるのである。それは、この時代の闇を生きた〈忘れ得ぬ〉夜学生の、生の閃光を書き留めることでもあるからである。

新学期の始まる四月八日の定例職員会議には、元教員であった退職者たちが、最後の挨拶にやってくる。彼等は、新着任の先生方のなかにまじって、すでに自分の座席のない会議室で、校長や教頭の近くに腰かけて、同僚たちに簡単な別れのことばを述べる。〈本校に在職しまして三十七年間、学生であった時期を入れますと四十一年間、公私にわたって大変お世話になりました。本校での生活が、愚妻との結婚生活よりはるかに長く、思えば私の人生の最もよき友でありました。郷里に帰りましたら、好きな園芸をやって、余生を送りたいと思っております。どうか私の元気な間に、ぜひ、ぜひお訪ね下さい。先生方の健康と御健闘を祈っております〉。十六歳で本校に入学し、昼は町工場で働いて、十九歳で卒業し、夜間の大学を出て、改めて本校職員として赴任したとすれば、通算四十年は、優に夜学と共に過ごすことになる。夜学生《は》え抜きの教師もかなりいるのだ。さて、そんな型通りの挨拶がすむと、新着任の先生は、その場に残るけれども、退職者は、もはや新年度の議題に何の関係もないのだから、かつての同僚たちの拍手に送られて退席しなければならない。あとは全校生徒に対する挨拶が残っているだけである。仮に二階の職員室に立ち寄ったところで、もはや自分の机はなく、生徒たちの集合する体育館では、彼を知らぬ四分の一の新入生がまじっている。四年もたてば、もはや全校の生徒で、彼が四十年もの間、この学校のベテラン教師であり、名物教師であったことも、誰一人として知るものはなくなるのである。〈いずれの人と名をだに知らず〉〈古き墳《つか》はすかれて田となりぬ。その形《かた》だになくなりぬるぞ悲しき〉といった心境であろう。こういう退職者にとって、最大の慰めは、長い歳月にわたってつきあってきた夜学生との交流である。先生の退職を事前、事後に知って昔の夜学生が訪ねてくる。

あれはいつの冬であったか。すでに停年をまたず退職することに決められたK先生に、一人の教え子が訪ねてきた。K先生については、かつて私は〈虹〉という作品で、次のように書いたことがある。

「奥の細道曽良随行日記」は、芭蕉の旅に随行した曽良の日録である。その日の天候、旅程、宿、旅費等を記した備忘録である。しかし、全編、無味乾燥な事実の列挙のなかに、妙に心ひかれる個所があるから不思議だ。〈一家に遊女とねたり萩と月〉で有名な市振の、例えば次のようなくだりである。＜（七月）十三日、市振立、虹立、玉木村、市振より十四・五丁有＞親不知の難所を越え、越後市振で旅装を解いた芭蕉は、翌日、十四・五丁先にある玉木村という越中との国境にある村に向った。出立の朝、曽良は、海べりの小さな市振の部落に虹をみたという。＜市振立、虹立、王木村…＞と記されたこの虹は、記録と記録にはさまれた天候の記録であって、それ以上のものではない。しかし、私はこの虹に、「奥の細道」本文以上にあこがれてきたことを告白する。この虹は、卓抜な芸術的趣向や象徴的な意味や、作者の思い入れを持たず、ただ、ただ、夏の北陸のつつましい土地の上に瞬時あらわれて消えたのである。

夜学の職場の先輩で、すでに退職されているK先生から暑中見舞いの葉書がきた。先生は、高校を卒業後、種々の職歴を経て、工業高校に実習助手として採用され、後、教諭となり、定年の二年前に、多くの同僚と生徒たちに惜しまれながら教職を去られたのであった。先生の専門は鋳造で、鉄と土と熱を相手の仕事だから、自然、腕も指も太く、掌は厚く大きかった。実務に強く、生徒たちや若い教師たちのよき相談相手でもあった。肥大した理想より、現実を愛し、理屈よりまず身体の動く人であった。生徒たちを家に呼び、風呂に入れ、供応の労を惜しまれなかった。先生はいわゆる苦労人であり、よき生活者であった。私は強い憧れをもって先生の虹を眺めていたのである。

その後K先生を訪ねてきた一人の卒業生もまた、私の夜学生活において〈忘れ得ぬ〉生徒のひとりであった。

2

五年前の冬、二月の半ばであったと思う。染川直という卒業生が、K先生の退職の噂を知って来校した。私が会ったのは卒業以来であるから八年ぶりであった。彼は律義に元担任であったK先生に在学時代の礼を述べ、彼を中心にストーブのまわりを囲む教員に、求めに応じて近況を語ってくれたのである。私がこれから書こうとするのは、元夜学生であった染川直の〈生活〉、あるいはその生活態度といったものである。これはまさに夜学生の一典型といった生活である。今日の浮華《ふか》に流れた一般的な日本人には、彼の話は、もはや深く伝わらないかもしれない。しかし、彼の前歴を知る夜学の教師たちは、みな一様に、驚嘆と何かしらほっとした安堵の思いで、彼の近況報告を聞いたのであった。

ここでひとまず私は、染川直の入学に至る経緯、並びに在学中の彼自身についてふれておく必要を感じる。

彼は一九七四年に、二十八歳で入学し、三十二歳で卒業した。入学時、すでに妻と四歳の男の子がいた。四年後には次女が生まれている。このことは、まず先に書いておく。

彼の出生は、疎開先の九州で、六人兄弟の四男であった。長男は親戚に預けられていたという。〈農家の物置に住み、電気、水まで近所の人たちに分けてもらう生活〉であったと彼の作文にある。以下はその作文を中心にまとめた彼の履歴である。中学卒業後、父に無断で商船高校を受験したが、経済的に余裕がなく、父の説得によって断念、旋盤見習いとして、神戸の小さな工場に就職した。向上心に燃え、夜学に行きたいと、社長に相談したが、〈職人に学問はいらぬ。まず一人前になることを考えろ〉と拒否されたので、転職する。しかし、転職先も半年で倒産。〈夢のない生活が続き、町工場を転々とし、いつの間にか大阪へ来ていた〉とある。二十三歳の時、同じ職場で事務員をしていた妻と知り合い、彼女の両親に猛反対され、駆落ちした。借家の立退きで入った金を元手に大衆食堂を開業、深夜まで働く。次男出産後、妻の健康が思わしくなく、彼自身も無理をして腰をやられ、借金も返し軌道にのりだした矢先に入院、やむなく店を閉じた。再び旋盤工として勤め出したが、次男の死亡で、妻は〈毎日、毎日を泣いて暮らす日が続き〉〈言葉では言い表せない生活でした〉とある。その後、何とか立ち直り、色々考えているうちに、〈今まで忘れていた高校進学の夢が、再び、心の中で燃えだした〉とある。簡単な字が書けない、計算ができない、子供が成長して尋ねられても、教えてやることのできない自分に気づき、父親として失格だと考えて、本校入学をはたしたという。

先刻記したように、二十八歳で、彼の向学の夢はかなったのである。在学中、彼はしばしば長男を連れて登校した。今までの疲れで妻が寝こんだりすると、やむなく教室に子供を座らせての勉強になる。クラスの連中はけっこう子供をかわいがったが、染川直本人は、妻子を犠牲にした自分の通学に疑いをもち、退学を考える日が多かったという。K先生が、この頃の彼を実にみごとに支援されたことはもちろんである。

在学中の彼の特筆すべき点は、その熱心な勉学態度もさることながら、ひそかに彼が、未来に対して、家族水入らずの安定した生活の夢をはぐくみ続けた点であろう。不況で景気の悪い時代であった。勤務先の町工場に、人員整理の話が流れ出した。〈郵便配達員募集、不況対策のため四十歳まで受験可能〉。これしかないと彼は思った。〈公務員になれば生活は安定する〉。家族五人、何の不安もなく暮らせる生活が望みであった。幼少年期、自分のかなえられなかったことを子供にかなえてやり、家族が一つの巣で楽しく暮らせることが、生いたちに欠損を抱えた彼の長年の夢であった。しかし、彼の夢は打ちくだかれる。不採用通知が届いたからである。

学校あげての交渉が始まった。染川直のような夜学の模範生を落とされては、夜学生に希望はない。夜学生の進路に希望がなくては、教育の現場は持たないのである。私たちの学校では、こうした事例に出くわすと、同僚の教師がまず結束して、相手が何者であろうと戦うよき伝統があった。大阪府教育委員会、旧国鉄天王寺鉄道管理局、旧電々公社、大阪府育英会、大阪市福祉課、私企業等々、夜学生の書いた作文を武器に、陳情、要求、抗議の団体交渉を繰り返した。一九七〇年代、私の三十代は、〈解放教育〉運動に連動した十年であった。行政にも人物はいた。背後に何の組織力も団体の力も有しない一夜間高校の教師たちの話が、〈一番こわい〉といって、真摯に対応してくれる行政マンもいた。郵政当局に対しては、私たちは、夜学生の採用の合否をペーパーテストだけで決めることの不適当について厳重に抗議した。トイレの壁に国文法の活用表を貼りつけて勉強した染川直であっても、幼少年期の家庭環境からくる学力不足は否めず、全日制の生徒の学力にはかなわないのである。そのかわり、仕事に対する真面目さや、忍耐強さ、責任感といったものは絶対に保証できる。夜学生にはクラスの人数の一割か二割程度の数で、とても我々凡人には太刀打ちできないような美質を持った生徒がいるものである。四年間、いとも当然な顔つきで皆勤を続けたり、稼いだ金のほとんどを家計にまわし、十代にして立派な家長であるような、少々ユーモアのセンスには欠けても、真面目で誠実この上ない人間というものはいるものである。共通して彼等は口下手で、どちらかといえば寡黙であるが、人数、あるいは労力が必要な時には必ずそこにいて、役に立ってくれるのである。文化祭であれ、体育祭であれ、学校の行事は、そうした生徒たちの存在によって成立している。

私たちは郵政当局に、採用方法の改善を要求した。染川直に対しては、再度、面接することを要請し、彼自身の口から彼の生きてきた歴史と、彼の仕事に対する情熱と生活に対する夢を聞くことを要請した。当局は、後日、面接することを約束してくれ、染川直の人物を見て、不採用を撤回した。

これが彼の卒業に至るまでの経緯である。就職が決まった時は、二度も三度も合格通知に目を通し、〈妻と一緒に、手をたたき、肩をたたき合って喜び〉、これで生活が安定すると、〈人生に何だか光が見えてきたような、落着いた気持〉になることができたという。

さて、郵便配達員、染川直のその後の人生とはいかなるものか。一九八六年、四十歳で彼の給料は手取り十九万円でしかない。三十二歳の新採であるから少ないのである。にもかかわらず、家族五人、やりくり上手のかみさんの力で、どうにかやっていけるという。

食費にしわ寄せがきているわけではなく、〈うちとこのやつは、大衆食堂をやった経験があるので、味噌汁でもインスタントものは使いよらん〉ということである。〈食べるものをちゃんと食べているから長男は中学のマラソン大会でもいつも三番以内や〉とも言った。

給料の配分は、四・四・二・一・八だそうである。家のローンに四万円。和歌山に近い、大阪の南方の泉南市に二十坪程度の土地付き建売住宅を買った。近くに関西電力の鉄塔があるので安かったという。次の四万円は、子供の習いごとの費用だという。長男は学習塾に、長女は、そろばん塾に通わせている。小さい頃、自分が習いたくてもできなかったことを子供にかなえさせてやっているという。二万円は自分の小遣いである。同僚とたまに飲むビール代であり、中古で買った車のガソリン代である。その次の一万円は貯金で、残りの八万円が食費その他だと聞いて、ストーブの囲りの同僚の間から驚きの声があがった。

〈かみさんは、やりくりがうまい。家は海に近く、農家が多いので、新鮮な魚と野菜を安く手に入れることができる〉。かみさんは、長男がもし私学にでも行くことになったらパートに出るが、今は、行かない方針だそうだ。贅沢が身につくと後には戻りにくいし、子供の教育にもよくない。そういう考えの持ち主だそうである。日曜日には子供と海へ釣りに行く。昔のことを思うと、仕事は楽だし、毎日がしみじみ楽しいと言った。

3

いったい、染川直や彼の妻のような人物はいかにして生まれるのであろうか。人生の辛酸を経験してと言えばそれ迄だが、苛酷な人生が染川夫婦のような佳き人を創るというわけではあるまい。だからと言って、生まれつきの美質・性格だと安易に割り切ってしまうわけにもいくまい。ある種の性格が、天の配剤とも言うべき適量の労苦によって磨き抜かれたとでも考える他はない。世には天才、英傑の誉れをほしいままにする人物もいる。しかし、天は世の片隅に、染川直夫婦のような野の花を配して、人の世の妙味を楽しんでいるがごとくである。

染川夫婦は、人一倍の働き者であった。私の一番感動するのは、そのかみさんのことばである。いや、染川夫婦の生活哲学とでもいうべきものである。三十二歳で、郵便配達員になった彼の給料は、当時、十九万円であったことは前回に書いた。そのうち八万円が家計であること、我々教師は、その家計の切りまわしに感心したが、しかし、何といっても、驚くべきことは、働き者のかみさんが、上の息子が高校に進学する迄は、パートに出ない、働かないと言うその考え方だ。八万円の家計のやりくりは苦しい。しかし、苦しいからといって、やりくりのできない状態ではない。今、パートに出て、余分な金が入ると、どうしても生活が贅沢になる。自然、子供にもその影響は及ぶ。さて、いざ子供が公立高校の受験に失敗して、経費のかさむ私学に行く他なくなったとき、再び、以前のつつましい暮らしに、易々と戻れるものかどうか。たとえ、戻れても、不平不満が残るとすれば、今は苦しくても、そのつつましさを平常として、——と言っても子供の衣食にこと欠いているわけではないのだから——本当に出費がかさむ時期迄、働きに出たい気持をじっと抑えているといった、その処生である。その処生、その人生哲学に感動する。染川直のかみさんには、二、三度会った記憶がある。めがねをかけた地味な人であったが、親の猛反対を振り切って、中学卒の鉄工所の工員と駆落ちしたのだから、内に秘めた熱塊があったに違いない。それに、染川直の美質を見抜く眼力を備えていたということになる。

この夫婦にとっての最大の試練は、同じ勤務先の鉄工所をやめて、駆落ちし、借金をして開業したうどん屋が、ようやく軌道に乗り出した頃、次男のお産で体調を崩し、入退院を繰り返しているうちに、客足が遠のいて閉店に追いこまれた、さらに、追い打ちをかけるように、次男の死に直面した、かみさんがすっかり元気を失くしてふさぎこんでしまった時であったという。彼らの人生哲学は、そういう難所をひとつひとつくぐり抜けて、貧と苦労の末に、しかし、学問への情熱を忘れなかった心意気を土壌に開花したと言うべきであろう。今日の日本で、〈贅沢〉に振りまわされている人間は数知れないが、〈贅沢〉を加減し、支配することのできる人間は、滅多にいないものである。

染川直は、小型の中古車を一台持っている。日曜日になると、その車に家族が乗りこむ。トランクには、釣り道具が入っている。和歌山に近い泉南の海は、関西国際空港の埋め立てで、かつての田園の景観を失くしつつある。しかし、まだ、都会とは比較にならない自然の息づかいのみられる緑豊かな地方である。関電の鉄塔の近くにある小さなわが家から、海沿いに走る道を、車が遠ざかっていく。早朝で、彼等の家族を見かける人は少ないであろうが。私は夜学の勤務なので、早起きが苦手である。そのせいか短夜の夏がくると、今年こそ、一度は午前四時か五時におきて早朝のすがしさを味わいたいと思う。夏至の頃ならば、日の出と共に起きて日没と共に寝るような健全さにあこがれる。早朝から正午迄の、八時間をどう使うか。寝起きにはまず一杯のコーヒーを飲み、さて、雀はもう鳴いているのかどうか。雀よりからすは、三十分早起きだと聞くがその真偽は如何？　あるいは、庭の地面に蟻の姿はみられるのかどうか、そんな自然の観察に心がときめくほどに、夏の朝への私の願望は強い。七時の朝食、十時のお茶、正午の昼食の間の時間を、どう使うか。そんな実行を伴わない空想で私の夏は例年過ぎていくのだが、最近、その空想の世界に、家族を乗せて、海べりを走る車を見ることがある。それが現代の〈聖家族〉染川直の家族を乗せた車だと思うようになった。

口さがない評論家は、あるいは夜学生の夢の成就が、〈小市民的な幸福〉にあったことに、皮肉や嘲笑をあびせるかも知れぬ。下積みの労働の何たるかも知らず、定職に就く忍耐心も持たず、おのれが〈選民〉たる妄想によって、職場の人間との付き合いも、彼等を組織する力もないくせに、人生や社会や人間に対して、左翼づらした言辞を弄してきたエセ文学者の何と多いこと。自戒をこめていうが、観念や教養や知識というものは、えてして足下の現実を遠ざけ、真実を見る目をくもらせるものである。私は、染川夫婦のような生活者の寡黙な言葉に、はるかに人生の詩と真実を感じるものである。

人生には、まったく何がおこるかわからない。染川直のような夜学生は、仮に、予想を越えた困難に直面したとしても、営々たる努力の末に、それを克服してしまうものである。これから書くのは、別の夜学生の話である。

夜学には〈染川直〉は、たくさんいるのだから仮に、以下の事件が、本物の染川直を直撃したと想定してもよい。彼も基本的には同じような処生で報いたであろうと私は思う。

初めて担任したクラスに磯貝誠吉という男がいた。現在は四十歳を越え、子供が二人いる。ある時恋女房の奥さんが、強いノイローゼにかかった。三年経過して、最近快癒に近づいていると聞いたが、その真実味のこもった介抱たるや、とても凡人である私などの真似のできるものではない。磯貝誠吉には、七人のきわめて仲のよい級友がいる。卒業後もつき合いが続いているが、それぞれに〈傑物〉である。在学中、単車を乗りまわしていたから、〈単車グループ〉と呼んでいたが、この連中の何人かは、仲人もつとめたし、私のもっとも思い出に残る夜学生たちだ。そのなかの一人、彼、磯貝も幼い頃、隣で寝ている母親が、ぽつんとひとこと〈一緒に死のか〉といって、その気になったこともある、家庭の不幸を背負っている。

その彼が、種々のいきさつがあって、かわいい奥さんと結婚した。奥さんは、苦労知らずの育ちで、磯貝を頼っての、少々甘えん坊だが、気だてのやさしい人であった。その人がノイローゼになった。かなりの重症である。小学生と中学生の息子に弁当も作れない。三年間のうち、作ったのは三回だけという。磯貝誠吉は、早起きして、朝食の仕度をし、弁当を作り、会社の出勤時刻に間に合うよう、奥さんを車にのせて実家に預け、それから出社して、帰りはまた実家に寄って、小一時間ほどの道のりを、奥さんを連れて帰るという日が続いた。

　実家の方では、気の毒がって、娘を離縁してくれても文句は言わないといったそうだが、とんでもない、惚れてもらった女房です、と言って、送り迎えを続けた。奥さんの方は、夫に頼りっきりで、病状は一進一退であった。医者に相談すると、たえず奥さんの側にいてやる方がよいという。それで決心して会社をやめてしまった。客の信頼さえあれば、家でもできるコンピューター関係の仕事なので、現在はやめて、病気の奥さんの安心のために、家にいて仕事をしているという。

　昨年の忘年会では、仲間たちが、磯貝を思いやって、好きなように歌わせ、しゃべらせた。磯貝誠吉は相当に酔って、ハイな状態で、はしゃいでいたが、仲間の一人が私に耳打ちした。〈今日は、誠吉のストレスを思い切り抜いてやるねん〉。なるほど、そういうことかと感心した。磯貝誠吉は延々と恋女房の自慢を続け、連中はその純情さに辟易し、〈あほかお前は〉などと交ぜっかえしながらも、嘆息し、あきれ、くたびれ、降参した。〈染川直〉、それは夜学生の一典型である。

4

私が夜学の教師になったのは、昭和四十年である。

母校の神戸大学では、昭和三十八年卒業時、文学部には大学院はまだなかった。さらに勉強したい者は、他大学の大学院に入り直していた。他に、母校の国文科には、二年間の期限付きだが、研究助手として、勉学を続ける道もあった。採用は二年間に一人の枠であったが、幸い私の回生の誰かが、前任の助手の期限切れに伴って選ばれる順序になっていた。すでに教職の仕事や新聞社等に身のふり方を決めていた同窓たちに比べて、私は就職するか、進学するか、まだ態度を決めかねていた。そういう時に、先刻の助手の話がきた。二年の期限の設定は、本来国家公務員にある訳はないのだが、大学院のない文学部の、特に国文科の教官たちの、研究者を育成するための苦肉の策であったのかも知れない。とにかく、給料がもらえて勉強もできるというのは、進路保留の状態であった若い私には好都合であった。

二年間の助手時代は、あっという間に終わった。専門の〈平家物語〉の方も中途半端だったので、阪大の大学院を受験した。一応合格したのだが、大阪の高校の定時制に就職を決めていたのがバレて、千里に住む教室主任宅に呼び出された。専任教員たることと、学生たることとの二股稼業は認められない由、通告を受けた。やむをえず、「当大学の大学院は、生活の資を稼ぐ必要のない学生だけに門戸を開いているのですか。そんな大学なら辞めさせてもらいます」と、入学を辞退した．それから一年後の春であったか。大阪市立大学の大学院は、定時制勤務の者を入学させると聞いて、そこに進学することに決めた。

右の経過によってわかる通り、私が夜学の道を選んだのは、ただ大学で勉強したいための、単なる便宜上のことに過ぎなかった。釜ケ崎に隣接する勤務校は、海と山に挟まれた見晴らしのよい六甲台の研究室からやってきた私には、単なる人生の一通過点としか映っていなかった。私は世間知らずのただの青二才に過ぎなかったのである。

昭和四十二年、二十七歳になったばかりの私に、機械科一年D組四十名の学級担任の仕事がまわってきた。この連中とのつきあいが、大袈裟に言えば、私の半生を決めてしまったのである。

大学出の苦労知らずの青二才が、恐いもの知らずで担任の仕事をする。唯一のとりえは、若さと一途さぐらいのものか。ただ、人間に対する公平感、社会に対する正義感は、人並み程度にあった気がする。彼等とのつきあいを始めてみると、大学で女子大生を相手に学究生活を送るより、彼等の日々織りなす種々のドラマのなかで泣き笑いを経験する方が、はるかに自分の人生にとって、身に合うというか、有益な気がした。当時の夜学には人生意気に感ずというか、鐘をつけば、その鐘はつき方に応じて必ず鳴り分けるようなところがあった。

そのクラスには磯貝誠吉を含む七人のグループが存在した。当時も今も、それぞれに一騎当千の面々である。私の人生にとって、忘れがたい印象を、所謂〈人生の名場面〉という奴を、私は彼等によって与えられたのである。

卒業後も、この連中は、たえず神戸の御影の間借り先を訪ねてくれたが、ある時、ほぼフルメンバーで行くという連絡を受けた。試験か何かで夜学の業務の早仕舞いの時であったと思う。学校に迎えに来てくれたリーダー格の滝田健作の車に乗って、御影の〈文化住宅〉に向かった。滝田健作は、浄化槽の会社の社長で、大阪ミナミ一円のビルの浄化槽を管理していて、この仕事には縄張りがあるから、自然、暴力団との折衝も生じる。度胸のすわった義理人情に厚い男である。

途中、彼が用件を切り出した。同じグループの井上政次郎が、勤務先の会社からアメリカのニュージャージー州の支店に五、六年間の出張を要請されている。本人は、母親を置いて外国へ行くべきかどうか悩んでいる。今夜は、先生と一緒にこの問題を話し合いたいのだという。

井上政次郎は、在学中から、理髪店や美容室の業務用の椅子を作っている有名メーカーの社員であった。彼は、幼い時、父と離別している。小学校の上級生の頃から新聞配達をして、保険の外交員をして暮らしを守った母親を助けてきた。兄はいるが、少しグレて、すでに家を出ている。姉もつきあっている男がいて、結婚が間近い。苦労した母親を見て育った彼にとって、自分の栄達をとるか、母をとるかは大きな問題であった。井上政次郎は、顔はいかついが、心根はやさしく、文化祭で全校№1になった歌唱力は、カラオケのスターでもある。

滝田健作は、車中で自分の考えを次のように述べた。友だちが出世するのは、正直嬉しい。嫉妬すら感じるくらいである。しかし、あいつの母親の苦労をあいつのみならずぼくも見てきた。あいつは、ここ一週間、風邪を引いて寝こんでいるおふくろの足腰をもんでいる。外交の仕事は、足を使うので、最近とみにおふくろは足を弱らせていると言っておった。アメリカには行かせてやりたいが、苦労したおふくろを置いて行くわけにはいかない。やはり、アメリカ行きは、あきらめさせる他はない。同じ立場になったとしても、ぼくもおふくろの方をとりますよ、およそ、そんな話であった。

狭い拙宅の六畳に、七人の仲間が揃った。七人のうち六人までが、自分が同じ立場に立ったら、やはり母親の方を採ると言い、ただ一人、NTTの社員で、ダンスの講師もしている植田元弘だけは、米国行きを主張した。井上のおふくろなら、息子の栄達のために我慢するだろうと言うのである。

私は素直に多数意見に従うことにした。これは明らかに、苦労知らずの全日制生徒の判断とは違っている。いや、もっと根本的なことを言えば、日本近代の知識人の処生とも違っている。故郷を捨て、母親を棄て、累々たる棄老、姥捨ての果てに、日本の近代は成立したのである。故郷にあって糸車をまわしつつ、息子の栄達を願って死んだ母親の歴史は、日本中いたるところに繙くことができるだろう。私にしても忙事にかまけて、田舎の母親の顔をみることは、年に一回あるかないかだ。これが母親の労苦を知り、人生の機微に通じた夜学生の処生だとしたら、それはみごとな生き方ではないか。

すでに酒が入り、したたかに酔って、半睡の井上政次郎に、滝田健作はいった。「井上よ、おまえはおかあちゃんの腰をもむ他に能のないやっちゃからな。あきらめろ」

私はこの話を、井上政次郎の結婚式の仲人をつとめた時、列席者の前で披露して、彼のおふくろを泣かしてしまったことがある。「苦労知らずの私なら、親を捨てて米国に行ったでしょう。行けなかったら、親を恨んだでしょう……」。宴のあと、母親は両手で私の手をとって泣いた。「先生、よう言うて下さった。私はあの子からなんにも聞かされていませんでした……」。井上政次郎は、結局、米国行きの話を母親に相談せず、黙って断念したのであった。

当時、辞退の理由を聞いた社長は、改めて井上に惚れなおし、そういう人物ならなおさら行ってほしい気がするがと、惜しみつつ了解してくれたということであった。

母親を大切にしてくれる短大出のお嫁さんをもらった井上は、今は滋賀県の琵琶湖畔に住んでいる。新婚当時、彼はこんなことを言ったことがある。休日がくると、ぼくは栄子(奥さんの名)を乗せてドライブに行く。古寺の縁先で読書をする。そんなふうに過ごすようになったのは、栄子を外に出してやりたいからでもあるが、会社に入ってくる大学出の新入社員に負けたくないからである。仕事の点では、こちらの方が十五歳から働いているので負けるとは思わない。しかし、どこか、奴等とぼくは違う。奴等は、なぜか、自信を持っているが、大学を出ていないぼくには、むつかしい話はわからない。経済だとか、法律だとか。学問というものに、この頃、あこがれるのですよ。静かな寺の縁側で、読書して過ごす夜学出身の若夫婦に、私はひそかな羨望を禁じえない。

5

現在（一九九一年）の夜学は、生徒数の減少につれ、その規模を縮小しつつある。

盛時、一九七〇年代、田中角栄が減反農政をとった頃は、全日制の生徒を上廻り、千二百名前後の生徒がいたものである。一学年に八クラス。機械科四クラス、電気科二クラス、建築科二クラス。四学年全体で三十クラスもある大世帯であった。一クラスに、三十名から四十名ぐらいの生徒がいたとは、現状からは想像がつきにくい。

現在は一クラス十名から二十名程度の生徒しかいない。全体で三百五十名程度である。入学時三十名近くいても、卒業時には半減もしくは三分の一ぐらいに減ってしまう。勤務校は、工業高校なので、機械、電気、建築と三科に分けて募集するから、複数クラスをかろうじて維持しているものの——それでも機械科二、電気一、建築一と盛時に比べればクラス数は半減している——普通科のみの夜学の場合は、一学年、一クラスだけに落ちこんで、その凋落は、はなはだしい。

これは一面からみれば、大変結構なことである。日本が世界一の経済大国となり、各家庭に豊かさの実感は乏しいとしても、子供を夜学に行かせなくてもすむほどの生活ができるようになっているとすれば、これは、喜ばしいことであって、嘆かなければならない理由はひとつもない。

しかし、経済大国日本においても、その底辺にあって、日の射さないところで下積みの生活を余儀なくされている人たちがいなくなっているわけではない。

夫婦共に働いて、ぎりぎりの生活をしていた家庭があるとしよう。夫が、交通事故にあったり、蒸発したりすれば、女手ひとつの稼ぎで、子供を学校にやれるかどうか。家に資産、貯えがあればどうにか凌げるとしても、地方から大都市に出てきて、町工場で働きながら、高い家賃を払って結婚生活を始めた夫婦にとって、〈船底一枚下は地獄〉という危うさはいつもつきまとっている。大多数の人は、大病もせず、事故もおこさず、子供もそれなりに成長して、我が子を全日制の高校に行かせることができる。しかし、少数ながら、夫婦のどちらかが、家庭を去る、大病する、事故で大ケガするといったアクシデントに見舞われると、たちどころにその影響は子供にくる。夜学生のすべてがそういう過去を背負っているというわけではないが、そういう家庭事情の生徒は多い。

夜学の存在理由はここにある。生徒数が減少してきたからといって夜学をつぶしてしまうわけにはいかないのである。家庭の事情を背負って、働きながら勉強しようと決意した少年の志を奪うわけにはいかないのである。だから、夜学が縮小しつつあることを、大変結構と思う反面、縮小が全廃につながっていくような傾向に、私は反対しなければならないと思っている。

今年から四年間で、大阪府下の八校の夜学を廃校にする計画を教育委員会は持っている。加えて、修業年限四年を三年に改変し、一年分を通信教育で補って卒業させる〈定通併修〉案を打ち出している。夜学を五日制にし、土曜日を休みにする。そして三年間で卒業させる。ただし、土曜日は、通信制のスクーリングに充当させ、月のうち、何回か登校させて、授業を受けさせ、あとはレポートを提出させれば単位がとれるというシステムである。一見、いいように見えるけれども、要するに夜学の一年間分の授業を、土曜日のスクーリングとレポート提出で済ませようとする、人減らし、金減らしの効率だけを考えた粗笨にすぎない。しかし、この目玉商品は、受験生には魅力だから、同じ行くなら三年間で卒業でき、学校五日制の〈定通併修〉校へということになる。そうなれば、入学生の減少が廃校につながる各校では、教育の中味は抜きにして、とにかくこの粗笨を現実化せざるをえなくなる。隣接校が三年制なのに、こちらは従来通りの四年制で行きますというわけにはいかないのである。教育委員会は巧妙で、各校の自主制に任すという方針だが、強制するよりも、各校がドミノ式に廃校の恐怖にかられて、次々に新制度の採用に動くことを待っているのである。

本来、学校教育というのは、単位の修得だけが目的ではなく、日々の教室の授業・学校行事を通して、人と人とがぶつかり合い、考え方、感じ方、境遇の違いを越えて、理解し、助け合い、親和していくことに意義があるものである。その機会を奪って、かわりに通信教育で単位を修得させればよいという考えは、産業社会の効率主義、能率主義の、教育現場への悪しき反映である。

規定の単位数さえ修得すれば、卒業できるという考えは、今日の若い教師の中に蔓延している思想である。学力中心主義の思想である。かつて、夜学は、人間教育の場であった。人生の困難を背負った生徒たちが、ぶつかり合い、励まし合い、助け合って、最もよき人生の旅を経験するところに意義があった。効率のよい単位の修得というような思想は、現場にはなかったし、教育委員会にもなかった。夜学の教師は、生徒を通して、社会を見、人間を見、ドラマを見、人生の真実を見てきた。生活のぎりぎりのところで生きているものは、自分をさらけ出す勇気を持っている。妙なつくろいや、ごまかしをしない。同時にまた、相手のごまかしやつくろいを見抜く力も備えている。その眼力は、しばしば大学出の、青二才の教師をふるえ上がらせる。エリート意識を鼻にかけたり、甘っちょろい社会認識しか持っていない〈ぼんぼん〉先生は、たちどころに、見抜かれて、半泣きにされる。それで夜学を去った教師もいる。根性のすわった教師は、ふんばって敬愛の対象になる。私など、とうてい足許にも及ばない〈人物〉が、職場にはごろごろいたものだ。生徒にもいた。〈忘れ得ぬ人々〉というのは、私には時代の挽歌を書くことと同じ意味を持っている。

滝田健作、磯貝誠吉、井上政次郎等の在学当時、一九七〇年代は、時代に熱気があった。若者に理想があった。正義感に燃え、真実を追求する情熱があった。それが赤軍派のリンチ事件、大学紛争のあと味の悪い結末（戦った連中が、後、大学の教師になった茶番）、ロッキード裁判における総理大臣の犯罪といった事件で、若者のみならず、日本中が冷えてしまったのである。今日では、政治家、実業家を始めとして、権力の座にあるものを信用している人間は、きわめて少ない。甘い汁を吸っている連中と思われているに過ぎない。しかし、軽蔑されているのではなく、憧れられている面もあるから恐いのである。そこへ、共産主義の崩壊という歴史的事件が勃発した。もはや、資本主義の方法論に疑いをさしはさむことはむつかしい。効率主義、能率主義は、産業の「方法的制覇」として、教育の現場は言うに及ばず、社会全体、人間全体を支配する思想になっていくに違いない。

教育の現場では、抗いがたい力で、この効率主義が浸透している。生徒たちは、教師のしゃべる余談、ムダ話の類に少なくとも昔ほどには、耳を貸さなくなっている。教科書をやれという。教科書をやれば身を入れて聞くというわけではない。要するに単位さえくれたらよいというのである。こういうシラケムードは、各教室に蔓延している。

小学校、中学校の受験教育の弊害だろうか。生徒たちは、クラスホームルームになると、時間をもてあます。何ごとにも教師が命令し、指示しなければ、進行しない。クラス全体で討議し、決議するということが、今日の夜学ではきわめて困難である。たまに意見を言う者は、茶化すか、水をさすかで、建設的な意見を述べたり、真摯な発言をしたりすることは、タブー視されている。自らの利害得失にかかわること以外は、興味もなく信用もしない。理想も道徳も建前であって、それに踊らされるのは馬鹿である。学校に制度があり、校則がある以上は、従うが、それ以上に積極的に動くことはない。よく目の見える子なら、何かしたいが、何をどうしてよいかわからないこの時代のすさみ、荒涼に、精神を狂わすのではないかと恐れる。

とにかく教育の現場は、悪戦を強いられている。

6

時代が変われば人間の心も変わる。生徒の気質も変わって当然である。不易と流行という言葉があるが、不易の方はしばらくおく。流行、変化の面からみれば、夜学生の気質はずいぶん細くスマートになった。仲間意識が薄くなり、時代が生みだした価値の多様化に応じて、それぞれ自分の殻に閉じこもり、〈安逸〉の時間を孤独にむさぼるようになっている。

こういう状況は、勤務校と道一つ隔った釜ケ崎にも見られる。私が勤め始めた一九六〇年代後半の釜ケ崎は、梅雨になれば、仕事にあぶれた労務者の鬱憤がさながら点火された導火線のように町中を廻って、暴動化することがしばしばであった。この暴動の要因の一つに、ドヤ（簡易旅館）の構造を挙げることができる。当時の木造のドヤは、宿泊者の雑魚寝できる広間があり、そこが酒を酌み交わしながらの世間話、身の上話の場になった。手配師、飯場、職安、警察等への不満や怒りを確認し合う温床になった。意気投合した彼等が、街頭でスクラムを組むのは当然のなりゆきであった。この頃の釜ケ崎には闇の情念のようなものが絶えず燻り続けていたような気がする。

一九七〇年後半からドヤ街の様相は変化し始めた、古い木造建築は、広間のない、狭い個室ばかりのスマートな〈近代的〉ホテルに建て替えられた。しかも、部屋に等級を設けたので、収入の多い技能職は上級の個室を、単純に肉体を切り売りする労務者は、下級の三段ベッドの〈かいこ棚〉をというふうに、自ずと連帯意識が殺がれる方向に事態は進んだ。かくして、導火線の一つや二つに点火したとしても、それを高層の上級個室から見下ろす目が生じて、引火、爆発に至らぬ状況が生まれたのである。私は、ウォークマンを両耳に挟んで歩く労務者を釜ケ崎に見たことがある。もはや時代は変わったのだ。

一九六〇年代、夜学には、体育館に教師一人入れず、〈生徒総会〉なる生徒自治の集会が健在であった。時代も人心も今よりは、はるかに熱かった。こういう時代に卒業した私の第一回担任クラス、滝田健作、磯貝誠吉、井上政次郎等は〈広間〉の思想を生き続けた人物である。彼等ほど在学中から、自分の出自や家庭の事情を隠さず語り合った連中はいない。だから彼等の友情は、時にうっとうしく思われるほどに厚く、私心を去る点で、時に舌を巻くほどにさわやかだ。

仲間の中心は滝田健作であった。卒業後、彼は父の家業を継いで、大阪市内の浄化槽の清掃の仕事をし、ダントツの出世頭になっている。浄化槽の清掃といっても、一般家庭が対象でなく、商業用のビルが対象であるから、例えば百貨店と契約が一つ成立すれば、年間数百万円の利益になる。社長の彼は、もっぱら電話付きのジャガーに乗って、契約のために走りまわっている。夜学入学当時、交差点で昼の高校に行った中学の同窓の女の子を見つけると素知らぬ気に道を渡り、勤め先の商店で釜の昼めしの残量をトイレにかこつけて確かめながら、おかわりを注文するというそんな体験の重なりの上に築き上げた地位であった。この仕事はしかし、並みの素人にはつとまらない。一種の縄張りがあって、彼も亡父のシマを守り、拡げての商売であるから、ヤクザもからめば、身体も張らねばならないからである。

いつかの忘年会であった。彼からこんなエピソードを聞いたことがある。数年前、大阪の郊外で、某広域暴力団の組長が、ボディガードもろとも、対立する暴力団の組員に射殺された事件があった。愛人のマンションに出向くところを、襲撃されたのである。そのマンションを見下ろす建物の一室にアジトを設け、見張りと尾行を繰り返し、周到な準備と計画に基づく犯行であった。その中心人物は、石本弘（仮名）という大阪ミナミの某暴力団の組員であった。三島由紀夫の小説を読むインテリヤクザで、全米空手の№1にもなった男だそうだ。その男が綿密な襲撃計画を実行中のさなかに、滝田健作は、単なる青年実業家と間違えて行きつけのスナックに案内したことがある。

折悪しく、ボックスは一杯で、カウンターしかあいていなかった。それで失礼かと案じて、別の店に行こうとすると、石本弘はそれを制止し、「ケン坊、カウンターでけっこうですよ」と言った。それではということになって、健作につづいて、石本弘が店内に入ると、急に奥の方の薄暗いところに座っていた客の何人かが直立し始め、次々に礼をしたというのだ。それは見るからに屈強な連中であったから、初めて健作は、その男の尋常ならざるを知ったという。

また、別の日の話。二人で焼肉を食べて、行きつけのスナックで飲んでいると、顔なじみの銀行員が入ってきた。二人を見つけて、外で買ってきた、たこ焼を一舟どうぞと勧めるので、焼肉で満腹した後だから断ろうとしたところ、石本弘はていねいに礼を言って、談笑しながら食べた。訳を聞くと、素人さんの好意を無にできないと答えたそうだ。帰り際、店の外で待っていた運転手兼ボディガード役の若衆に耳打ちされ、彼は再び、舎弟がもらった缶コーヒーとたこ焼の礼を述べに店内に戻って行ったそうだ。〈見上げたヤクザだっせ〉と健作は続ける。組長を殺害した後、地下に潜行し、音信がとだえ、後で考えると、思いあたるふしがいろいろあった。車で千里方面に向かう途中、単車に乗っている石本弘をみて、車窓からあいさつしたが、その表情からしてもあれは尾行の最中ではなかったかとか。自首する前に一度だけ連絡があって、〈水くさいやないか〉となじると、〈素人はんに迷惑をかけたくないからや〉と答えた。それで、裁判費用ぐらいは出させてくれというと、弁護士はつけない、自分で弁護すると言う。〈あんなに金のきれいなヤクザはいない〉。奈良の浄化槽の仕事を石本弘にわけてやる話をしたことがあったが〈ケン坊、オレは金に不自由していない、気をつかわんでくれ〉と断られたそうだ。滝田健作は、三島由紀夫の評価をめぐって、一晩、このインテリヤクザと議論したことがあったそうだ。〈三島は、シモジモの人間のくらしがわからん奴だ。これ一辺倒で、一晩だっせ〉〈いつか先生に三島の話を聞いたのだけが頼りや〉三島由紀夫が自刃した時、私は手に入るかぎりの新聞と週刊誌を集めたが、そのなかでただひとつ、〈地方の田舎町の小さな道場で、少年たちに剣道を教えて暮らしたい〉という彼の言葉だけが、妙に印象に残ったので、授業中に喋った記憶がある。

滝田健作のグループに、パチンコの遊戯機を製作している会社の専務をしている男がいる。同族でやっている小さな会社だ。板堂政治、通称、板さんで通っている。板さんは、卒業後も私が大阪市内で、気まぐれに買った部厚い将棋盤を、家まで運んでくれて嫌な顔ひとつしない。人情家で優しい男である。誰かが打ち明け話をすると、黙って酒を飲みながら聞いてやる。そんなつみ重ねがむろんあっての話だが、この板さんの会社が倒産寸前になって、滝田健作は一千万の金を準備して、板さんに差し出した。同じグループに、女に一番もてる男がいる。細身の美男で、榎守という、トヨタの営業マンである。彼は、いざという時の遊びのために貯めていた軍資金百万円を、ある冬の夕方、淀屋橋の喫茶店で、使ってくれと差し出した。〈あんなにうれしいことはなかった〉と板堂政治は回顧して言う。女に使うべく貯めこんだ金を、男の友情のために差し出したこのプレイボーイの心意気に、なるほど榎守は女にもてるわけだと私は感心したことがある。板さんは結局、両人から差し出されたもののうち、心だけは受けとって、金は受けとらなかった。経営は、起死回生の新機種が売れて持ち直したのであった。

忘年会の帰り、滝田健作は、二人になったときに言った。〈ぼくは、今仕事も順調に行っている。奈良にも白浜にも店ができた。女房にもやっと楽をさせることができるようになった〉〈そやけど、夜中にふと目をさますと、どういうわけか涙がこみあげてきて、止まらんことがありますねん〉。私はこういう一言に、夜学生の人生を実感するのである。

7

一九七四年といえば今から十八年前のことになる。私はまだ三十四歳であった。元気だったのはもちろんだが、生徒の方も相当にやんちゃで、陽性で、快活だった。その頃、私の長い夜学生活でも、もっとも印象に残る、ケンカの強い、人なつこいアウトローに出会った。体重は九十キログラム、身長は百八十センチぐらいあったたか。マユを剃りおとした童顔で、おしゃれで、清潔ずきであった。水泳が得意だが、勉強の方は、小学校一年生ぐらいの学力しかなかった。学校の近くの市営住宅に住んでいたが、仕事をせず、遊んでばかりいて、学校の方も続かない。学校に来ないわ、成績は良くないわで、結局、留年が決まって、新一年担当の私のクラスになったのである。滝田健作等が卒業して、四年の歳月が流れていた。

その少年の名は、海野高明《たかあき》といった。彼には振りまわされたが、もう彼クラスの人物に出会えなくなったのは淋しい。〈高明、オレは最近ワルに会わない。だから退屈している。アントニオ猪木がいて、タイガージェット・シンが光ったように、よきパートナーっているよな……〉そんな独白を何かに書いたこともある。約二十年前といえば、まだ日本には学生運動が健在で、時代の余熱も多少は残っていたと思える。したがって、生徒にも管理の思想の行き届かない野性とエネルギーが存在した。次の一文は、教師仲間を相手にした当時の私の活動報告だが、時代と人間をなつかしむ気持から引用させてもらう。未熟は覚悟の上である。

高明は、原級留置になって、一年の私のクラスに入ってきた生徒である。学校の近くの市営住宅に住んでいる。前担任のK先生が、四十数回に及ぶ家庭訪問を初めとする取りくみによって、学校につなぎ止めた生徒である。父親は、九州の炭鉱から出てきて、太鼓の皮張りをやっている。母親は、近くの工場で働いている。兄弟三人の長男である。彼には、いわゆる「非行」と名のつく多くの体験がある。学力は、小学校一年程度といってよい。就職先は、五、六回かわっている。漢字があまり読めないことが原因で、職種も限定を受け、勤めても、勤まらないことが多かった。学校へ来ても、教室の机の前にすわることは珍しい。すわっても、たいてい級友としゃべっている。勉強がまるでわからないのである。

それでも学校へやってくる。一学期の間は、教室にはたまにしか入らなかったけれども、たいてい一度は学校に顔を出す。ただし、いつ現れるかわからない。私は、一時限目の授業のない日、学校の近くの彼の家あたりで、彼が遊んで夕食に帰ってくるのを待った。そして、教室へ連れて行った。しかし、会えないことの方が多いし、逃げてしまうこともある。こちらにも用事があったりして、なかなかうまくいかなかった。五月の初めに東京へ家出した。(家出の経験は、過去にも何度かある)そのうち、「新宿の弁慶」と言われて、ええ顔やったといって帰って来る。東京の××組でやっかいになってきたという。

帰阪後の高明は、友だちBと、単車グループを作って、無免許運転を繰り返す。(学力がないので、免許がとれないのだ)この頃の高明は荒れていて、〈うっとおしい〉〈はよ学校やめさせてくれ〉が口ぐせであった。それでも、とにかく学校へはやって来た。

基礎学力をつけるための個人指導を始めることにした。六月初めのことである。高明が友だちのBと共に、Bのクラスの生徒Cを殴ったことがきっかけになった。単車を貸せという交渉に行かせたCの態度が気にいらんという理由で殴ったのである。高明を呼んで、あやまらせるため必死で叱る。いったんは、あやまるといった彼も、Cの前に出ると、〈絶対にあやまらん〉と言う。そして、〈学校をやめさせてくれ〉のいってんばりである。〈お前が人から殴られたり、差別されたりして、その相手があやまらなかったら、そいつはお前を見くびっとるのとちがうか、お前が、そんな人間になったらあかんやないか〉と問い詰める。結局、その日は、言いたい放題言ってあやまらなかったけれども、個人指導だけは受けることを承知させる。国語と数学を別室で何人かの教師の手助けで教えるのである。ある程度の学力がないと、単車の免許さえとれない、荒れる原因のひとつはそこにあると思うからだ。友だちのBも、同じ勉強をするんやということで納得させる。心の底には悪かったという気持があるのである。もともと高明より学力のあるBは、家庭と担任の力で、一週間真面目に所定のプログラムをこなした。高明もBも、この時、久しぶりに鉛筆というものを握ったのである。

高明の学力は、小学校一年の途中迄である。〈父〉や〈母〉は書けても〈兄〉〈弟〉は書けない。大好きな〈自動車〉〈水泳〉などという字はもちろん書けないのである。〈おれは痔やから長い間すわっていると尻がいたい〉と言いながらの勉強である。酒を飲んでやって来て、荒れていることもあった。丸顔の細い目がいっそう細くなって、厚みのある小さな口が正露丸のラッパのマークの形になって出てくる文句を聞いていると、酔っぱらった蛸のようでおかしい。〈おれがBと一緒に遊ぶと、Bが悪うなる、という た先公をしばいたる〉といきまいている。私との間で、いつもの応酬が始まる。〈うっとおしい、学校をやめさせろ〉〈なんでクラスに戻さんのや。差別しやがって〉部屋をとび出す。追っかけようとすると、Bが制止して、〈先生、オレとあいつと一寸話させてくれ〉と言ってとび出していく。どこへ行ったのか、学校中捜すけれども見つからない。そのうち同僚から、プールで誰か泳いでいると指摘される。囲いの隙間から覗いてみると、高明とBが夜のプールで泳いでいるのである。彼等の腕が水を切るたび、銀のハープのようなしぶきが上がる。ちくしょう！　更衣室に行くと、水から上がったBが〈酔いをさますため泳がしてん。もうきげんなおっとるで〉と言う。〈先生も一緒に泳いだり、あいつ、そんな先生求めとんねん〉、覚悟をきめて、泳ぐことにする。何しろ、学校のプールに入るのは初めてである。六月とは言え、夜のプールの水は冷たい。高明は水泳が得意である。悠々と背泳をやっている。平泳ぎでやっと追いつく。高明が人なつこく笑う。お互い存分に泳ぐ。あとで無許可で入った責任を問われるだろうが、かまうもんか。泳ぎながら話をする。頃合いを見て、〈どや、三十分ほど勉強するか〉こんどはいとも簡単に〈うん〉という返事がかえってきた。勉強の終了後、部屋を出ようとする高明に、私は真面目な顔で、Cにあやまることを促した。高明はBを捜しに行き、二人、Cの前で殴ったことをあやまった。Cは二人があやまってくれたことを担任の所に報告に行き、うれしそうであった。

九月になって、高明は、学校を抜けては近くの普通科のあるT高校へ、しばしば出張するようになった。ここの全日制は、折口信夫や高橋和巳、ノーベル賞の福井謙一が出た名門である。このT高の夜学に高明の片思いの女生徒がいる。

8

九月になって、高明は、学校を抜けては近くの普通科のあるT高校へ、しばしば出かけた。T高校の夜学に高明の片思いの女生徒がいる。シャム猫をバスケットに入れて登校する女番長であった。映画研究会で製作する映画の主役もつとめる長身の美人であった。この女番長の足を高明が蹴ってしまったのである。理由は、宗右衛門町のディスコの近辺においてあった高明の中学の先輩（T高の四年生）の単車がへこんでいたので、高明が冗談に〈オレが蹴ってへこました。誰にも言うな〉とええかっこしたことが、その女番長を通して先輩の耳に入ったので、裏切られた感じも手伝って、彼女を蹴ってしまったのだ。ヤクザと同棲しているという噂もあった、自称少林寺拳法三段というその女生徒は、最初、山口組を間に入れるといって聞かない。その後、高明は、その女生徒の同棲者に一度呼び止められたことがあった。しかし、初対面の人間ならマユを剃り落とした大男の高明には、一寸、気後れがする。〈どちらさんの組の方ですか〉山口組を名乗るその男に〈稲川のもんです〉と、咄嗟のはったりが出た。東京に家出したときの経験が生きたのである。〈若いもん同士のけんかやさかい、まあお互い仲良うに〉そういって、同棲者は介入をさけた。おさまらないのは、女番長の方である。直ちに子分の女生徒と共に、大阪から神戸港迄タクシーをとばし、船とこれまたタクシーを使って、四国高松の実家に帰って、慰藉料請求の診断書を携えて戻ってきた。タクシー代金の領収書も揃えてある。我校の応接間で、私服のスカートをまくってみせ、大腿部の青あざを、脚線美と共に披露した。治療費、慰藉料、諸雑費、締めて三十万円也の要求である。〈父親は元重量挙げの選手で、地元の顔役だっせ。警察に任せて、学校としては不介入の方が……〉と語ったことのあるT高の生活指導部長の迷惑そうな顔がうかぶ。なるほど、タクシーの領収書迄揃えて、慰藉料を請求するとは、並みの十七歳ではない、さすがは女番長だと感心した。

高明はすっかり参ってしまった。蹴った代償に慰藉料を請求されるのが初めての経験である上に、相手がほのかに慕情を寄せていた女性であったからなおさらである。こっそりシンナーをやったらしい。部落研の部長格のKの話では、ある夜、高明がBと一緒にやってきて、ウィスキーを飲んで、吐きながら、失恋したといって、ワァワァ泣いたというのである。

慰藉料の額をねぎる交渉に入ることにした。人に危害を加えれば、当然こうなる。請求されても文句はいえない。誠意をみせるしかないな。そう高明を脅しておいて、女番長と交渉する作戦である。まず、とりまきの女生徒二人と学校近辺の喫茶店で会った。高明がほれた女に手をかける結果となって、しょげていること、慰藉料の三十万は高すぎて返済能力がないこと等、話して、〈どや、本当は、どのくらいでいいと思ってるのやろ〉と聞いてみる。〈もう、時間もたつし、傷も治ってるし、治療費と雑費ぐらいでええのと違うか。本人も、一時はかっとなったけど、本気でまるまる取ろうとは思ってないようや〉。数日後、女番長に会った。きりっとしているようでいて、まだどこか少女の面影も残っている。しかし、高明に比べれば、はるかに大人の女の匂いがする。連れ立って地下鉄大国町駅まで送り、〈あんたはもう大人、高明はまだ子供、惚れた弱みで手を出した事件やからまあ、大目にみてやってえな〉そういって、見舞いのバラの花束を渡して別れた。後日、担任が気に入ったから、治療代だけでいいわと、とりまきからの連絡が入る。二万円を立替えて、これをきっかけに、高明を働かせることにした。

慰藉料二万円を弁済のために、高明は、靴の卸商に就職した。が、三日と持たない。靴の商標が読めないので、種類分けの箱詰めが出来ないのだ。潜在的に文字に対するコンプレックスがある上に、頼りにしていた友だちが、その会社をやめて名古屋へ行ってしまったことも手伝って、いつものように無断欠勤となる。父親とケンカになる。家をとび出す。部落研のKが、家に泊めて面倒をみようといってくれる。結局このKの力で、Kと同じ会社(肉の卸業)に入れてもらい、彼の運転する車の助手席に座って働くようになった。私の家にも仕事の途中二度ほど立ち寄ってくれたことがある。二学期になって、私の長女のいずみ（三ケ月）を膝の上で抱いてくれる高明の姿は、一寸とした眺めであった。

しかし、高明は、Kの転職によって、そこをやめ、別の友だちと一緒に梅田の飲食店に勤め出した。単車の無免許運転で事故を起こし、こわれた単車の弁償金がかなりの額になったので、Kの転職を機に給料の多い店へ変わったのである。スナックのバーテンで、夜の勤務だが、借金の返済をしようとする彼の姿勢を評価して、学校を休ませることにする。とにかく働くことが先決である。学校の帰り、職場によると、蝶ネクタイなんかつけて、太い指で器用にカクテルを作ってくれる。教室では掃除などしなかった男が、テーブルを粋に拭いて、かいがいしい。学校より、よほどこちらの水が合っているらしい。

私は高明の無免許運転の呼出しで、過去に四度、家裁や交通取調室あるいは講習会につきそった記憶がある。初めて家裁へ行った帰り、高明から〈先生ありがとう〉と挨拶されてめんくらったものである。めしを食って、お茶を飲み、天地真理のレコードを買ってやり、生徒手帳に貼りつける三分間写真を撮っての帰りである。〈もうこりた。単車みんのもいやや、こんなうっとおしいのかなわん〉〈先生もオレの担任になって大変やな〉高明は、国語の教科書だと、どこで切って読んでいいかわからないが、天地真理の歌詞だと、その切れ目がわかるという。大の天地真理好きで、後年、岐阜の温泉マークの風俗営業の店に、〈天地真理来る〉という偽看板が出て、どなりこんだくらいだ。自分の部屋には、天井にまでポスターが貼りめぐらされている。高明が比較的私に本当のことを言うようになったのは、そんなつきあいの後の一学期の終わり頃であった。

九月になって、女番長との一件があったことはすでに書いた。慰藉料や単車の無免許事故の弁済で、学校を休んで働き出したことも書いた。それはたしか年明けのことである。三学期の始業式の夜。高明から電話がかかってきた。年末に勤めているスナックへ友だちがやってきた。その兄貴がヤクザの組長をやっている。正月に遊びに行って、組員と酒を飲んだ。その時、組に入らんかと誘われて、酔った勢いで同意した。組長と杯を交わしあって、電話番をさせられている。それで仕事にも行ってないし、もちろん学校にも行けない。助けてくれ、と言う訳だ。

仕方がない。ヤクザと交渉する他はない。屈強なKを従えて、もし万が一何かあればこうして、ああしてと頼んで、組事務所に行く。〈高明は、本校一年の学生である。まだ勉学中の身であるから、学校に引きとりたい〉高明の友だちの兄貴という組長は、意外に色白で、まつげの長い、目の大きなやさ男であった。しかし、周りの組員はさすがにいかつそうで、少々おっかない。組長は、あっさり高明を引き渡してくれた。〈若いうちは勉強せえ〉大きな高明も、さすがにこの時は神妙に頭を下げて事務所を出た。〈カタギがええ、ヤクザはいややや〉中学時代、木刀を持って暴れまわったことがある彼からすれば、少しずつ身体で覚えて賢くなっていくのであろうか。

　高明との一年はこうして過ぎた。規定からいけば無論進級は不可能だが、三年間、同じ学年を繰り返させることは、暗に退学を勧奨するのと同じだ。本人の通学の意思がある限り、仮進級させてやれ。そんな意見が通って、高明は、二年生になったのである。しかし、最終的には、勉学は本人の意思の問題である。学校に来るだけで、勉強の意欲がなければ意味がない。二年に進級した高明に約束させたことが一つあった。クラスの生徒に乱暴するな！　身体が大きいので、ちょっとした悪ふざけも身体の小さい子にはこたえるのである。その禁を破ったとき、私は潮時だと思った。働く意欲の出てきた高明には、勉強より仕事の方が似合っている。社会に出て、働くことに専念させた方がよい。これ以上、学校において甘えさせるより、社会のきびしい風にあたった方がよいであろう。そう思って、高明と別れることにした。彼は現在、鳶の仕事をやっている。別れを宣告した日、校門を去っていく高明を見るのはつらかったが、今は、あの措置でよかったと思っている。

9

偶然とはふしぎなものである。新大阪から地下鉄に乗って、梅田駅から降りた。正確にいえば、降りようとした瞬間である。乗りこんできた男とすれちがいざま、お互いに声を発した。〈先生……〉〈田中クン〉十八年ぶりに出会った田中博美君は、昔の童顔の面影を残してはいたものの、すでに三十八歳の分別心のある顔になっていた。私たちはホームのベンチに腰をおろして、長い歳月の空白を手短かに埋め合うことにした。

ケーキ作りの職人で、今だに独身の田中君は、釣りが趣味だという。休みになると、遠征して、ついこの間も伊勢の方に行ってきたと、昔とかわらぬ人なつっこい微笑みを浮かべる。しかし、この種子島出身の元夜学生には、今だにどこか都会になじめぬ、さまよえる島人のイメージが残っている。女は釣らないのかと水を向けたが、どうも苦手でして、とまるで数学の難問を前にして困っている生徒のような顔をした。部屋中、釣り道具が散らばっていて、どうやら彼の頭のなかは、魚のことで一杯らしい。〈先生がぼくたちの担任だったらとみんなで言っていたことがあった〉そうか、ふしぎにウマの合うクラスであったと思う。田中君のはからいで、同窓会幹事の伊谷三木雄君に電話して、一度みんなを集めましょうということになった。

私が三十四歳、彼等が十七歳の頃、すなわち二十年前の昭和四十七年、私は、夜学の教師として、大きな意識改革を経験した。その頃の夜学は、田中角栄の減反政策のあおりを受けて、地方の農村の出稼ぎ者が都市に定住し始め、地方出身の夜学生で学校はあふれていた。夜学の全盛時代である。昼の生徒数を上まわっていたと思う。

私は、その頃、彼等に「自叙伝」を書いてもらうことを授業のテーマにしていた。なぜ彼等が夜学に来たのか、その道のりを歴史的背景もふくめて客観的に認識することは、現在の自分を理解する最善の方法だと思ったからである。そのためには、まず、現在の自分につながるもっとも意味深い経験、あるいは過去を語れというのが私の課題であった。

そのための準備作業として、永山則夫の『無知の涙』や夜間中学生の手記、石川啄木の日記等を読んだ。生徒たちは、一人、また一人というふうに、自分史を書いてくれた。まだコピー機のない時代であったから、私は、その作文を家に持ち帰り、鉄筆で写した。それをガリ版印刷にして、次の日の授業に配って、読ませた。自分の横に座っている仲間が、こんな過去、こんな経験を有していたのかと知ることは、私のみならずクラスメイトにも大変有意義であったらしい。彼等はやがて、次々に自分の経験を語り始めた。私は、一ヶ月ほどかかって、ほぼ毎日提出される生徒たちの文章を、時には徹夜に近いかたちで写しとった。ガリ刷りの経験を持つ人なら知っているだろうが、あれは書きにくいし、仕上がりも悪い。下手な字が、いっそう下手に、読みにくい仕上がりとなる。けれども、そんな印刷物でも、生徒たちは、国語の教科書の文章を読むときとはまるで違う態度で、同じ仲間たちの生き方を知ろうとした。理解し、共感し、共に、同じ苦労を味わってきた連中だったのだと、連帯感をもつようになっていった。毎日の国語の授業は、作文を読むことであり、感動した作文に、感想を書くことであった。手紙形式で、その感想は、作文の書き主に届けられた。作文の書き手は、自分の人生が、同じ仲間によって理解され、共感されることに喜びを発見した。その文集が、私の手許に一冊だけ残っている。もう黄ばんでいたみも激しいが、四百字詰原稿用紙にして二百枚近いこの文集は、私の大切な宝物である。彼等がこれを書き残してくれたお陰で、私はどうにか夜学の教師として勤めることができたのである。いや、恐らく、私だけではない。この文章を読むことによって、当時の我校の教師たちは、意識改革を迫られることになった。それほどに、生徒たちの書いた作文は、私たちにとって衝撃的なできごとであったのである。

その作文の書き手たちが、卒業後十八年ぶりに集まるという。私を呼んで同窓会を持つというのである。幹事の伊谷三木雄君の声が受話器の向こうではずんでいる。〈田中博美から聞きました。五月の連休明けに、大阪にいる連中を集めますから〉というのである。三月の終わり頃の話であった。私は伊谷君に感謝し、その日の出席を約束した。

ところで、その文集の内容について、私はここにその一端を紹介する必要を感じる。しかし、たとえば、巻頭の作文にしても四百字詰原稿用紙にして八枚を越える。たいていは、四〜五枚の分量を持っており、ここに書き写すための選択が一苦労である。全部で三クラス、三十八名の生徒が書いているその中から選んで冒頭に記した田中博美君の文章「生いたちの記」から数篇紹介するが、紙面の都合上、途中省略のあることを御寛恕願いたい。

昭和三十一年三月十六日、鹿児島県の離れ島、種子島に生まれる。二歳から四歳までのことは覚えていません。時々お母さんが僕に教えてくれます。「おまえは、おやじから、さんざんいじめられてきたんだ、だからおやじのことなんか思うな」と命令的に言います。ひどいときは、僕を海へ投げ捨てた時もあるそうです。やがて、お母さんとおやじは別れました。つまり離婚したのです。今になって「弟（直人）をくれ」と、どこからか電話がかかってきますが、もちろん弟はおこります。それがもっともです。「僕たち親子三人を捨てて行って今さら何を言うか」と弟は言います。僕は、すでに四歳のとき、死んでいたそうだ。なぜなら前にも書いてある通り、海に捨てられたのです。その時、僕のお母さんも、あきらめていたそうです。そうした時、僕のおじさん（母の姉の夫）が、「このままだと死ぬからすぐ医者につれて行け」と言ったおかげで、この世に存在しているのです。年は覚えていないが、このことだけは、はっきりと覚えています。ある晩、僕の母とおばあさんが喧嘩して、家を追い出されたことがありました。（なぜかといいますと、僕たち親子三人は、もとはといえばおやじ方の池井という名字でしたが、離婚したため、家も名字も元に戻っていて、いざこざがあったのです）僕たち三人は山へ逃げました。夜の山といったら暗いです。特に田舎は。そして母は、弟を背負い泣きながら、僕にこう言いました。「博美！　かあちゃんと死のうか」と言いました。その時、「うん死のう」と言ったのは、はっきりと記憶に残っています。五歳か六歳の時でした。ある日、町へ親子三人で遊びに出かけて行きました。その帰りに、母は薬を買ってそれを手に持っていました。うす暗い道で、僕は「この薬は、何にする薬」と聞きました。弟もそれを不思議そうに背中から見ていました。すると母は「死ぬための薬だよ」と教えてくれたのを覚えています。……

話は変わるが、日曜日になると、毎日といっていいほど畑仕事です。畑といっても坂道を一輪車を押して行かねばなりません。雨がふる日など、泥んこだらけになります。……さとうきびをむきにいかなければなりません。ときたま弟がすねます。……村では、僕たちだけが貧乏でした。おばあさんは、病気で医者通いをしていたし、おじいさんは、家で晩ごはんの仕度とか牛に食べさせる物を作っていたし、お母さんは、「石橋建設」というところで土方をしてお金を稼いでいたのです。そうこうしているうちに、僕は中学二年になりました。その年の六月に、おじいさんは、この世から去って行きました。……僕は、中学を卒業してすぐに大阪にきました。縁故就職で関西鋼管に入りました。最初は会社ってこんなものかと思いました。空気は悪いし（特に鉄鋼関係は悪い）、寮は狭いし、四畳半に三人から四人でした。それで会社を変わって、今は洋菓子店で働いています。今は、僕は家に毎月五千円ずつ送り、そしてあとは貯金です。僕たち兄弟は、お母さんのおかげで、ここまで、きたのだから、恩は忘れないつもりです。弟は、中学二年生ですが、校内で、剣道一位だそうです。……お母さんは「おまえたち兄弟は父親がいない、その点しっかりせんと」と言います。僕たち兄弟は「父」というものが、どんなものか知りません。だから、お母さんの言う通り、長男である以上しっかりしなければと思います。

10

昭和四十七年、夜学の二年生であった生徒たちの〈自伝史〉をもう少し紹介したい。十八年ぶりの同窓会の幹事役をつとめた伊谷三木雄君の文章は、文集の二番目に載っている。これが一番短い。

昭和三十一年一月五日、鹿児島県・大島郡中島村中久島というちっぽけな島で生まれました。この島には、まだ電燈さえなく、ローソクやランプの中で、毎日を暮らしてきたものです。それにお金もろくになく、欲しいものも買えず、母にすがりながら泣いたり、だだをこねたりしたものです。米という米もあまりなくて、芋ばかりで育てられた私は、父母の苦しみがよくわかります。この島で、父は土方仕事で、毎日毎日汗水を流しながら、兄弟五人の世話をし、食べる物でも父母は食べず、私たちに食べさせてくれた。その苦しみの中から大きくなり、小学校五年の秋になるころには着るものがなくなり、冬はとても苦しかった。父や母のモンペやズボンを借り、学校へ行くと、友だちにバカにされ、話してくれる人もいません。僕は、大声で泣きながら、教室を飛び出し、近くの浜へ行って、しょんぼり太平洋をながめながら、死を考えたこともありました。それが僕にとって、一生忘れることができません。

伊谷君は、現在、堺で釣道具屋をやっている。前回書いた田中博美君は、釣りが趣味で、したがって、話が合うらしい。伊谷君は、小柄で色が黒く、南方系の太いまゆと、鋭い目をしている。髪がちぢれていて、外耳に百円玉をはさんで、十八年ぶりの会合をしきっている様子は、こわもてがする。しかし、笑うと、急に人なつっこい表情になるので、鍋の材料を運んできた仲居さんも、彼の善良さを見抜いたのか、漫才の相方をつとめるような感じになっていた。伊谷君は、南方の島の人間に似合わず早口になっていて、〈いらっしゃい、まいどおおきに〉の緩急自在な呼吸が身についているようで、なるほど、本人が言うように女を口説くのもうまいだろうと思った。伊谷君の文章のあとには、前回、全文を引用した田中博美君の文章が載っている。その次は、宝石箱を作る職人であった山岡龍太郎君の文章である。

ぼくは、昭和三十年八月六日に大阪市西成区松田町六丁目の長屋で生まれた。生まれた時、隣の部屋にいたのは、父と祖母とねえさんだった。ねえさんとぼくは義理の関係。母が違う。だけどねえさんは、それから一年ほどして家を出ていった。だから小学校に入るまでは、父も母もねえさんのことは、少しも話してはくれなかった。

ぼくが生まれてから二、三歳までは祖母に育てられた。と言うのは、父も母も目が不自由だったので、あんまさんばっかりが集まってする店に出て行く。母は、ぼくが三歳ぐらいでこの店をやめた。やめてからはよく母の背中にだっこされて、公園や汽車を見に行ったことを覚えている。その次の年に祖母は入院し、小学校一年の夏に、八十八歳でなくなった。

祖母が元気な時は、なんでもかんでも祖母がやっていたけれど、倒れてからは、ぼくと母がすることになった。けれど祖母の入院のころは、ぼくはまだ四歳か五歳だったので充分にできなかった。しかし、母は、目が不自由だったので、ぼくは母の手を握り、買物に市場なんかへ行った。一人で行きたかったけれど、買う品が覚えられなかったし、まだ字が書けないので、母と一緒に行った。一つや二つぐらいのものを買う時は、ぼくが行く日もあったが、大体小学校二年ごろまでは、母と一緒に行った。しかし、字も書けるようになってからは、一人で行くようになり、中学校に入るまで、そんな毎日が続いていた。

たしか、小学校二年生の時だと思う。ぼくはハシカにかかった。なんやハシカぐらいと思う人もあるかも知れませんが、ぼくの両親にとってハシカは、一番の病だった。なぜならハシカのせいで、父も母も、光を失くしたのだ。だから、ぼくがハシカになった時は、それは、もう父なんかは、ぼくの熱が上り下りした時は、あわてでしまってハシカが目にこないように祈ったり、病院に電話したりする始末だった。ようやくハシカが終わりに近づくと、いっぺんに肩がこったと父は言っていた。ハシカがすむと、すぐおたふく風になったと母は言っているが、ぼくは、それは、あまり覚えていない。それからは、あまり変化はなかったように思う。

しかし、小学校で一番くやしいなあと思ったのは、どこかの学校でもありそうなことだけど、ぼくの場合、両親とも目が不自由だったので、〈盲の子〉と言われるのが一番くやしかった。そんなことを言われた小学校も卒業し、中学に入学した。まあ、中学校もたいして変わったこともなかったけれど、ただ卒業が近づいてくると、みんなは、進学進学とやかましくなってきて、ぼくも進学か就職かなかなかまとまらなかったけど、結局は、就職することになった。まあ両親のことも思い、自分の能力のことも考えて、就職のことを先生に言ったら、それなら定時制に行け、と言われ、ぼくは、就職と進学の両方の道を選ぶことになりました。

（昭和四十七年十一月十五日、日曜日）

山岡君は、同窓会に来ていなかった。彼がオルゴール付きの宝石箱の職人で現在もいるのかどうか私にはわからない。担任でないクラスの生徒については、定時制の生徒の場合、特に不明な点が多い。山岡君は、卒業後、一度、転職を希望した。その時、元担任は、秋田県の高校に赴任していたので、私は、数回、山岡君とつき合った。大阪の繊維会社を紹介したが、意に添わず、やはり宝石箱を作りますと言った。その後は会っていない。色白で、瞳の美しい若者であった。目の不自由な両親が、心のなかで何度も思い描かれたに違いないよく澄んだ黒水晶のような美しい瞳をしていた。山岡君は、オルゴール付きの宝石箱を作る職人が似合うと私は彼に言ったか、言わなかったか。その音色は、両親に彼の〈成長〉を告げる最大の贈物だと思ったからである。

久しぶりに、黄ばんだ文集のページを繰っていると、年のせいか、彼等の文章の行間に、言わないで置いたことや、言えないでしまったことなど、宜保愛子の心霊現象のように見えてくるものがある。たとえば、山岡君の文章にある〈ねえさん〉であるが、彼が生まれて、一年ほどして〈家を出ていった〉とある。ねえさんの年齢はわからないが、幼ければ、実母の所に行ったとも考えられるし、中学生程度になっていたなら、家出したとも考えられる。目の不自由な父親の初婚の相手は、目が見えたのであろうか。もし、目の見えた母親が、離婚のさい、娘を目の不自由な父親に残したとすれば、その母親は大阪にいないのではないかと思ったりする。また、目の不自由な母親であったと仮定すれば——そして、一人で自活の道を選んでいたとすれば、その母娘の生活の労苦が偲ばれるのである。あるいは、再婚し、新夫との間に子供ができていたとすれば、この〈ねえさん〉は、どういう人生を歩むことを余儀なくされたのか、私は、この世に生を享けた人間の一生について、ジグソーパズルを解くように、あれこれと想像をめぐらすのである。

また、山岡君は、四歳か五歳の時から、母の手を〈握〉って、母の手をひいて、市場へ買い物に行ったと言う。彼はまだ幼くて、買う品が覚えられず、字も書けなかったので、市場への道案内をつとめた訳だ。こういう母子には、今なお臍の緒でつながっているような深い絆を感じる。その場合、冥暗の胎内にいるのは、むしろ母の方かも知れない。幼い息子は、強く〈握〉りしめた手の先にある母を毅然として守っているのである。こういう母子像には山河草木悉皆成仏《しっかいじょうぶつ》の世界を感じてしまうのである。母親が耳を傾けて聞く息子のオルゴールは、苦海を越えた者のみが聞く悉皆成仏の音色を湛えていたのではなかったか。

私は文集のページを繰りながら、かつて、自分史を書くとは、両親の人生を見つめ直すことだといった自分の言葉を思い出す。子供が見習うに足る親の歴史がある限り、その〈歴史〉を踏まえた子供は自然に育つ。

あとしばらく文集につき合ってもらいたい。

11

ここしばらく、昭和四十七年時、高校二年生だった夜学生の作文を引用紹介している。長い作文は、四百字詰原稿用紙にして十枚を越える。どうして、彼等は、真摯、誠実な態度で、自己の生いたちを語ることができたのか。現在の、少し醒めた感じのある生徒たちに比べると、今から二十年昔の少年の心は、奥深いところでそれぞれに心の飢えを抱えこんでいたのだと思う。

幼少期から彼等はほとんど生活苦から自由でなかった。両親、あるいはそのどちらかがいない生徒もあった。物質的にも精神的にも欠損を抱えた生徒たちが、しかし、現在の夜学生よりはるかに真摯であった。

それは時代のせいだろうか。それとも、貧苦というものが、人を真摯に導くのか。あるいはそれは、個人的な資質なのであろうか。

現在の夜学生の大半は、経済大国の潤いによって、それが僅かなものとはいえ、往時の少年たちよりは、はるかに享楽生活を楽しんでいる。楽しんでいるというより、流されている。

四囲、どちらを向いても、時代の表情、社会の表情は、享楽と愉悦によって弛緩しているように見える。物質生活が満たされて始まる精神の豊饒の道は、現在の夜学生には閉ざされているように見える。

彼等は、往時の少年たちに比べて物質的に恵まれているとはいえ、幸福であるように私には思えない。

往時の少年たちの方が幸福であったとも言えないが、心のなかに住まわせている夢の大きさは、抱えている飢えに比例し、自らの生の原動力になっていたと思う。生きる力が、自らの奥深くから湧いてくる、外側の誘因によってではなく、内側から湧いてくると、私は往時の少年たちに対しては言うことができる。

そして、この生きる力こそ、生きる歓びに通じる源泉であって、往時の夜学生の文章の行間には、この力に導かれた生への探索、良き生活への凝視と希求が存在した。それにしても、彼等の人生のいかに苛酷であったことだろう。次の文章は、清原正男によって書かれたもので、文集の冒頭にある。私が、証言集を出すきっかけになった忘れられない文章である。

昭和三十一年、二月二十八日、三男として大阪市西成区で生まれました。生まれてから四年目、昭和三十五年父が会社で事故にあい、右足骨折した。この時から一家の生活が一転してしまった。父の長い病院生活が始まった。私がもの心ついた時から数えて一年近くになるまで続いた。その間に、家族の生活がめちゃめちゃになってしまった。

その頃はまだ健康保険が今のようにできていなかったため、金の方での苦労が始まった。父は退院してから気性が変わってしまった。無理もないことです。もう健康体ではなくなってしまったのです。酒を飲む。気は短かく、常に兄姉にあたりちらしていた。

でもその頃はまだ自分の家があった。衣食住にもさほど苦しまなかった。でも退院してから一年、私の生まれた家もだまし取られ、一家散り散りになった。

まず父と兄二人の計三人が、長男の勤める会社の寮に暮らし、母をまじえた残りの五人が長女の家に生活を共にした。父の方の生活はあまり知らないが、苦労したことは確かだ。兄の寮といっても一人寝るのが精一杯、そんな所に三人が寝れるはずがない。それに会社には黙っていたため、昼間見つかってはいけないので、部屋から出られない生活が半年も続きました。

母と私等五人は、もっと苦しかった。最初の一ケ月は姉も良くしてくれた。しかし、一ケ月過ぎると、親子といっても人は変わってしまう。今まで食事は一緒にしていたが、ある日から別々になってしまった。

それから半年近く、鉄のようなふすまは、飯時になるとしめられた。もちろん姉たち家族と同じような物が、食べられるはずがない。次女はこんな生活がいやになり、残りの者のことも考えず、母のもとを離れていった。その時の姉の目には涙がたまっていたこと、姉にもらった百円と共に、今でも覚えている。

でも、次の日からは、そんなセンチメンタルな気持は消えてしまった。鉄のふすまの向こうでは、親子が楽しく食事をする。でも私たちは、パンと言えば聞こえはいいが、パンの切端一袋十円、バターが十円の二十円で、一日の食事をすます。ここまでの生活はきびしいものでした。

私も二つ上の姉も小学生です。学校へ行かなくてはなりません。生野から鶴見橋までの五キロメートル以上の道のりを、たった二十円のバス代がないために、歩いて通わなければなりません。朝は六時に家を出る。学校に着けば八時。帰りは四時に学校を出ても、家に着くのは六時をまわる。家に着いても食事はパンの切端。体がもつわけありません。

また、私には妹もいます。まだ一つにもなりません。そんな子が泣くのはあたりまえ。でも長女は、それも許してくれません。寒い冬に外で妹をあやす母。この時の母には、外の寒さよりも、実の娘の冷たさの方が、つらく身にしみたと思う。

私が、私たちをここまで追いやった父が憎めないのは、足が悪いにもかかわらず、兄の寮のある阿倍野から生野まで歩いて会いに来てくれる人だからです。それも来る時には、自分の食事もしないでかならず飯を持って来てくれるのです。そんな父を姉は家にも入れてくれません。ただ私と会わすだけなのです。姉の心はますます冷たくなってきた。私と妹が外で遊ぶことも怒るのです。七ケ月目、ついに姉に家を追い出されてしまった。

住所を天下茶屋に移し、父と家族六人で生活した。上の兄二人は長男の寮でした。ここでの生活も前と変わらずでしたが、パンの切端でも父と暮らせたことが嬉しかった。そんな気分になれるのも午後の六時より以後、それまでは、このアパートでは子供は住むことができず、昼間、家主に見つかってはいけないので、母と私と姉妹は一日中、行くあてもなく、歩いて歩いて時を過ごすのです。真夏、暑いのに、一日中、ジュース一本飲まず、腹をへらして歩くのです。

私は小学校二年の時、学校を二ケ月ほど休みました。姉は学校から帰ると私と共に、六時迄の時間を過ごすのです。父の酒はやはり続きます。衣食にも困りました。母と私は、長男に金を借りに行く。一度や二度なら兄も貸してくれました。でも兄にも自分の生活があります。遂には兄は、母の子ではないと言い、金を貸してくれなくなりました。でも父の酒はなおりません。食事はずっとパンでした。父も、自分で自分がいやになり、母は、父になぐられながらも、じっとこらえている自分が悪くもないのに、ただあやまるだけでした。

ここまでが、この作文の前半部にあたっている。後半は、この受難の家族が、同じアパートの善意の調理士や、親切な〈嶋田さん〉というおばさん等に支えられ、家族が生活を立て直していく話になっている。

父親がアパートの管理人になり、次男は調理士になる。清原正男は中学一年になっている。母の内職を手伝い、新聞配達もする。〈私の母は、二十年近くの苦労が体にきた。心臓病で医者にかかることになってしまった。この時から、私は新聞配達を始めた。これは何も生活が苦しいからでなく、母に小遣いをやりたかったからである。また自分を確かめてみたかったからである。〉

労苦の人生を送った母を思いやり、自分を見つめる心が、ここには存在している。彼はやがて全日制高校への進学の道をあきらめ就職し、夜学に行く決意をする．就職組に対する級友の目は冷たい。〈学校が楽しくなかった。でもこんなことを吹きとばす様な勇気がでた。それは、母が私に、どれだけの期待をよせていたかだ。〉

清原正男の生きる力の根源は、家族のために身を犠牲にした母親にあった。これは、二十年前の夜学生に共通している真実である。

12

山田洋次監督「学校」を観た。構想を温めること十年と聞く。たしかに、それだけの思い入れと愛情を感じさせる。私の勤務校では、全日制が文化祭の準備で教室を使う、十一月の土曜日は、映画観賞になっている。それで今年は「学校」を観た。

出欠は、学校で発行した、所属クラス名と名前の入った映画観賞券をあらかじめ生徒に渡し、館内の席は自由である。一般の人と共に鑑賞する。映画が終わって、外に出る。生徒の半数ぐらいは、もういないのである。映画の上映が始まる前に、土曜日の夜の道頓堀の繁華にまぎれているのだ。

映画を最後まで見た連中は、口々に〈よかった〉と言い、〈最高に面白かった〉と言う。しかし、夜間中学の生徒たちを描いたこの種の映画に興味も関心も示さず、たとえば昨年鑑賞した伊丹十三の〈ミンボーの女〉や、〈ターミネーターII〉などには乗ってくる生徒がいる。とにかく〈真面目〉とか〈教訓的〉な匂いとかを極端に嫌う。ただひたすら刺激的に快楽原理に身を任せている。

私が言いたいのは、「学校」に登場する生徒は、後者の〈しらけ〉タイプをとりこんでいないということだ。私の描いている〈夜学生〉も、この「学校」の生徒たちと重なっている。映画「学校」の夜間中学生は、それぞれに問題を抱えながら、よく勉強する。卒業記念の作文も書く。しかし、現在の定時制高校で、真摯に作文を書く授業が成り立つかどうか。

私の「証言集」は、一九七二年（昭和四十七年）、高校二年生の生徒たちが、ある一定の準備期間を経て、書き始めたものだ。その頃の生徒たちは、地方出身者が半数を占め、それぞれに両親の離婚、死別といった状況を抱え、愛情の飢えと、衣食住の不自由を経験していた。生徒たちの多くは、〈なぜ、私だけがこのような苦しみを味わうのか〉という疑問と、奥深いところには、対象の定まらぬ〈憎悪〉の念をひそませていたのではないかと思う。

私は、生徒に自己の生きてきた歴史を書かせることによって、彼等の〈疑問〉や〈憎悪〉の内容を直視させたいと思った。そして、彼等の背負う困難の直接的な原因が仮に両親の離婚であったとして、家の貧しさや、父親の酒の背景に、一労働者に過ぎない父親の力に余る問題がありはしないか、その政治的、経済的な問題が見えてこないかぎり、すなわち〈無知〉によって、夜学生たちは、怨念と憎悪の一生を送らねばならないのではないか。

自己と家族の歴史を客観化し、〈現在〉を成り立たせている歴史的背景、日本の社会構造、日本民衆の戦いの歴史などを考えるきっかけとして、私は、生徒たちに自己史を書くことを迫った。

そういう話が生徒たちに通じた。きわめて稀な〈しらけ〉の生徒と、激しい口論によって涙もこぼした。〈生徒のために泣いてくれる先生〉といったことばが、卒業生の記念アルバムにある。当時の生徒には〈熱〉があった。バカ騒ぎもさんざんしたが、いざとなると真摯この上ない態度をとった。正しいことに対しては、襟をただした。心打つ話に対しては、涙を流した。

しかし、今日の夜学生の半数以上は〈しらけ〉ていると言うか〈しらけ〉のシンパである。山田洋次の「学校」も、私の〈夜学生〉も、この〈しらけ〉た若者を描いていない。私は、この〈しらけ〉た状況こそ、現代日本の繁栄の最も暗い部分だと思っている。

たしかに、日本人の暮らしはよくなった。生徒たちは、一人住まいの部屋を借りる場合にも、バス・トイレ、冷暖房付きを探す。経済的な貧しさは、二十年前に比べれば格段に改善されている。家庭の経済も昔に比べれば豊かになり、昔ならその困窮の負担を一身に背負った母親が、今は楽になって、程度の差はあれ、それぞれに物質的享楽的生活を楽しんでいる。

今日の夜学生は、物質的貧困の〈闇〉から解放されたと言ってよい。そのかわり、彼等は、物質的富を背景にした快楽・消費文化のえじきになっていると言える。教師との関係においても、彼等は、人間的なかかわりをしようとしない。自分の都合しか考えない。休むときは電話してくる。感心だなと思っていると〈親には内緒にしてくれ〉と言う。仕事をしたいから紹介してくれと言う。希望を聞いて連れて行く。一ケ月ほどで止めてしまう。学校で文化祭の準備をする。はやく帰りたい一心で、準備作業をさぼるか、しても手抜きをする。親からもらった給食費は払うが、自分の稼いだ金は出し惜しみする。とっかえ、ひっかえ、つき合う女を変える。ずる賢く立ちまわり、楽をして金をもうけることができたらいいと考えている、とにかく、しんどい、しんどいの一点張りで、聞いていても、うんざりする。両親の暮らしは、夜学生の家庭とは思えぬほどにいいのである。

こういう〈しらけ〉た生徒、並びにその精神的シンパが、今日の日本の若者に増加している。夜学生は、物質的貧困の〈闇〉からほぼ解放されたと言えるが、そのかわり精神的貧困の〈闇〉を背負うことになったのである。いや、夜学生ばかりではない。〈しらけ〉た若者は、日本の中学生から大学生まで、その数をふやしているはずだ。

そして、この〈しらけ〉た精神は、若者のみならず日本人の魂を蝕んでいることはまちがいない。高度経済成長、総理大臣の犯罪、日本共産党神話の崩壊、スターリニズム社会主義の壊滅——倫理無用、拝金主義のホンネだけが、この日本にある。

戦後教育の最も遅れた部分は、〈精神〉の軽視である。最も繊細で、やさしく勁い心の育成である。それは、教育現場だけに任されてもどうなるものではない。日本人全体が、二十一世紀を迎えるにあたって考えねばならない問題である。

日本の政治家は、今頃、政治改革を叫んでいる。自分たちの身の処し方で精一杯の様子だ。政界再編の激動で、恐らく二十世紀は終わるだろう。不況下の経済界に、日本人の精神や文化の問題を考える余裕があるとは思えない。

そうとすれば、芸術・文化・思想の世界でやっていく他あるまい。時代は冷えこみ、しらけにしらけているといってもよい。むろんこの〈しらけ〉には、もはや、いかなる鉦や太鼓にも容易に動かされないぞという冷静な理性の力も働いているであろう。しかし、全体としては、低俗な享楽主義に基く物質主義、拝金主義の思想である。その大人たちの思想が、子供たちを蝕んでいるといってよい。

経済的に豊かになるためには一流企業への就職が何よりである。そのためには、一流大学に入学しなければならない。今日の日本の学校教育は、この大人たちの考えの反映として存在している。子供たちは、よき人間、よき人格をめざして勉強しているのではない。大企業に入って、経済的に豊かな生活を送るために勉強しているのである。

受験競争からこぼれた生徒が、〈しらけ〉たり、登校拒否をおこすのは当然といえばいえる。今日の日本で、親子関係に問題がない家庭は幸福である。〈しらけ〉のシンパたちは、教師の言うことはもとより親の言うことをまず聞かない。これほど大人が子供の問題で扱いに困っている時代はかつてなかったに違いない。

恐らく日本人は、戦後、いや明治以降、物質的繁栄に急で、精神の問題をおろそかにした、そのつけをこれからしばらく払い続けねばならないのだと思う。

衣食足りて礼節を知るというが、〈礼節〉は、自然に身につくものではない。よき精神、よき文化を愛する心こそ、今日の日本で、もっとも必要なことである。その心を育てる手だてをどうするか。今日の日本で、私たちが考えねばならない重要な柱はこれである。

私は、昨日、山田洋次監督「学校」を観て、この映画に登場しない〈しらけ〉派の連中のことが気になった。これは、〈夜学生〉について書きながらも、私のたえず念頭を去らない問題である。私は三十年夜学に勤めて、時代が熱い時代から冷めた時代へ転換したことを肌身で感じている。この〈移行〉こそ、戦後の精神史の最も大切な問題だと思っている。

13

休憩時間に廊下を歩いていると、私の担任のクラスの教室から、黒崎君の声が聞こえた。〈こいつ等、今まで皆勤続けとんねんて。なんでお前等皆勤なんかすんねん、あほちゃうか〉。私のクラスは、現在三年生で、在籍数十一名。内、三名が入学以来、皆勤を続けている。私は入口から顔をのぞかせ、〈サボリの黒崎こそアホちゃうか〉と言って、様子を伺った。別に他の生徒が、黒崎一郎のヤユに調子を合わせている気配ではなく、むしろ、とまどいのある雰囲気であったが、話題を転じた皆勤生徒の気転で、いつものくったくのない表情が戻った。私は職員室に戻る途中、これはしかし、一寸した事件だぞと考えていた。

昭和四十年（一九六五年）に勤めて、これで四度めの担任である。四年間、持ち上がりで、だから、どの生徒のこともかなり知っているつもりだが、この黒崎一郎の言葉には、不可解さがあった。というよりも、私がうすうす感じていて、意識したくないと思っていたことが、はっきり、生徒の口から聞かされたという思いであった。やっぱりそうか、そうだったのかという気がしきりにした。私は古い考えの教師なのだろうか。

二年前の二月の職員会議のことだった。私は、全校の皆勤生徒八名に渡す賞状が、あまりに小さいので、もう少し大きいのに改善し、記念品（たとえば額縁でもよい）のひとつもつけて、その行為を称讃すべきだと提案した。結果として、賞状は、A４からB４程度の大きさに改善されたのだが、記念品までつけることは否決された。その討議で、若い教師の発言した内容が、二年間、気になっていたのである。生徒たちは、昼働いて、夜勉強している。遊ぶ時間、友だちと過ごす時間も、日曜日一日しかない。毎日、学校に来ることを称揚するよりも、むしろ、無理をしないで、時には骨休みをして、通学することを勧めるべきではないか。二、三の教師が、この発言に同調し、皆勤生徒が出ることよりも、クラス全員が、脱落せず、とにかく進級することの方が大切だと言った。同調者の論理は、皆勤生徒とクラス全員の進級を対立的に捉えている点で、まちがいであることはすぐにわかる。しかし、肝心の反対論の核心は、私には、教育の大きな分岐点のように思われた。

皆勤賞の是非については、前史がある。二十年前のこと。大学での学園闘争が高校にも波及して、当時のラジカルな生徒たちが、次々と学校に改革を要求した。その時、生徒たちは、〈定時制の生徒は、仕事の関係で定刻に登校したくてもできない。学校が終わってからも、まだアルバイトをしなければならない子もいる。優等賞や皆勤賞があるのはおかしいのではないか〉と主張した。たしかに、一九七〇年代の夜学には、家庭の経済状況から、相当に無理を重ねて働いている生徒たちがいた。だから、この二つの賞はいったん廃止されたことがある。しかし、皆勤賞の方は、たとえ、一方に、登校したくてもできない生徒がいたとしても、皆勤を続ける生徒に対しては、やはりその努力と真面目さをほめたたえるべきではないか、事情があって皆勤できなかった生徒も、理解するはずだという意見が通って、十年ほど前から復活していたのであった。夜学で、働かないで皆勤だった生徒は一人もいない。働いて、学校を皆勤で通す、ということは、並大抵の気力では達成できない。皆勤生徒ほどクラブ活動も熱心である。私のような軟弱な肉体と、半端な精神の持ち主には、特に、四年間皆勤の生徒を、思わず尊敬の目で見てしまう。企業主なら、こんな生徒は、三顧の礼をつくしても採用したいと思うはずだ。

私はしたがって生徒たちに、休まず登校する努力と真面目の必要を説いてきた。しかし、若い教師によって、私の考えは否定されたのである。のみならず、その若い教師の考えを裏付けるかのように、生徒のなかからも、皆勤をヤユするような価値感の変化を感じさせる言葉が吐かれたのである。時代は、奥深いところで、大きな転換期を迎えているらしい。これまでのように、努力や真面目を美徳とし、その結果として、高度経済成長を遂げることにもなった日本の、これは大きな分岐点を象徴する事件のように思われた。

この傾向は、しかし、私には、精神的にゆとりのある豊かな生活とすぐには結びつかない。どうも安易な気がする。楽をすることが何ごとにも優先するような感じがある。先人が残した物質的富の上にあぐらをかいて、額に汗する人間をからかっているような、安直で、気ままな感じがある。これからの日本が物質的富より精神の豊かさの方向を求めるべきだという意見には、もちろん賛成だが、豊かな精神と〈努力〉や〈真面目〉を対立的にとらえるような傾向には賛成できない。

一九六〇年代の皆勤生徒に対する、級友や教師の反応は、現在とはよほど違っていた。

私の第一回担任クラスに、山田章君という四年間皆勤で通した生徒がいた。二十六歳で入学し、三十歳で卒業したのだが、成績も一番で、クラスメイトから〈兄いちゃん〉と呼ばれていた。たしか、柔道初段で、囲碁も強かった。担任の私と同い年だが、貫禄は山田君の方にある。九州へ修学旅行に行ったとき、バスガイドが、山田君を先生と間違えるほど、どっしりと落着いて、チンピラが一目おくような面がまえをしていた。その山田君が四年生の十一月に結婚式を挙げた。文化祭の日で、授業があるのではないから、登校しなくても出席扱いにするつもりでいた。本人にもそのことは伝えてあったのである。ところが午後三時頃、彼は、結婚式をすませたといって、新妻を伴って学校に姿をあらわしたのである。クラスの連中が、さすが〈兄いちゃん〉といって、感嘆したのはもちろんである。山田章夫妻は、担任と級友に見送られて、有馬温泉へ新婚旅行に出かけて行った。文化祭の出し物のなかで、このハプニングは、出色だった。全校生徒が見物したのではなく、クラスの仲間が、拍手して迎え、手を振って見送ったのだが、なるほど、皆勤を通すというのはこういうことかと、みんなはそれぞれに腑に落ちるかたちで納得した。滝田健作も井上政次郎も磯貝誠吉も以前に紹介した通り、皆、尋常でないすごい生徒たちだが、こうした〈兄いちゃん〉の行動には、人生意気に感ずとでもいうべき熱い電流を感じるのであった。二昔前の夜学の皆勤生徒とクラスメイトの状況は、このようであった。

こういう〈熱い〉心は、当時の夜学生にはしばしば見られた。修学旅行中、〈むっちゃん〉という名のバスガイドの家に招待された十名ほどのわんぱく連中が、おめかしをして、別府の宿泊所を出ていく。門限に間に合うように帰ってきた彼等は、御機嫌だったが、翌朝、別府港でもっと驚くことになる。〈むっちゃん〉人気が高まって、夕べ、父と二人暮らしの彼女の家での小一時間ほどの訪問の模様が尾ひれをつけて語られている。修学旅行の最終日で、もうバスによる移動はない。船にのって、大阪へ帰るだけだ。港の待合所で、船を待っているときだった。バスガイドの〈むっちゃん〉が、栗入りのおにぎりを持って、私服で見送りに来てくれたのである。三日続いたガイドとしての仕事は、昨日、終了している。もう会えるはずがないと思っていた噂の彼女が現れたものだから、全員が感激するのも当然である。船が出る。ドラが鳴って、テープが交錯する。港にたたずむ〈むっちゃん〉にむかって、みんなが口々に叫んでいる。そのうち、赤い腹巻をしたガキ大将格の一人が泣き出す。〈むっちゃん〉の姿が小さな点になって、〈熱い〉心だけが残った。栗入りのおにぎりを一人一人ほおばりながら、我々は、人の世のまんざらではないよさにうっとりしたものだ。

人間の行為というものは、冷たい目で見れば、すべて滑稽に見える。喜劇的に見えるものだ。結婚式の日に登校することも、バスガイドとの別れに涙をこぼすことも、冷たい目の人間には、別の映り方をしているのだろう。現代は、冷たい時代である。さかしらな時代である。一所懸命な姿、真面目な姿に水をさし、これを笑うことをナウイと考えているのである。時代の心というものは、行きつくところまで行かないと承知しないもののようだ、ある日、あの時、ふと、〈真面目にやるってことも、案外いいことなんだ〉と生徒たちが思うようになるのは、どんな時代だろう。

14

昭和四十年（一九六五年）の四月、六甲山麓の見晴らしのよい研究室に別れを告げ、私は、釜ケ崎と国道26号線をへだてた現在の勤務校に赴任した。神戸大学の国文科助手の研究室からは、六甲の緑と、ハイカラな家並みがいつも見渡せた。別の部屋からは、海も見え、私は、どこか浮世離れした環境のなかで、自分の未来をどう描いていいかわからずに、時間を浪費していたと言ってよい。

昨年の十二月十八日に、肺癌で亡くなった先輩の河田光夫が誘ってくれなかったら、私は、それから三十年近く勤めることになる、この〈夜学〉を知らなかったに違いない。国文科助手の身分は、法的には保証されていたが、先生たちとの約束で、二年経てばどこかに移らなければならなかった。私は、大阪市大の大学院に行くことに決め、生活の糧として、河田光夫の勧奨に従って、彼が組合の分会長をやっていた、現在の勤務校に赴任した。河田光夫は、稀にみる秀才で、熱心な組合運動家であり、後には、日本でもっとも先鋭な親鸞研究家になった。その彼とは、長い間、同僚として、かつまた、彼の〈補佐〉〈女房〉役として、二人三脚でやってきたが、昨年、あわただしく、彼がこの世を去ったのには、驚かされた。彼の晩年のことは、今ひとつわからない面がある。これは、しかし、おのずと別の問題である。とにかく、河田光夫が逝って、私には、学校を流れる〈時間〉というものを痛切に感じるようになっている。

初めて、教壇に立って、出籍簿を開いて、生徒の名を呼んだ時のことを、私は、つい、昨日のように思い出すが、もう三十年の時間が過ぎ去ったのである。

昭和四十二年に卒業した建築科四年B組の同窓会を、今年の春、四月九日に、大阪難波高島屋の別館、ローズガーデンでやるという。幹事には、村上次郎の名があった。この生徒たちとは、夜学の教師をして、最初に出会ったのであった。村上次郎は、三年の時に中退したが、現在は、たいていの人の財布のなかに、数枚は収められているはずの、種々の〈カード〉を製作する会社の社長である。夜学の生徒の就職の方もお願いしている。卒業後、会ったことのあるのは、一名ぐらいで、もう名前も顔も、ほとんど忘れている。このクラスの担任だった建築科の木元教諭は、もう数年前に他界されており、当時、最も若くて、何かと一緒に遊んだ新米教師の私を呼んでくれたらしい。

あの頃は、まだ、宿直の制度が残っていて、宿直の夜には、たまに生徒たちが泊まってくれた。今なら教育委員会が問題にするかも知れない。麻雀をして、見廻りの時刻には、一緒に巡回したものだ。朝になると、彼等は、工場に出勤しなければならない。私は、新世界で、将棋を指したり、映画を見たりして、夕刻また学校に戻るのである。場末の映画館の、焼きするめと小便くさい匂いのなかで、〈総天然色〉のアメリカ映画を見、あべかわ餅を食べながら将棋に熱中した、あの惜しげもなく時間を浪費していた頃の生徒たちとの対面である。

四月九日、少し遅れて会場に行った私は、三十名近い、四十六、七歳前後の男に囲まれることになった。同伴の婦人も三名ほどいたと思う。〈ええ？　あれがセンセイカ？〉という声がする。私の方も、村上君他一名を除いては二十七年ぶりの再会である。面影はあっても、その名は忘れてしまっている。

しかし、当時の生徒会長だった多和君とか、映画研究部の山本君などはすぐにわかった。みんな分別くさい大人の顔になっていたが、その笑顔には、昔の時間を漂わせている。記憶がよみがえるにつれ、私は、このクラスの教壇に初めて立って、出席をとったときのあがってしまった様子を思い出した。名前を読んで、返事をする生徒の顔を見、名と顔を覚える仕事が、仕事にならず、すべてがうわの空で、呼ばれて返事をする生徒に、ただ、かっこうをつけてうなずいてみせている、地に足のつかない新米教師であった。

一人、一人から名刺をもらって、私は驚くことになる。村上君から事前に聞かされていたが、社長や専務、一級建築士がごろごろいるのである。四十名の卒業生のうち、出席した三十名の同窓の三分の一ぐらいは、一級建築士で、建築事務所をもっていた。「中部工業株式会社・代表取締役」、和洋照明器具・製造販売「ライティングミヤ代表取締役」といった肩書をほとんどが持っているのである。

そのなかの一人、竹中工務店・大阪本店の所長になっている谷川近君などは、出世頭の一人ではなかろうか。夜学を出て、一級建築士の免許を持っているのは、幹事役の村上君の友人高橋君だけかと思っていたら、この谷川君をはじめとして、刻苦勉励して修得した連中が十名近くいたのには驚く他ない。谷川君の話では、八時頃帰宅して、二時過ぎまで、一級建築士の免許を取るために勉強したということだ。修得したのは三十二歳だから、十年はかかっている。大学を出たわけではない。夜学の高校を出て、会社に勤めながらの勉強だから、大変だったに違いない。

谷川君は、十七歳で夜学に入学してきた。島根県の大山山麓の出身だが、家が貧しかったので、大阪に出て、土方仕事をしていた。もちろん年齢をいつわって働いていたそうだが、夜学に入学するきっかけが、感動的だ。

ある日、現場で働いていると、竹中工務店の現場監督が、足で彼を指図するふるまいに出た。思わず、その足を折ってやろうかと思うほど腹が立ったが、思い直して、夜学に入学することを決めたという。自分も建築の勉強をして、この現場監督を見返してやろうと思ったという。在学中、彼等はクラスの仲間四人と六畳のアパートを借り、幸い、谷川君の実家が田舎なので送られてくる米や野菜を中心に、その他は、当番で市場で買って、自炊生活をしたという。夜学にはまだ、完全給食がなかったから、今の生徒には考えられない苦労があったのである。とにかく、人はどうであれ、俺だけは、何としても夜学を卒業してやるぞ！　といった気概の持ち主ばかりが、結局は、世に出たと彼は言う。

世帯を持って、新婚の奥さんと話をする時間が、夜中の二時以降になった。八時に帰っても、とにかく一級建築士の免許を取るために、別室で勉強する日が続いたそうだ。彼のみならず、私に、名刺をくれた連中は、すべて、そうした苦労を重ねた末に、この肩書を修得したのである。高橋君設計のビルがハワイにあると聞いたとき、私は驚いたが、たくさんの名刺を前にして、そんなことはあたり前のことであったと、私は、改めて、二十七年前の卒業生に敬意を表したい気持になった。

谷川君は、同窓会がひとまず終了すると、私をキタの飲み屋に連れて行った。あっという間に、タクシーに押しこんで、彼は行く先を告げた。土曜日のこととて、目あての店は閉まっていたが、四軒目のクラブが開いていた。私は、そこの店が、どのように谷川君を扱うかひそかに観察したが、その扱いは、まさに特別の客を迎えるかのようであった。梅田の地下街をはじめとして、総ガラス張りのなんとかビルや、日航ホテル建設の責任者ともなれば、店の女性たちがかしずくのは当然のことなのであろう。谷川君はカラオケをやり、ダンスをし、〈先生も一曲いかが〉と水を向けてくれたが、キタのクラブなど来たことのない私には、ただ、彼のもて方と、その女性あしらいを見ているだけで十分であった。

彼は、ビルを一つ建てると、部下を連れてこういう店にやってくるのであろう。〈土建屋が来ないと、このあたりの店はつぶれてしまいますよ〉と言う。店を出ると、十二時をまわっていた。帰り道だからと、再び、タクシーに押しこめられ、尼崎の自宅まで送り届けられたが、帰ってから、その日もらった住所録を点検すると、谷川君の住所は高槻であった。彼は、再び引き返して、高槻まで帰ったことになる。〈やられたな〉と思ったが、あとの祭りであった。彼は、こんなふうに気をつかい、胃潰瘍で手術もし、タイやシンガポールをとびまわり、現場のあらくれ男たちを懐柔し、時にはヤクザの相手もし、高卒の一流企業の所長として、上司の信望を得てきたのであった。まことに壮烈としか言いようがない。

15

滋賀県の成人病センターの医者で、H氏賞受賞詩人の藤本直規氏に、外来患者として、病院に行くことの、かねてから抱いていた不安について聞いたことがある。病院では、仮に内科だとして、曜日によって医者が違う。その医者に、当たりはずれがないのかどうかという問題だ。あんな医者には、かかりたくない、患者がかわいそうだといった種類の医者は、たしかにいる。しかし、同業者というか、医局の事情に通じている者にはわかっていても、それを患者に知らしめる手だてはないということであった。国家試験に合格し、公的なルートを通って、正式にその病院の内科の先生として機能している訳だから、それは、その通りに違いない。

これと同じことは、学校の教師にも言えるのである。私は、教師生活三十年と言っても、夜学のことしか知らないが、まさに雲泥の差、月とスッポン、実力、人格共に、これほど立派な人がいるかと思う反面、どうして、教師になったのか、その男の考え方の卑しさに、腹わたが煮えくりかえるようなとんでもないダメ教師も何度か見てきた。

たとえば、学校行事の夏のキャンプ、遠足、文化祭、体育祭、修学旅行などに、生徒の参加を積極的に呼びかけない。本心は、参加者が出ると、自分がしんどいという発想である。できるだけ、さぼる、休む、登校をしても、仕事をしない。副業の不動産の新聞を眺め、体育系クラブの先生がクラブ終了時に、のどの渇きを潤すために入れておく清涼飲料水をガブ飲みする。一食百六十円の学校給食は、とらず、従って、生徒たちとめしを食べながら歓談する時間を持たず、そのくせ、誰かが持参した菓子類は、つまむのである。選択の授業で、人気のない自分のところには、一、二名の生徒しかこない。自分がサボりたい、休みたい時は、前日の夜に、こっそり生徒宅に電話を入れて、教務の知らないところで、勝手に授業をなしにしてしまう。試験で、欠点は出さない。出すと、補習授業や再試験がうるさいからである。こういう教師が担任を持つと、生徒に対するいい意味の人格的影響などありえない。悪影響の方は、生徒も小学生ではないから、そういう心配はないものの、反感、軽蔑を買う。管理職の校長、教頭の指導はどうなっているのかと誰でも疑問に思うが、注意しても聞かないのである。クビにすればいいではないかと思うが、公務員は、なかなかクビにはできない様子だ。

それというのも、この種の札つきの教師は、昼の学校の教師をしていて、保護者から苦情が出て、夜学の方にまわされてきた公算が強い。恐らくは、教育委員会と校長の間で、なんらかの取引があって、〈じゃあ、私の方で、引き受けましょう。そのかわり…〉といった何かがあったに違いない。また、この種の札つきの教師は、各学校にある、あまり外部に出したくない〈内情〉〈秘密〉の種を知っていて、それをバラすと、すごんだりもするのであろう。定年までの数年を、平穏無事につとめ終えたい校長が、事なかれ主義のへっぴり腰になるのもやむをえない。

職員の代表が、同僚に忠告するとか、注意するとか言うことはもちろんある。この種の教師は、馬耳東風である。若い教師に対しては、反対に威嚇する。昔の生徒なら、とっくに殴っていただろうが、今は、サボらしてもらえるので、それを歓迎するようなところもある。

こういう言語道断な教師の担任するクラスの生徒になりたくない。しかし、病院の患者と同じで、不運にも、そういう教師のクラスに所属することが当然おこるのである。生徒には気の毒なので、各教科の教師が、陰で担任代行をしたりすることになるのは、これも自然のなりゆきである。

こんなダメ教師は無論例外だが、しかし、最近の人事異動は、夜学に人材を送ってこない。〈札つき〉まがいをまわしてくる。これも夜学生の数が減少し、募集停止、統廃合が迫っている状況を踏まえてのことに違いない。

夜学では、教員配置の外堀を埋められていく感じだが、しかし、本丸を死守する教師には、私の敬愛する人たちがまだ何人も残っている。転勤者を加えれば、まことに忘れることのできない良き教師の数は多いのである。

たとえばY先生である。彼は、私より一まわり下だが、十年、あるいは二十年に一人の逸材だと思う。まず経歴が変わっている。京大の文学部を出るとき、教授の勧めた大学院の道、即ち大学教師になる未来を捨てて、大阪府立松原専修職業訓練校板金工科に入学している。卒業後、五年間、町工場で、板金の仕事をした。こう書くと、彼の人生のどこかに挫折があったのかと思う向きもあるかも知れない。たしかに彼は、全共闘運動の経験者である。しかし、人生に挫折したのではない。大学の学問に、恐らくは、絶望したのである。特に、文系の学問は、農民の作る稲や、果実に比べて、いかにも観念的である。そのくせ、へんにいかめしい。見方によっては、なんの役に立つのか、どうも手応えのないところがある。彼の述懐を、某新聞から引用する。〈大学の卒業でイライラしていたのはモノをつくるときのような確実な手ごたえが得られなかったからだと思う。目の前の一枚の銅板が私の働きかけで品物の形を整えていく過程がとてもうれしかった。その品物が買われてだれかの役に立つということもたいへん心強かった。〉

〈板金の仕事はおもしろかった。目の前に具体的な工作対象を持つ仕事が私の心身の健康をどれほど救ってくれたかしれない。学校の勉強に身が入らなくなった子どもたちにモノをつくる仕事の機会が与えられたらどんなに救われるだろうと、このときの経験に照らして思うことがよくある。〉

こういう人物が、夜学の教師として、どれだけ得がたいか論ずるまでもない。彼は、現在、分会の執行委員長をやり、学校の外では、不登校の生徒の問題を扱い、〈学校に行かない子と親の会〉の世話人として、活躍している。先日、朝日新聞にも登場したから、あるいは知っている人もあるかも知れない。

Y先生の経歴は、京都大学であるが、夜学の教師ほど、有名大学と無縁なところはない。どこの大学を出たかなどは、まったく関係がない。教師の適性―わけても、夜学の教師の適性は、夜学生との人間的なつき合いができるかどうかであって、頭に詰めこんだ知識を切り売りすることにはない。進学指導とは、性質の違った能力を要求されるのである。私はこの連載の第一回に記したが、K先生のように生徒たちを家に呼び、風呂に入れ、夕食を共に囲むような、人情味、人間好きでなければつとまらない仕事である。私のようなごく普通の教師でも、遠足の帰りは、自然に生徒たちが拙宅につどうようなことはある。女房が、おにぎりを大量にこしらえて歓待してくれたものだ。そうでなければ、生徒たちが胸襟をひらき、自分の悩みや、家庭の事情を打ち明けるわけがない。それを知らなければ、生徒に対する理解が届かず、従って、〈教育〉などできようはずがない。

Y先生はインテリ上がりである。だから、職業訓練所に行かなければ、町工場につとめることができなかった。考えようによっては、これはたいそうなことである。大仰なことである。私など、とうてい真似のできない快挙だが、夜学には、ここのプロセスを、いとも簡単にくぐり抜けた教師たちがいる。すなわち、夜学生として、夜間高校を出、夜間の大学を出て、教師になった連中である。大学を出るときは、すでに、職歴八年ということになる。こういう教師にとって、身体を動かし、何かと生徒のために走りまわることは、あたかも空気を吸うのと同じことで、手柄顔にああした、こうしたなどと言うことはない。教師になって、今さら心構えをする必要もなく、自分が今まで夜学生として体験してきたことをふまえて、やるべきことをやるのである。あの時、先生にこうしてほしかったと思うことをやるのだから、これほど夜学の教師としての適性はあるまい。

こうした、はえ抜きの教師たちは、苦労人が多い。人生の機微を解し、酸いも甘いもかみわけた、叡知と呼ぶにふさわしい常識を身につけている。私などは、夜学生はもとより、この夜学上がりの教師たちに、どれほど人生の滋味と豊かさを教えられたか知れないのである。

16

最近、夜学で起こった暴力事件は、三十年の夜学生活で一度も経験したことのないものだった。私にとっては、自分の心の中に育ててきた〈夜学生〉像に泥を塗られた感じである。もはや、時代の方が、私をとり残して、置き去りにしていく感じである。とにかく、過去に、このような後味の悪い暴力事件を経験したことはなかった。

昨年の秋のことである。皆勤生徒で、真面目なA君が、食堂で給食をとっていた。しばらくして、三年生のBとCが、A君を呼び出した。食堂の裏に連れて行って、A君が働いていた遊戯場の入場券をくれと言った。BとCは、これまで、何度か暴力事件を起こしている。そのたび、生活指導の処分を受けてきている。A君は、これまでに、何度か入場券を彼等に貢いでいたが、一週間前にその勤務先をやめてしまっていた。それで、もはや入手不可能だと言うと、Bが、A君のカバンをとりあげ、中に入っているものをひとつ、ひとつ、地面に投げて、カバンの中味を調べた。それから、頭を殴ったと言う。次にCは、A君の着ているジャンパーに目をつけ、それを一寸、貸してくれと言った。A君が脱いで渡すと、Cはそれを着て、一日、貸してくれと言った。恐いので、A君は黙っていたが、食堂の裏から教室棟へ移動するとき、やはり寒いので、かえしてほしいという意味のことを言った。すると、CがA君の右頬を、こぶしで殴ったと言うのである。

A君は、担任に、〈こんな学校、もう来たくない〉と言うので、事情を聞いてみると、以上の概要が明らかになった。

BとCが、生活指導に呼ばれた。確認をとると、食堂の裏に行ったこと、カバンの中を調べたこと、ジャンパーを借りたことは認めたが、二人とも〈殴った〉ことに対しては、頑強に否定したのである。

生活指導部では、事件直後に、A君の傷を校医に見せて、診断書ももらっているので、殴られたことは明らかである。私は、A君が担任を探しに職員室へ来たとき、たまたま居合わせたので、担任と二人で、A君から事情を聞いた。そして、BとCが殴ったことを確信していた。

しかし、BとCは、殴っていないと言う。そして、私に対して、〈疑っているだろう〉と詰問する。私が〈疑っている〉と明言すると、どこに証拠があるんだ！　最初から疑いの目でみるとは何だ！　と、机をたたき、大声をはり上げ、顔を近づけて、威嚇してくる。

私は、過去三十年間、ほとんど生活指導部にいた。この種の事件で、殴られた子が、嘘をついたことは一度もない。また、殴った方も、事実を否認したことは一度もない。ただし、事件の発生の原因・理由と、その腕力の程度は、たいてい双方でくいちがう。たとえば、メンチを切ったとか、切ってないとか、力一杯なぐったとか、そういうことのくいちがいはあっても、〈殴っていない〉とシラを切るような生徒はいなかった。その点の潔さは、二十歳未満の若者というか、夜学生共通の率直さで、私は、信頼していた。だから、これまでの経験則を彼等に述べると、とにかく、〈殴っていない、最初から我々を疑ってかかっている。Aを呼べ！　Aに会わせろ！　はっきりさせてやる！　俺たちがやったのでないことがわかったら、お前、土下座して謝まれ！〉こんな調子である。

彼等はA君に〈絶対にこのことを言うな〉と釘をさしてあるので、その釘に唯一の望みを託しているのである。〈チクッ〉たら、あとでどうなるか知ってるやろという、例のすじの人の威しと同じである。

A君はすでに帰宅させている。放課後、A君の家に、生指（生活指導部の略）の先生が訪ね、事の次第を報告する。A君の家では、二回目、こういうことがあれば、警察に行って告訴する。しかし、今回は、これ以上もめたくないという判断である。A君は、殴られた事実について、B・Cの前で、はっきり証言してもよいという。

翌日、BとCの親に来てもらうことにした。それぞれ、親と子二人を前に事情を説明し、それぞれの親を、別室でA君に会わせた。A君の表情と、そのなまの声を聞けば、真相がわかってもらえるだろうという判断である。

Bの母親と、Cの父親は、A君に会い、A君が嘘をついているとは思えないと言った。しかし、私たちは、わが子の言葉も信じたい。わが子が〈殴っていない〉という以上、〈殴った〉という前提の処分は、受け入れられない、場合によっては出るところに出ますと主張する。とくにBの母親は強硬であった。

と、言うのも、Bが退学になれば、Bは、糸の切れたたこのように、親もとを離れてしまう、ここは、どんな無理をしても、母の庇護の力を示して、我が子をかばい、子供を家につなぎとめておかなくては、外で何をしでかすかわからないといった不安があるのである。Cの父親の方も、男手一つで育ててきた息子である。息子が〈殴っていない〉と言えば、それを信用してやる他ない、それで、親子の関係をこじらせたくないといった態度である。

生指の教師が警察に行き、相手が〈加害〉を否定した場合、被害者の証言だけで起訴できるのかと聞くと、証拠がなければむつかしいという返事である。

公立学校の生徒処分は、もちろん、教育委員会に報告される。すなわち、教育委員会が最終の責任を持つのである。〈加害〉の事実を、本人が認めないかぎり、処分は、してはならないという判断を下している。仮に、退学処分にしたとして、裁判になったときのことを考えるのである。教育の現場では、説得しか有効な手段はないのである。ふつうは〈教育的指導〉といっているが、要するに、日頃から、よく生徒の心をつかんでおかなければいけない。シラを切られるようでは、教育のプロとはいえないということである。この考え方は、基本的には正しい。しかし、停学処分を過去に何度か繰り返したBやCのような生徒の場合、こんど発覚したら、退学を迫られるという恐れがあるのである。

それに、実のところ、BとCとのつき合いは、私の場合、かなり深かった。BとCの担任の場合は、もっと深かった。停学で、自宅学習のときは、理科の教師等は、実験用具をもって教えに行くようなことのつみ上げもあった。しかるに、こちらの誠意や真情を裏切ってくる。〈教育的指導〉は、教師をして、一種のアリ地獄のような救いのない場所においこむ。反省ばかりしておれないのである。

B・Cは〈殴った〉事実以外の事柄、暗がりに連れて行ったことや、他人のカバンを空けたこと、ジャンパー借用を強要したこと等の理由で、停学処分になった。〈殴った〉ことは認めなかった。聞くところによると、こうした事実を認めない生徒が、大阪市内の学校に増加しているという。事実否認によって、処分を免れることができるとなれば、悪事千里を走るである。BもCも、このようなやり方のあることを、どこかで聞いてきたに違いない。

しかし、停学が解けて、学校に復帰したとしても、教師とBやCの心がうまくつながるかどうか。私は、自分の息子と同じように考えてみる。息子が、親に嘘をつくことは、ありうることである。それでも、親である私は、上手にだまされてやろうと思う。それと同じで、そんな気持でつき合っていけば、BもCも、心の深いところで、めざめてくれるのではないかと思う。しかし、こういう方法に味をしめて、大人になっても、繰り返すのではないかと心配する。

二十世紀末の日本の学校は、今までにない新しい事態を迎えつつある。見方によっては、学校は〈無法地帯〉になりかねない。教師は、〈丸腰〉で、警察のように、生徒を徹底的に追求できない。どこに証拠があると、政治家の真似をする生徒や親が現れると、もはや学校は、〈教育的指導〉だけでは秩序を保てないだろう。政治家はもとよりのこと、〈戦後民主主義〉の時代に育った今の親たちの子育てにも大きな問題があると思う。

精神の価値、良心、自己の内面律、そういう価値の存在を今日誰が説いているか。日本が、滅びの道を行っていることはまちがいないのである。

17

今年（一九九五年）の一月二十二日、大震災のあった五日後に、富山県の神楽坂スキー場へ修学旅行に行った。地震のあととて、家のなかは片づいていない。神戸や芦屋の親族に被害が出ている。それに前日、阪急西宮北口駅から、夙川駅まで線路沿いに歩いた被害の惨状が目に焼きついている。被災者はリュックを背負ったり、買い物用のバッグを手にしたりで、北口に向かって黙々と歩いてくる。私は、姉の住む芦屋に向かっているのだが、行きかう人の行列で、狭い道はあふれていた。線路が崩落していた。夙川の駅では、〈一月××日の修学旅行は中止します。この掲示を見た生徒は、かならず学校に連絡すること〉という類の貼紙をみた。当然のことながら、阪神間の高校では、修学旅行は中止である。各家庭の電話連絡網が、十分に機能していないのだろう。だから、駅に掲示されたらしい。

しかし、夙川駅は閉ざされたままで、もちろん、この貼紙を見る人は少ないに違いない。

こういう状況のなかで、修学旅行は、行く気がしなかった。しかし、被災地出身の教師は、私だけである。生徒たちも、詳細はわからないが、被害はほとんどない様子である。そうなると担任の私が、降りるわけにはいかない。四年間、この旅行を楽しみにしてきた生徒も多い。しかも、旅行参加者は、このクラスにかぎって、一人の落ちこぼれもない。代役を立てるわけにはいかなかった。余震の心配があるので、そのための食料や水、懐中電灯、軍手、室内用の靴の手配、万が一の場合の家族の集合場所など、打ち合わせて出発した。

二十二日、午前八時、大阪駅噴水前にほぼ全員がそろった。しかし、ひとりだけ最年長のN君の姿がない。これは大変である。というのも、N君は、修学旅行にもっとも行きたがっていた生徒だったからである。

彼は中学を出て、大阪の大手建設会社に入り、大型クレーンを操作し、現場監督もつとめていた。中学卒業時は、〈とにかく働きたい、学歴なんてどうでもいい、自分の腕一つで食べていこう〉と思う気持が強かったが、働き出すと、〈自分の考えが甘かったことに気が付いた〉という。社会に出て、月日が経つうちに、人間関係、世間の目など、〈中学出では、やりきれない〉きびしさを感じたという。それに、中学の同窓会では、級友が高校時代の修学旅行の話で盛り上がるのに、その輪に加わることのできなかった悔しさもあった。彼は二十二歳で、入学し、大阪・神戸・京都の建築現場から登校することを常とした。現場監督でもある訳だから、夜学の始業時間に間に合う訳がない。時間との格闘だけではない。業務上の責任や、人間関係のトラブルなどを抱えこんで、とにかく学校に駆けこんでくるのである。遅刻も休みも重なる。しかし、クラスの誰一人として、N君を責める者はいない。やむをえない遅刻であり、欠席であることを理解している。N君は、年下のクラスメイトの面倒見もよく、担任の私のいうことより、N君のいうことの方が率直に聞ける様子で、私も、彼がいると非常に安心なのだ。

ところが、そのN君が現れない。あわてて会社の独身寮に電話を入れると、寝過ごしたという。阪神大震災の復興作業で、疲れがたまっていたに違いない。団体行動であるからN君を待っているわけにはいかず、〈追っかけて行きます〉という言葉を望みに、出発することにした。

列車が敦賀駅を通過する頃は、もう野も林も町も一面の雪景色である。神戸で地震があったとは信じられないような静寂が窓外にひろがっている。あの地震の日から、考えてみると、私も家族も寝間着に着がえて寝ていない。旅先では、久しぶりに寝間着で休めるのだから、この旅は私にとって恵みかも知れない。そう思って、冬の北陸の雪景色に見入っていた。

富山駅からバスで神楽坂スキー場にむかう。一時間余かかる距離である。N君は、タクシーを使うのだろうか。途中であきらめて引き返したのではないか。宿泊所について、スキーの装具の点検をしていると、旅館に電話が入った。N君である。もう富山駅に着いたという。クラス全員が〈さすがやな〉などといって、明るくなる。やがて、〈すみません〉を連発して、N君が姿を現した。

クラスの中心人物の登場で、級友たちは俄然活気づく。スキー場でも、夜の休息時も、くったくのない笑顔が、全員からこぼれて、私はテレビジョンで被災地の様子を伺いながら、旅行を楽しむ気持になっていた。旅行が終わって、N君は三つの作文を書いている。その一つ、修学旅行の作文に、次のくだりがある。

〈四年生になって、僕にとって、人生最大と思われる想い出が修学旅行でした。……本当にうれしかったです。クラス全員が参加して、同じ宿舎に泊まり、夜遅くまで語らいあったのです。布団のなかで、ねむろうと一生懸命目を閉じるのですが、目頭から熱いもの

が流れおち、今迄の自分の姿が脳裏に浮かんでくるのでした。〉

私は、くったくのない生徒たちの、あの三日間の表情の裏に、このN君に代表される〈目頭から熱いものが流れおち〉る思いが隠されていたと知って、しみじみ夜学の教師の幸福をかみしめた。騒いで、笑って、ふざけて、夜おそく、布団にもぐりこんだ彼等の胸中に、こんな思いがあったと知ることは、人生に対する教えであり、希望である。彼等は、いつもさりげなく、人生の手ざわりという奴を教えてくれる。ああ、これが人生か、という思いが、私の心をしゃきっとさせてくれるのである。

N君のもう一つの作文。「自分の仕事」は、神戸の復興事業にかかわる意気ごみを書いている。ビルを建設し、〈月に一度点検をしながら胸を張って町並みを見下ろす自分にとって〉神戸の町並みは〈かけがえのない風景でした。しかし、今回の地震で、わずか数十秒の間に、悲痛ともいえるなき声を出し、くずれ去っていったのです〉〈努力の結晶が無残に横たわっている姿を見たとき、これからいったいどうなるのか、今迄の苦労は何だったのか、ぼう然となるしかありませんでした〉〈しかし、それもつかの間、休日返上の復旧作業協力に追われる毎日です。神戸地区が復興するのにどれくらいの月日がかかるのか全くわかりませんが、今自分は〝何をするべきか〟を常に考え、我らの町〝阪神〟のため

に、協力することを惜しみません〉

旅行から帰ると、水道管に問題が生じたのか、台所に水があふれてくる。それで、修繕に来てもらうまで、外食する他ないという状況だった。家を失った人たち、家族に不幸のあった人たちのことを思うと、台所の水道管ぐらいどうということはない。

私は、その後、N君が働く三宮地区も見た。私など、まったくの門外漢だから、復興作業が具体的にどうすすめられていくのか知るすべもない。彼はしかし〈自分は〝何をするべきか〟を常に考え、我らの町〝阪神〟のために、協力することを惜しみません〉と書いている。高層建築の高い足場の上から、自分たちが建てた町並みを〈胸を張って〉見下ろしていた男だから書ける文章である。神戸の町の復興に関して、N君は、具体的にここ数年かかわっていくにちがいない。自分の努力が、かたちになって現れる。これほど手応えのある、たしかな仕事はあるまい。

工業高校の夜学生の利点は、手や身体を通して、あるいは、道具、機械の習熟を通して、おのれを知り、人生にふれることができる点だ。四年生にもなると、一年時とは段ちがいに、大人になる。おやおや、こんなに育っていたのか、恐れ入りましたと感じることが多い。ふだんは、授業中もよくしゃべり、騒がしいので、この野郎！　と思っていると、その成長が、ふと目にとまることがあって驚かされる。

三月五日の卒業式のあと、大阪ナンバの中華料理屋で、クラス全員会食をした。お別れ会である。宴が終わって、外に出たとたん、全員に胴上げされて、私の身体は宙に舞った。

18

四月になると新入生が入学してくる。学校だから当たり前の話だが、三十回も、この当たり前の繰り返しを経験すると、そこにおのずと、時代の変化を感じるというか、隔世の感を抱く。

今春卒業した四年生の入学時に比較すると、今年の一年生は、ぬかにくぎを打つようななんともいえぬ頼りなさだ。つかみどころがなく、おぼつかない。彼等は、学校になにゆえくるのかよくわからない。きらいな科目、特に体育などは出ない。見学か早引きかしている。それでは単位がとれないぞ、進級できないではないかと言っても、みんなで渡ればこわくない式の、どうにかなる、教師が何か手を打つだろうといった感じの、他人ごとの様子である。自分の責任、自分の意志、自分の判断といったものがない。

四年前の入学生には、これは紹介したと思うが、四年間皆勤の生徒が二人いた。自分の意志をもち、これをつらぬいた。つらぬくためには、種々の誘惑、あつれきと戦わねばならないが、それをやりとげている。

しかし、四年前の入学生を教えて、私はやはり、それ以前の卒業生に比べて、時代の変化を慨嘆したことがあった。彼等は、きわめて個人主義的で、自分は自分、他人《ひと》は他人であった。級友の長欠に関心を示さなかった。クラス経営上、長欠の生徒に、電話を掛けさせたり、時には家を訪ねることを、頼んだり、すすめたりする。これまでの生徒は、私の意を解して、あるいは解するまでもなく、そうして横とのつながりを持とうとした。四年前の入学生には、この他人への関心が希薄であった。私が頼むと、〈知らん、なんでそんなことせなあかんねん〉といった調子であった。が、自分のことに関しては、皆勤をつらぬくような美質をまだ有していた。

今春の入学生には、それもない。どこから手をつけてよいかわからない。たとえば、これと思う生徒を見込んで、学級委員をやってもらおうとする。学級委員でなくてもよい。遠足に行くとして、君にはぜひ参加してもらいたい、君はクラスのリーダーとして育っていくべき人材だ。そんなこんなで担任は、クラスに中心人物を二、三人作ろうとするものだ。担任から言われると、担任のことばの熱量に応じて、生徒は反応を示すものだ。しかし、今春の入学生は、しらっとして、いったい、どういう集団だろうという感じである。自分ならびに自分の人生への意欲が感じられないのである。むろん、一人の例外もなく、という訳ではないのだが、全体の印象としては、そういうことになる。

以前二十八年前の卒業生の同窓会について書いたことがある。卒業後、十年がかりで、彼等は一級建築士の免許をとっていた。十人前後の諸君の名刺にその肩書があった。能力もあり、努力もした。大学の建築科を出たわけではなく、働きながら、家でその方面の勉強を十年ばかり続けて取得したのである。三十年前といえば、生徒自治会が健在で、学校新聞も発行され、生徒は自ら決め、自らの意見を述べた。弁論大会などというものもあって、彼等は教師に対しても、生徒集団に対しても、むろん社会、世の中に対しても意見を持っていた。追求し、怒り、反省した。熱もあり、義理人情も理解した。

生徒自治会は、現在では生徒会として残っているが、すでにその切りまわしは教師がやっている。生徒が全員集まって討論する生徒総会などはとっくの昔になくなっている。クラスの代表が、ホームルームで、議事をはかり、何ごとか決めようとしても、もはや代表の方に注目するといった感じにならないのである。生徒自治会が空洞化したのは、一九七〇年代の終わり頃ではないかと思う。一九八〇年代は、生徒に自治能力が次第に喪失し、何かと教師が指導力を発揮せざるをえなかった。教師の指導のもとに、体育祭、文化祭の行事がおこなわれた。ただし、体育祭で活躍する応援団という組織のみは、上級生が、各科の生徒たちを応援団員にさせようとして勧誘し、応援の練習を指導していた。教師も手伝ったとはいえ、生徒自治の水脈は、枯れながらもわずかに応援団に流れこんでいたといえる。しかし、その応援団も、三年前から廃止されてしまった。一九七〇〜一九八〇年代、私は、生活指導部にいて、ワルガキ連中とのつきあいが深かった。あの頃、私の安心は、ワルガキたちには義理人情が通じたということだ。私の方に、荒れる生徒への好感と親近感があったので、彼等のアンテナが、それをキャッチすると、人間対人間の関係を作ることができたのだった。情熱とか人情とかヒューマニティーとか、そんなものでつきあうことが可能だった。一九九〇年代後半にさしかかって、もはや生徒たちに、人情は通じない。人間としての善意も好意も、彼等はまるでよせつけない。ただ徹底的に、自由気ままにして、それでよしとしてくれる大人だけを好む。要するに、何をしても怒らず、勝手気ままをさせてくれる人を〈好き〉だというのである。

今春の入学生の特色を、時代の流れのなかにおいてみると、学習能力を奪われ、〈自治〉能力を奪われ、他人への関心を喪失し、人情を解せず、生きる意欲、自分への関心でさえも喪失した、子供の像が浮かび上がってくる。再び言うが例外はある。また、こうした子供たちも四年後には変貌をとげることがある。これはあくまで現状である。また、現今の夜学は、生涯学習をめざして、普通校を出た年輩の社会人が、電気、建築、機械の工業の勉強だけしようとして入学してくるのを受け入れている。もはや、生徒の三分の一は、年長者だといってよい。いずれは、年長者の数の方が、中卒者を圧倒するに違いない。それほどに人数も激減し、各中学からしぼり出された選抜生徒なのである。これから停年まで、あと五回、新入生を迎えることになるが、四、五年をひとつのサイクルとして、はたして、次の節目にはどんな生徒が現れるのだろうか。人間の質が低下するということはどういうことなのか、私はこの三十年間つぶさに味わってきた。

ただひとつ救いがあるとすればクラブ活動であろう。日頃、教室の授業では、サボってばかりいる生徒が、サッカーや野球となると急にいきいきしてくる。先刻、体育の授業をいやがると書いたことと矛盾するように見えるがそうではない。クラブ好きの生徒は、クラスに一割前後いて、彼等はむろん体育の授業も好む。要するに全校生のなかの例外生徒といってもよいが、彼等は勉強嫌いでも、好きなクラブ活動については熱心である。食堂で食事をしていると、お茶を入れたりしてくれるのも彼等で、あれっ、いいところがあるなあと感心させられる。彼等には、自分の人生を生きる意欲が、かろうじて残っているようである。

三十年にわたる夜学生の変質は、日本の若者の変質だろうか。私は、全日制高校に勤めた経験がないので、たしかなことは言えない。それに、夜学生の変質といっても、その変化は、一定した能力水準の生徒が対象になっていない。昔は、学力があっても、家庭の経済問題で、やむをえず夜学に入学せざるをえない事情があった。今は、経済も豊かになって、そういう生徒は、全日制高校に進学する。だから、私が見てきた夜学生の三十年の変質は、日本の若者の変質だと簡単に言ってしまうには無理があろう。しかし、この変質は、夜学生の変質であって、日本の若者の心には、たいした変化はおこっていないと言うこともできないだろう。それよりもやはり、この夜学生の変質には、日本という社会と、時代の反映、家庭の状況や、小学校、中学校、高校の教育のあり方など、すべてが複雑にからみあっているにちがいない。金もうけ主義、戦後民主主義、消費・情報化社会。保守も革新も、その双方に、あるいはその双方に共通する何か大きな錯誤を犯しているにちがいない。それは、日本人の魂とか精神に関わる何かであると私は思っている。

19

夜学の変貌、終焉をこの目で見届けたいと思いつづけてきた。二十四歳で勤めて、現在五十五歳だから、すでに三十年経過している。すでに私の人生の大半は、夜学と共に費やされたのである。別の生き方もあった。十年ほど夜学につとめて、大学の教師になった連中はたくさんいる。才能もあり、学究生活が身に合っているのだから、それは、それでよい。しかし、私のように、夜学生の歴史をこの目で見届けたいと思う立場からすれば、人生をいくつも味わうということの良さは、放棄する他ないことである。

別の生き方ができなかったことは、たしかに残念である。しかし、そこに居つづけることによって見えてくるものを存分に味わうこと、体感できることの喜びも捨てがたいものである。私は、三十年、夜学に居つづけることによって、何を見たというのだろう。それは、時代の変遷に対応する、人間のたけ、器量の変化、変質の歴史を見たというべきだろうか。

夜学の規模が縮小されるにつれ、もはや、クラスはあっても、クラスという集団、〈小社会〉は、ほとんどないに等しいのである。一クラス、数名から構成されるクラスは、もはや、かたちだけのものであり、教師と生徒の結びつきは、ほぼ一対一の、家庭教師と子供の関係のようなものだ。通常、三、四十名の集団からなるクラスでは、教師は、注意を与えたり、怒ったりする場合、三、四十名の生徒たちの、無言の同意、納得を力にしている。仮に、注意を受ける子が、一人だとしたら、その一人は、仲間たちの無言の圧力を感じるはずである。教師を中心にする、有形無形の、目に見えない正義の圧力が、教室にあってこそ、クラスである。しかし、一クラス、数名では、注意を受けた子が、気ままをおこすことが多くなる。仲間たちの無言の圧力がないからである。板書事項をノートにとれと注意されると、おこって、帰ってしまう子がでてくる。日頃は、おとなしい子だが、そういう気ままを規制する目にみえない力が働いていないので、首をかしげるような行動に及ぶ。もし、クラスに、学級委員も、ワルも、体育のできる子も、やさしい女子の目もあれば、そんな気ままは、自然と自制できるのだが、それができなくなる。

とにかく、生徒の器量は、秋の夕方のように、年々、やみを深めてくるように思われる。

夜学最前線の、新一年生は、笑いが少なくなった．通常、夜学に学ぶ生徒たちの大半は、底抜けに明るいのである。明るいというかたくましい。授業中も、大阪弁の漫才が、あちこちで聞こえる。それでなければ、次の朝、工場に行って、機械にさわり、汗と油にまみれて、夕刻、学校に駆けこむような生活が四年間も続くわけがない。だから、笑ったり、笑われたり、ボケとつっこみの緩急を心得た生徒が多くいたものだ。笑いをとるのも、受けるのも、才能、器量だなとつくづく思う。新一年生は、ほとんど笑わない。これはいかん、教材の方も一工夫しようと思って、あるとき、井上ひさしの「パロディ志願」という文章を読んだことがある。

そこに、パロディとユーモアの定義が出てくる。パロディとは、〈大なるものを小なるものにおとしめる〉ことだとあり、例示説明として、〈偉大な人物もやがて土に帰る、傾国の美女も排泄をするし、死ねば白骨になる〉といった考え方だと、書かれている。またユーモアについては、パロディと反対に、〈小なるものを偉大なるものに比肩させる〉ことだとあり、例示として、〈男の赤ん坊が生まれると、すべて偉大な人物になる可能性があり、女の赤ん坊が生まれると、大変な美人になる〉といったやさしい、ほほえましい考え方だとある。だれだって、なるほどと思う。それで、パロディをわかりやすく説こうとして、私は、原作（大なるもの）を替歌（小なるもの）にして、すなわち、おとしめることから生ずる笑いについて、しゃべったのである。井上ひさしが〈うさぎ、おいし、かのやま〉というポピュラーで、よくできた歌詞を替歌にしていて、面白いと思ったからだ。生徒の誰かが、笑うなり、興味を示すなり、いわゆるノッてきて、流行歌の替歌でもやりだす気になれば大成功だと、もくろみをたてていた。それで〈うなぎ　おいし　かばやき〉と板書したのだ。しかるに、どこのクラスの一年生も興味を示さない。〈あかりをつけましょう爆弾に〉とやっても、〈もういくつねたらお正月……はやくこいこい霊柩車〉とやっても、同じだった。お愛想笑いのひとつもしてくれないのである。

　彼等はどうやら、吉本新喜劇の笑いのうち、もっとも即物的なドタバタや、ギャグの類しか理解しないのではないかと思われた。〈笑い〉を失った夜学生――これほど、夜学生の器量やたけが変質してしまったのかと、私は、あと十年先に何がくるのか見届けたい気持になっている。〈笑い〉――左に微笑をおき、右に哄笑をおいてみる。これは、そも、人間精神の小宇宙である。やさしさと、たくましさと、我々人間は、やさしい心で笑い、相手をやっつけ、批判するために哄笑する。この精神の宇宙をなくした子供たちが、授業を受けに学校にやってくる。無力感、脱力感にかろうじて耐えることができるのは、在学中の四年間で、この子たちがどう変化していくのか、この子たちなりのよさが見えてくるものなのかどうか、見えてくるとしたら、どんなよさなのかを見届けたいという興味である。何を教えてよいのやら、どういう教材を選んでよいのやら、日々、試行錯誤を繰り返して、私は、停年を迎えるのにちがいない。そこで最後に、十年ほど前に書いた「最後の夜学生」という散文詩を記して、このつたない文章のまとめにしたい。

吹雪はじめたゲレンデをほやほやの〈スキーヤー〉がけんめいに滑ってくる。俊敏な者もいれば、時にはまろびながらたどたどしく降りてくる者もいる。ここは猪苗代《いなわしろ》スキー場。室内に灯が入って、生徒たちの雪焼けした笑顔がぼくの周りに揃っている。しかし野村一男はここにいない。今夜も大阪は冷え込みがきついだろうか。外の暗闇に母の手を引いて病院に通うのっぽの猫背の姿がうかぶ。〈ぼくの修学旅行は、みんなお母さんにかかっている。……行きたいが行かれない、ぼくは家に帰って、お母さんとお父さんに話をした。お母さんは行かないでほしいという。お父さんは、お母さんが行かないでほしいというのにおまえは行くのかといいました。ぼくは昔からお母さんのしんどそうなところを見ていますのでぼくはお父さんにこういいました。行かないと。先生には話しづらいのでテストが終ってから話そうと思っていました。もう一つお父さんがいったことで胸にいまでものこっていることがありますので書きます。お父さんはこういいました。おまえはスキーとお母さんのどちらをとるのかと。先生にはわるいがぼくはお母さんをとります、先生ごめんなさい、これでぼくの作文はおわりです。〉ああ、なんと優しく、愚直で、無垢な魂だろう。母を責める気も、父を咎める気も、自分の宿命を厭う気もさらさらない。……初産のお前が生れてすぐ、お前の母は神経を病まれた。それ故、お前は健康な母の容姿を生れて一度もみたことがない。中学校の修学旅行も、そしてこの寒い冬の夕べも、いやこの四年間のいつの日も、お前は仕事を終えて帰ると母をつれて病院への道を通った。遅刻と早退のもっとも多い野村一男。その数だけ母の世話をした野村一男。お前の母は騒音や自動車の警笛を極度にきらわれる。お前はだから静かな路地を怯える母をかばいながら歩く。お帰り。ぼくを含めた十一人の夜学生が、やがて今夜も交替で電話を入れるだろう。そして眠る前、めいめいの心に問うだろう。修学旅行にきた全クラスの、全校の、全大阪の、日本中の若者の心に問うだろう。〈野村一男をどう思うか？〉

（「てまり文庫」一九九一年創刊号〜一九九五年第20号）

『夜学生』あとがき

昭和四十年四月から平成十年三月まで、私は大阪の釜ケ崎に隣接する大阪府立今宮工業高校（定時制）に国語の教師として在職し、三十三年間いわゆる夜学生と係わって人生の大半を過ごしました。そこで経験したことは、凡百の架空のドラマよりも意義深く、私の人生に多大の影響を与えました。私にとってこれほど有意義な人生の旅はありませんでしたが、しかし肝心の夜学生の真実について、どこまで正確に捕捉できたかと言うと、まことに心もとない限りです。この点は彼等の広い度量に甘えるほかありません。いつかもう一度書いてみたいテーマと思っています。

二〇〇三年仲秋

以倉紘平

ぼくにとっての「夜学生」

ぼくにとっての「夜学生」

あと夜学に何年勤めることができるだろう。今年、建築科の入学生は十名だった。こういうことがあと一年つづくと建築科は電気科と合併になる。専門教科の授業はおこなわれるが、普通科の国語だとか、数学だとかは合併授業になるので、教師が余ってくる。これも時代の流れだから仕方がないが、夜学生との別れの時が確実に近づきつつあるのだ。

それにつけても最近しきりに思うのは、ぼくにとって〈夜学生〉とは何であったのかという問いだ。今、これに充分に答えることは、もちろんできないが、とにかくぼくに欠如していたもののほとんどすべてを所有していた人間であったことはたしかだ。
彼等は十五・六歳の時から自ら働き、稼いだ金を家計に入れることを当然と心得ている。このことに対する不平不満の類いをぼくは一度も聞いたことがない。若くして、すでに〈家長〉の自覚をもっているのだ。しかもこの若き〈家長〉たちの、謙抑で、無欲で、何と忍耐強いことであろう。一か二の仕事をして、十も二十もしたといいふらす人種に比べて、彼等はまったく正反対だ。また、おのれを茶化して客観視する自己批判の能力にぼくはたえず魅了された。それに、平均して彼等は大変親孝行であった。こういう彼等の像を、大衆の〈原像〉だとしたら、ぼくの二十数年は、真の〈大衆〉への出会いの旅であったといえる。ぼくにとって、これほど意味深い旅はなかった。

(「アリゼ」5号・一九八八年五月)

釜ケ崎暴動

大阪西成署の警察の不正事件に端を発した釜ケ崎暴動で、勤務校の正門前に止めてあったワゴン車が黒焦げになった。十月三日深夜の出来事だ。道路一つ隔てた、生徒たちの立寄るサン・チェーン店も商品を略奪された上、焼打ちされた。暴走族の仕業だそうだ。翌四日もなお情勢不穏だったので、授業は一時間で終わり。夜の七時過ぎに、全員体育館に集合して、安全な駅まで集団下校と決まった。周辺の五駅に偵察に出た教員からの報告で、地下鉄大国町駅、花園町駅、JR新今宮駅の順で安全とわかった（一駅は炎上、一駅は不穏であった）。

それで全校生に、三方面に別れて集合してもらうことにした。生徒の前後に教員を配置して駅まで引率する作戦である。生徒が暴走族、愉快犯として尋問、検束されぬための措置のつもりだ。ところがである。集合をかけたのに、ほとんどの生徒は集まらない。心配無用、いざとなれば先生の方が危ないで、と悪たれをついて、てんでに帰ってしまった。何のことはない、体育館では出席をとっただけだ。しばらく待機して、夜九時半頃、騒動の近くまで行ってみた。

「今夜は（警察が）（催涙）ガスを使いよるから近寄らん方がええ」と忠告してくれる労務者もいた。三日後に鎮静したが、抑止の原因は、外部から潜入した扇動者のいい気な言論と、暴走族の無謀さにある。釜《カマ》の労務者の行動と判断には、人間らしい味わいがあるものである。

（「アリゼ」20号・一九九〇年十一月）

夜学一年生の人気者

十七世紀のフランスにポルトレ（portrait）という文学の一ジャンルがあったそうだ。

夜学の一年生に、森本和典君という人気者がいる。丸顔で太っていて、人がよい。仕事も学校も無遅刻、無欠席。授業中の居眠りなど見たことがない。しかし、手偏《へん》の字の勉強後、答案に木ヘンや月ヘンが混じるところや、体育で、みなが右手を挙げている時に、左手が上がったりするところから判断すると、授業は苦手のようだ。が、彼を見ていると、枝葉末節より大切なのは根の方だと思わせられる。

めしも一生懸命食べる。鼻の頭に汗がのる。〈十月二十七日は、文化祭だ〉〈文化祭?〉〈舞台で歌ったり、屋台で食べ物を売る。うちのクラスでは焼きそばの店をやろうや〉〈焼きそばの店?〉〈そう、林のスーパーの肉がうまいから、それが目玉や〉〈目玉、何の?〉〈セールスポイントという意味やんけ〉誰かが言う。和《かず》君の会話は、園遊会の昭和天皇のようである。相手の話の最後の方の言葉を捉えて、〈文化祭は、どう〉という具合にやる。会話の帝王学を心得ている。

当日、ドン・森本の店という看板の屋台で焼きそばを焼いている。他の子も焼くが、顔中、汗して懸命に焼くのは和《かず》君である。しかも、母親の割烹着をつけている。保健の先生の指示を実行したのは彼だけである。誰かが休む間のない彼の汗をふいてやる。差し入れのジュースをうまそうに飲む。ぼくは、和君の背中にエンゼルの羽根があると思う。

（「アリゼ」26号・一九九一年十二月）

夜学生の変質

馬齢を重ねるにつれ、何ごともリアルに見るようになるのはいたしかたない。大人たちのやることは、今さら驚きもしない。まあ、そんなところだろうと思っている。

しかし、まる二十八年かかわった夜学生の変質については、達観するわけにはいかぬ。旧年も同人会で、次の詩集のテーマについて、〈生徒たちの問題〉と思わず口をすべらせたが、不登校生徒から、〈しらけ〉生徒に至るまで、この精神のありようを表現しようとすると、大きな困難に直面する。詩にならないのだ。〈真面目〉〈努力〉〈しらけ〉等々、詩語として、使用可能なのだろうか。また、詩が成立したとして、その詩は、散文とは一線を画するポエジーを持つものかどうか。

詩を盛る容器の問題とは別に、容器の内容の方は、不気味なほど、目の前に日々、姿を現してくる。

私は、過去、それぞれ、60年代、70年代、80年代、そして現在と、学級担任の経験が四回ある。四年間の持ち上がりだが、世代が下るにつれ、クラスの状況は悪化している。

クラスのリーダー格が小粒になり、現在は、誰もいない。学級委員は、一番嫌な役で、弱者に押しつける傾向がある。皆勤者は、一部の生徒から笑われる。欠席者には、冷淡。退学者が出ると、ほくそ笑む感じだ。〈真面目〉の喪失、他者への無関心。日本の若者の心に、地すべりが起きていることは確かだ。日本沈没の予兆だろうか。


（「アリゼ」39号・一九九四年一月）

新しい職場

夜学をやめて三カ月。最初の頃は、長い春休みが続いている感じだったが、同僚たちが五回も送別会をやってくれたので、次第に納得させられた。それでも夕刻の六時十五分になると、給食の時間だと思うし、九時過ぎには、ソファーで談笑しているにちがいない同僚や生徒たちの顔がうかぶ。

三十三年間、ぼくは人生の最盛期を夜学で過ごした。そこでの経験は、いつしかぼくという人間のモノの考え方や人生観に深い影響をもたらすことになった。これはぼくの意志を越えたできごとである。だれも、仕事を選ぶときそれがもたらすもののすべてを知ることはできない。しかし結果として夜学がぼくをつくってしまった。これが人生というのだろう。

新しい職場は、近畿大学の文芸学部で、身分は専任講師である。担当は主として創作。創作希望のゼミの他に、平家、蕪村、独歩、などを講じている。この大学は、樹木が大きく豊かで、東門の〈近畿大学〉という黒字・横書の白いボードが、緑の枝葉のなかに顔をだしていたりする。広い構内には、銀杏や欅の並木のトンネルがあって、朝夕その下を自転車で通るのがひそかな楽しみである。この大学は夜間部もある。ライトアップされた樹木の下に学生たちが群れをなしていると、どこかアジアの町の光景のように映る。停年まで十年。ぼくは留学生のような気分で、どんな生活を送るべきか考えているところだ。

(「アリゼ」65号・一九九八年六月)

夜学生Aの場合

夜学を辞める数年前から、〈ワル〉に大きな変化がみられた。それまでは、どんなワルでもなんとか話が通じた。テレビドラマで熱血先生がいくと、事態が収拾されたり、理解が深まったりといった場面がよく見られるが、あれに似たことは、平成のはじめぐらいまでは、どの学校にもあったはずだ。

事態は少しずつ深刻化した。辞める二年前のケースはひどかった。暴走族の団長のAが入学してきて、単車で一階の廊下を走った。生活指導部に呼ぶと、最初は事実を認めていたが、処罰されると知るや、前言を翻し〈乗っていない〉〈目撃した先公を連れてこい〉〈写真をとったのか、証拠を出せ〉とわめく。時にはヘラヘラ笑う。人権侵害だと流行語をさけぶ。人違いだったら土下座しろ、ただではおかぬとすごむ。母親に来てもらうが、息子の云うことを信じてやりたいという態度だった。そうしないと息子との心の糸が切れてしまうという感じだった。停学にして家庭訪問すると、長椅子に寝そべってタバコを喫っている。元府会議員の父親の遺影の前である。学校に向いていない性格だが、学校だけは出ておいてと母親に云われて来ているのである。Aの場合は話がまったく通じなかった。頭から教師を見下すというか信用のおけぬ奴、という感じだった。Aは外で問題をおこして退学したが、今までの良き〈ワル〉とはちがって、学校や教師の無力さを痛感させられた。

（「アリゼ」69号・一九九九年二月）

理念のきしみ

平成の前後から、〈悪事〉を働いてもそれを認めない生徒が現れ始めた。人を殴っておいて、殴っていない。被害者は嘘を云っている。証拠を出せ、人権侵害だと主張する。校医の診断書もとり、被害者の訴えの内容から、一二〇％加害者は誰とわかるにもかかわらず、否認する。被害の訴えがあって、加害者の生徒を呼んで、事実を否認するというような卑怯な生徒は、平成以前にはなかった。警察なれしているというか、こういうずる賢い生徒に対して、教師の唯一の武器が、〈説得〉でしかないことを知っている人は少ない。説諭して改悛させ、処罰を受けることを納得させせないかぎり教育的処方はできないことになっている。
最近のワルガキはこれを知っているので、犯行を否認する。証拠を出せという。加害の実証ができなければ、〈説得〉も成立しないから、改悛する必要もないわけだ。それでも現場の教師は、被害者を呼んで〈説得〉にかかる。平成の前後から〈説得〉が、特に通じなくなったという印象である。昔のワルガキはさわやかだったなと思う。人間は〈説得〉できる、ことばは通じるものである、そういう理想の下に、戦後教育はやってきた。教育委員会は、現在も〈説得〉あるのみの考えを変えていない。しかし、精神的、物理的を問わず、何んの力の背景もなく、人間は説得できるものかどうか。これは戦後思想の問題である。非現実的な理念や理想がきしみはじめているのである。

（「アリゼ」70号・一九九九年四月）

一九九〇年代の変化

一九九〇年代になって、夜学の〈ワル〉にきわだった変化がみられた。昔の〈ワル〉は、潔かったし、親も〈ごめいわくをかけてすみません〉と云ったものだ。夜学をやめる三年前の九五年に、廊下を単車で走る暴走族のリーダーを指導したことがある。目撃者に対しても、錯覚だ、写真とったか、証拠を出せ、人権問題だぞ、土下座して謝れなどと云いたい放題だった。親も息子を信じたいと云った。一般には知られていないが、退学・停学等の〈処分〉は、本人と親の納得を必要とする。〈よくわかりました。停学期間中よく反省します〉ということが、教育的指導の出発点である。教師と生徒の日頃の信頼関係に基づいて、通常は円滑にコトが運ぶ。しかし、ひとたび右の事情を知って、故意に悪用すれば、学校側は、その〈ワル〉を〈処分〉できないのである。こういう悪知恵の働く人間がふえている。ニタニタ笑い、突然怒って大声を出す。心の芯にあたる部分がこわれているとしか云いようがない。昔の人間味のあった〈ワル〉がとてもなつかしい。

一九九〇年代の高校生の親は、戦後生まれの戦後育ちである。戦後民主主義と消費社会に育っている。今の〈ワル〉の問題は、私にとって戦後の日本を考えることと同じである。日本の戦後は再検討されねばならない。問題生徒の出現の原因を考えるのに、右翼的思考も左翼的思考もない。ところで、右のテーマと詩の関係や如何。ここが又難問である。

（「アリゼ」82号・二〇〇一年四月）

戦後日本の教育の再考

夜学をやめる前に出くわした暴走族のリーダーの事件を前号で記した。教育的指導の出発点は、停学、謹慎等の処分に対し、本人と親の同意が必要であることも記した。納得するまでとことん話し合わなければならないのである。話し合いで解決する精神は、憲法前文の〈平和を愛する諸国民の公正と信義に信頼〉することを前提としているようだ。三十年近く、問題はなかったが、一九九〇年に入って、やったことを率直に認めない悪質なワルが増え出した。否認すればトクだという情報を大阪中のワルが流し合っていると非公式に聞いたこともある。〈公正と信義〉が当てにならなくなったのである。教師はポラロイドカメラで証拠写真をとらなければ、訴訟されて敗れる時代になってきたわけだ。実際に大阪のある高校では、それを実行しているそうだ。笑うに笑えぬ話である。

戦後日本の教育は考え直さねばならない。〈ワル〉生徒は、自己中心の〈欲望機械〉で、消費文化という怪物に呑みこまれている。心の芯にあたるところが溶解していて、快楽的刺激だけを求めている。なぜこういうことになったのか。宗教心、道徳心、人間としての、日本人としての誇りが、どうしてなくなったのか。前総理の〈神の国〉発言や、教科書問題に、通り一遍の反応しかできない。大多数の日本のマスコミにも大いに問題がある。歴史の闇と光を、とりわけ、欠落していた〈光〉の部分を上手に回復しなければ、日本の教育は滅びる。

（「アリゼ」83号・二〇〇一年六月）

ある夜学生

今年の二月に母と兄を立て続けに亡くしたという野上芳秀君の早口の声を電話で聞いた時は驚いた。母はスキル性の胃がん、うつ病の兄は、母親の葬儀のあと、自殺したという。八十歳の父親は三十年近く入退院を繰り返している。本人は現在、和歌山で鍼灸の小さな医院を開いている。夜学の卒業生で、もう四十六歳。彼自身は腸に次々原因不明の潰瘍のできるクローン病である。固形物は食べられない。栄養を管で腸に流し込んで摂取する他なく、患者の数を制限しながら診療を続けている。夜学生の頃、まだ発病はしていなかったが、身体の強くない野上君は将来を考えて、鍼灸の道を志した。その時たまたま私が鍼灸専門学校への入学を手助けしたことがあった。
それ以来の付き合いである。国家試験にも合格した卒業時には、我が家を訪れ、身につけた整体術を施してくれたこともある。父親は石原アスベスト鉱山の抗夫であったが、野上君の中学卒業時、心肺に霧状のアスベストがたまって働けなくなった。それで彼は、家族を支えるべく、大阪の鉄工所に就職し、夜学に来たのであった。典型的な夜学生である。苦労が絶えないが、本人は慣れっこになっていて、病気の性で身体の調子に波があり、38度位の熱が続いても、休診にはしないという。人生には、それぞれに意味がある。しかし野上君は、凡夫の私などと違って、特別の意味ある人生を送るようにこの世に生まれてきた人のように思われるのである。何故か意味を深めることを命じている力が働いているような気がするのである。

（「アリゼ」125号・二〇〇八年六月）

III

気まぐれなペン

兄の歌

〈逝きし娘は心の丈を言わざりき憶い空しく祥月は来ぬ〉
〈いそいそと肩もみくれしわが娘手のぬくもりを残してゆきぬ〉
〈逝きし娘は食膳の禱り長くしてあとは人より明るかりけり〉

父と姪の法事で、田舎に帰ったとき、兄が歌稿と鍋敷きをくれた。鍋敷きの方は、姪が生まれた時に植樹した栗の木で、最近枯れだしたから切ったという。中にはすが入っていた。これが枯れた原因かと思う。ぼくも霊前に詩を一篇ずつ置いてきた。(「アリゼ」に書いた「遠い日」と「姪の生まれた日」という詩だ。）自宅に帰る電車の中で、ぼくはその兄の歌稿を読んだ。父の歌十二首、娘の歌四首が書かれてある。父の歌はこうだ。

〈ほろ酔えば父は夕餉に語りつぐ連れ子になりし遠き日のこと〉

〈酒好きの父はときどき嗚咽せりうれしき話子に聞かすとき〉

ぼくは詩の技倆を棚上げにしていえば、歌歴五年に過ぎない兄の歌の方が、はるかに法事の儀式にかなっている。現代詩は、挨拶代りに肉親に配るには気恥ずかしさがつきまとう。これは興味ある問題だと思った。

兄の歌は、在りし日の故人の姿をただひたすら追憶することに徹している。故人を彷彿とさせる。その写生の手法の背後に心は隠されている。思いは存在するが物に寄せてしか陳べられていない。これが伝統的な日本の歌の表現方法なのだろう。〈心〉を、個性を表に出すことを宿命づけられている現代詩は、その表現の毒によって、滅びないことを祈りたい。

（「アリゼ」24号・一九九一年七月）

阿部家の墓

阿部昭氏の家の墓がどこにあるのかは、「子供の墓」という短篇で、知っていた。その小説には、英国の詞華集、十七世紀・抒情詩人の、

ここにやすんでいるのは
生まれるとすぐまた眠りについた子ども
この子に花を撒いてやって下さい
けれどこの子の上にある
土は踏みつけないようにして
（「死んだ子どもの墓碑銘」）

が阿部訳で引用されていて、好きな作品である。

藤沢市辻堂東海岸でひろった土地のタクシーに、この辺で〈尼寺〉と呼ばれているお寺がありますかと聞くと、二つめのタクシーが所在地を知っていた。〈本真寺〉という尼寺は、小田急江の島線の本鵠沼《ほんくげぬま》駅の近くにあった。小説から受けた印象よりは小さな寺で、半囲いの塀の外にも墓地があり、私は線路にそった中ほどの、線路ぎわから三つ目の墓石

に〈阿部家の墓〉と書かれた文字を見つけた。〈崇徳院昭誉文学居士〉と書かれた卒塔婆が竹囲いにもたせかけてある。それが阿部さんの戒名であると知れた。阿部さんは江の島線の走る線路わきに眠っているのだった。私は墓参用の手桶を借りて水をかけながら、通過する電車の音に、少しやかましいのではと心配した。しかし、湘南の土地に深く繋縛されたこの作家には、江の島行きの電車の音は、子守り唄のようでいいのかも知れないと思い直した。晩夏、主のいない阿部さんの自宅近く、辻堂東海岸は、砂まじりの波が高く、私は、小半日、さまよい歩いた。風景のあちこちに阿部昭氏を感じた。

（「アリゼ」37号・一九九三年九月）

近所の小学校

娘や息子の卒業した近所の小学校に始業式を見に行った。目覚ましをセットして、前の晩から楽しみにしていた。と云うのも、近くの文房具屋に行ったとき、偶然、終業式を見たからである。全校生が整列していて、各自が、自分の夏の旅にむかって出かけて行くような、どことなく、いそいそとした、うきうきとした気配がした。さて、休み明けの子供たちは、どんな旅を楽しんだだろう、見て分かる訳ではないが、一寸、覗いてみたくて、散歩がてら出かけた。

整列係の女の先生が、みごとな指揮で、生徒たちを集合させる。整列する〈クラスの位置を覚えているかな〉から始まって、〈静かになったクラスから座りましょう〉と云う魔法の一言で、六年生を残して、ざわめきの波がおさまる。六年生は、もう一筋縄ではいかぬらしい。〈二学期はどんな行事があるでしょう〉という問いに手を挙げて答える子がいる。そのうち、先生が〈いい夏休みを送れた人〉とおっしゃる。上級生にはさまれている一、二年生の反応が一番早く、やがて、全校生の手がたくさん挙がったのを見て、嬉しかった。

彼等の小さな身体に、海の波や、山の夜明けの光や、田舎のおばあちゃんの人情が住みついている訳だ。校長先生の訓辞のあとは、十四名の転校生の紹介である。クラスの代表が迎えに来て、所属クラスの列に案内する。転校生は、まだどこかの町の匂いを残しているだろう。小学校には、いつも小さなドラマが詰まっている。

(「アリゼ」43号・一九九四年九月)

地震の日

地震の日は、偶然が味方した。書斎兼寝室にねていたら、書物・調度品の山に埋れてどうなっていたか。偶然が幸いして、生かされたのだと思った。嬉しかった。

が、たくさんの人が死んだ。しばらくして、私は、この〈偶然〉というまことにやっかいな観念にさいなまれることになった。人間の生死は、偶然によって左右されている。この実感は、心身にこたえた。料理をする。食べる。団らんする。着飾る。といった生活の文化がとんでしまった。私のみならず阪神間の家庭は、みな一様だろう。ざらざらして、なにごとにも虚脱感がある。

中世の求道者が直面したのは、ある意味でこういう虚無感、無常感の克服であったのだろう。この世を無常迅速と認識し、〈さだめなきこそいみじけれ〉と兼好は云った。人間の生死の無常性、さだめなき現実に悩み抜いたあげくの認識として、すごいことを云うなあとしみじみ思う。

無常のこの世を愛する方法を学ばなければならない。ざらざらした心が、潤い、求心していく方途をさがさねばならない。私は、仏教徒ではないから、無常即発菩薩心というわけにはいかないが、心の回復には、〈他者〉を発見する以外になさそうだ。被災地におけるボランティア活動のように。

五十年昔の父や母は、あの未曾有の敗戦のただなかにあって、よく生き抜いたと思う。私は、彼等によって育てられた。彼等にとって私は、大切な〈他者〉であったに相違ない。

（「アリゼ」46号・一九九五年四月）

大阪府立刀根山養護学校

大阪府立刀根山養護学校は、国立刀根山病院に隣接していて、筋ジストロフィー患者の療養しているわかば病棟から、学齢期の生徒が登校する。わかば病棟からは、「遥」、養護学校からは、「若葉」という文集が発刊されているが、外部の人には知られていない。

そのほとんどであるデュセンヌ型の筋ジス患者は、平均二十年の短い人生を生きる。電動車椅子の生活はまだいい。筋肉の萎縮が進行すると、ベッドから天井のしみをながめることしかできなくなるという。筋ジス患者は、聡明な人が多い。天井のしみのかなたに広がる永遠なるものと対話する修練を、彼等は、日々、つみ重ねているといってよい。いかに意義深く生きるかが、患者、医師、教師たちの最大の課題である。文集は、その証しであって、私は一読して驚嘆した。

僕はずっと待っているよ／たった一つこの躰を持って／ここで待っている／何度日が沈もうが／かまやしない／雨が記憶を掻き消し／風が欲望を吹き消し／たった一つこの躰が／朽ち果ててしまっても／たった一つこの魂を持って　（「永遠」中野光章）

中野さんは、十九歳で、現在は、眼球の動きで文字を読みとるセンサーによって意志を伝達しているという。

筋ジス患者は家族が外部に知らせたがらない。しかし彼等の生きた証しは我々に深い感動と勇気を与えてくれる。養護学校は、存続をめぐって問題が山積している。

（「アリゼ」54号・一九九六年八月）

文章の魅力

この間、吉本ばななの『マリカの永い夜／バリ夢日記』を読んだ。〈バリ〉に関する本には敬意を表する習慣があるからだ。しかし、話の筋の面白さは認めるとしても、文章自体の持つ魅力はまるで感じなかった。〈すばらしい朝が来た。まだ少し酔いが残っていて、光や景色が鮮やかに感じられる。私は冷蔵庫から水を出して、たくさん飲んだ。この世のものとは思えないくらいおいしかった〉〈夕方がとてもきれい。この日の夕暮れは格別だった。ホテルの窓という窓に夕空が鏡のように映り、金という金を反射し、ともるライトがプールの水面を照らし、飛行機が美しく光りながら飛んでゆく〉

愛読している阿部昭の『変哲もない一日』の冒頭は、朝の描写だが、次のようだ。〈四時半にはもう蝉が啼いている。鳥はもっと早くから鳴いているにちがいない。むろん虫は夜もすがらだろう。夏の明け方、人間どもは鳴りをひそめていても外は結構にぎやかなものである〉描写の密度も、文章の品位も、吉本ばなな（大体この名前は何なのだ！）とは、まるで違っている。

自然体で軽く生きる風潮は、経済大国になって以後の日本人を支配している。日米安保の下の偽の〈平和〉のつけである。死が遠くなって、豊饒な生も、文化も、希薄になり遠くなったのである。私は、重み、深さを意識していない〈軽み〉の文化に疑問を持っている。

（「アリゼ」55号・一九九六年十月）

嵯峨さんの手紙

嵯峨さんの手紙で、自己の詩についてお書きになっているのがいくつかある。度々読みかえすけれども理解が及ばない。しかし畏敬の念だけは増々つのる。一部公開する。

「この頃というより、かなり前とした方がいいでしょうが、ぼくの書く詩とは別の詩圏が頭の中を去来しています。なにか別のもの、説明がつきませんが、いままでの詩は頭の中で漂っていたものが、ペンの先きに流れて、ともかくも形が与えられる、ところがまだ摑んではいないが、水と共に流れていたり、風のながれとともに流れている、しかもその境界線がなく、どこでも周りの存在に同化するが、われわれの英知や存在を超えているようなものが、詩にとらえることができないだろうかということなのです。詩に捕えるではなく、詩に宿らないかということなのです。甚だ漠然としていますが、要するにいままで詩につながっているようなポエジーでなくて、なにかありそうな気がして、それを求めているということです。想を物にして表現するのではなく、想のもう一つ彼方にある想とでも言いましょうか。海底に生えている珊瑚園が水面のどこかにまぼろしのように映える、それを水深数十メートルのところで感じる――そんな感覚みたいなものです。」（一九八三年三月二十六日付）

例の丸善の原稿用紙20枚に及ぶ長文の一部。八十歳を越えて、嵯峨さんは、言葉を越えた世界の荘厳（ポエジー）を感じていたのだろうか。誠に恐るべし。

（「アリゼ」67号・一九九八年十月）

母親の死

一月二十四日に、腰の骨を折って入院中の母親が、肺炎を併発し九十四歳で亡くなった。自分が長生きなのは、〈生前お父さんにあんじょうせなんだから〉迎えにきてくれないのだと云っていた。しかし命日が父と同じになったことから判断すると、身動きできぬ上にせきこむ妻をみて、もうあちらにはおいておけぬと父が判断したからにちがいあるまい。四十九日が過ぎて、長兄が〈拙詠十首〉を送ってきた。

〈動かせぬ老母の腰を撫でいればお前坐りとかすかに言えり〉

〈病室の患者の出入りかなりあり為すすべもなく年の瀬は来ぬ〉
〈心ぞうが止まりましたと電話うけかけつけたれば母まだ温し〉

ぼくは、通夜の前日は一人で母親のそばで寝た。田舎の家を出て以来、母の横で寝たのは、父と姪の葬儀の時以来であった。なんたる親不孝かと思った。何ひとつ不平をいわず、〈けっこうな一生やった〉と口癖のように云っていたが、はたして内心はどうであったか。出棺のとき、最後の対面をして、家族が最初に花を入れる。ぼくは花にまぎれて、ＪＲのオレンジカードとテレフォンカードを入れてしまった。なんたる感傷かと今では恥ずかしいが、とっさのことでとまらなかった。これは、いかにぼくが言葉に淫した人間になってしまっているかという証拠であろう。夢と現《うつつ》のあわいがわからなくなっているのかも知れない。ぼくは突如ことばに襲われたのである。改めて、ことば（記号）のこわさを実感する。

（「アリゼ」71号・一九九九年六月）

伊藤桂一氏の戦争観

夢に現れた人の顔は、目覚めて後、思い浮かべることができるが、イメージとしてはでき上がってしまっていて、観察の仕様がなく、新しい発見が加わるという性質のものではない。しかし、現実に見たその人物の顔は、見れば見るほど観察の成果がつけ加わる。夢あるいは想像の世界は、完璧かも知れないが固定されていて、ある意味できわめて貧弱である。

それに比べて現実は、観察に耐える豊かさにみちている。今次戦争に対して、私たちは、化石のような、固定した、貧相な言葉による戦争観をイメージとして持たされてしまったのではないか。

そんな問題意識から、この夏、伊藤桂一氏から約十時間、延べ二日間にわたって、氏の戦争体験、戦中世代の敢闘精神、軍上層部への批判、加えて〈大国の襟度というべき国家的風格のあった〉かつての中国に対する思いなど、氏の戦争観を伺う機会を得た。こんな僥倖はめったにない。個人の戦争体験は、ジグソーパズル絵の一ピースにすぎず、それを完成して、戦争の全体が見えてくると氏はいう。戦記作家である氏は、その完成を目ざしているといってよい。記述が公平で、片よりがない。日本人の経験した戦争の光と闇が双方共に書かれている。

氏の戦記を読み、話を伺うことによって、特に日中戦争の真実に少し触れ得たかと思う。貧弱な言葉で、数枚のピースで、ジグソーパズル絵としての戦争を語るまい。私は氏の〈光〉の部分の記述を、特に大切と考えている。

（「アリゼ」85号・二〇〇一年十月）

特攻隊員の写真

私の書斎机に幾人か生前親しかった人の遺影が飾ってある。そのなかにお会いしたこともなく、名前も分からない若い人の写真が一葉ある。家内の義理の母親が亡くなったとき、タンスの引き出しの奥に大切にしまわれてあったものだ。初婚の相手が特攻で亡くなったことは知っていたから、その人であることは間違いないと思われるが、名前も御遺族のことも知らないままに、そのりりしい特攻服姿の青年と、私はここ数年机の上で対面して暮らしてきた。

この青年と同世代のはずの故司馬遼太郎氏は、出征の時、自分は誰のために死ねるのかと悩んで、道端で遊ぶ子供たちを見て、ああこの子たちのためになら死ねると思ったという文章を読んだことがある。その子供たちとは私の世代だと気づいて以来、私は特攻の世代の人に、お礼のひとつも云っていないことが気になっていた。自分たちを守ってくれた人にお礼をいわないのは人の道にはずれている。私は机上の青年の名前や身元を知って、改めて礼を述べ、感謝し、合掌したいと思った。

それで、この夏、鹿児島の「知覧特攻平和会館」を訪ねたのである。千三十六柱の隊員の遺影と持参した写真の主とをひとつひとつ照合したが、ついに同一の人を発見することができなかった。係りの人に聞くと、丸坊主でなくて、短髪を頭の中央できれいに分けているのは海軍の特攻ではないかと云われた。それだと大隅半島まで行かねばならず、私はまだ宿題を果たさないでいる。


（「アリゼ」１０３号・二〇〇四年十月）

河内の国磯長村

お彼岸に久しぶりに実家に帰って、墓参りをした。田舎道をぶらぶら行くと、いつの間にか意識の箍が外れてしまって、子供のころの時空を歩いていることに気づくのであった。農家の前を流れる小川の幅は狭くなり流れも乏しいが、どうかすると水勢豊かな水辺に下りて野良着姿の農家の女性が洗濯をしたり、鍋を洗ったりしているかのような錯覚を覚えるのだった。あと二年で僕は定年を迎えるが、自由解放の身になって、のんびりふるさとを歩くのも悪くはないなと思った。

僕の少年時代といえば、昭和二十年代である。貧しく、ひもじい時代であったようだが、比較する術がなかったので、僕は子供時代を十二分に満喫していた。大和から見ると太陽が沈む二上山の西側、河内の国磯長《しなが》村がふるさとで、大和から見ると、そこは、黄泉の国であったのか、天皇陵が多く、樹木と起伏に富んだ土地で、従って遊ぶのに事欠かなかった。

聖徳太子の菩提寺である叡福寺の大伽藍と裏山は散歩道で、広大な裏山は、敗戦後、葡萄山に開拓された。隣村に壺井村があり、河内源氏発祥の地で、頼信、頼義等源氏三代の墓があって有名だが、その村に壺井のマッカーサーと呼ばれた極道がいた。

そのマッカーサーと、僕の将棋敵だった十六歳年長の戦争帰りの、アナーキーだった散髪屋のあきちゃんが葡萄山で天下分け目の喧嘩をして勝ったのである。あきちゃんは近郷の村々の若い衆の英雄で、僕はお陰で村中のワルと面識ができた。少年時代のかつての英雄も今は僕の求めに応じて喧嘩と博打と女の懐旧談に耽る好々爺である。

（「アリゼ」116号・二〇〇六年十二月）

舎弟の面目

実家の前が床屋で、そこに少年時代の憧れであった、あきちゃんという極道がいたという話は以前に書いた。昨年の冬に、実家に帰って、夕方、バス待ちの時間を利用して、床屋に顔を出した。もう八十歳を過ぎたあきちゃんは、まだなじみ客相手に散髪をしている。姉さんを早くに亡くしてやもめ暮らしの店内は雑然として、なんだか侘びしそうである。ここ十数年の間に、喉、肺、胆のう、腰の手術を繰り返した。悪運強く生き延びたと思うが、さすがにもうあっちの方は役立たずになった、それが残念だという。ぼくの年齢を聞き、その頃はまだ元気だったと、逆にぼくを激励するような感じであった。

暖かくなったら、ぜひどこかで飯を食べようよ。そんな約束をして、春先、電話を入れた。会席は性に合わない、富田林のふぐ政でふぐを食べたいというので早速予約を入れた。数日後、家に電話が掛かってきて、なつかしそうに、姉さん、姉さんといわれて俠客の妻になったみたいだったと応対にでた家内が可笑しそうである。用件は、ふぐのシーズンが過ぎたので、博打で馴染の新世界の土手焼きに変更したいというのであったが、じゃんじゃん横丁は、ぼくのほうが不案内である。

やはりふぐ政にしようということに決定した。ぼくは、電車を乗り継ぎ、富田林駅のプラットホームであきちゃんを待ち、フルコースを食べ、多いに語りあった。あき兄いはふぐは何年ぶりだろうと満足そうである。ぼくは舎弟として面目を施したのである。別れ際に、上背のあるあきちゃんが、背筋を伸ばし、頭を下げ、ありがとうといったのは、高倉健みたいでかっこよかったな。

（「アリゼ」１２３号・二〇〇八年二月）

深い物語、深い言葉

近代文学の研究者として尊敬する浅野洋氏は論集『小説の〈顔〉』で芥川龍之介を論じて、次のように書いている。

「地獄変」は〈コトバへの不毛な偏愛とでもいうべき言語的フェティシズムを根幹とする修辞的技巧への情熱にすりかわった大いなる錯誤の産物〉であると。〈言語が既に異様である。何だか思い切った事をする気にならん。何となく薄気味が悪い。仮令気味が悪くならん迄が、手を附けようがない気がする。何だか紗を隔てて看る如く判然としない〉（漱石『文学評論』）。浅野氏の芥川批評は、漱石の如上の言語観を踏まえて書かれているのである。〈こうした言語の属性にかかわる「異様」さや「薄気味」の「悪」さを感受する言語観に較べて、芥川のそれははるかに楽天的で〈道具〉視するものといってよかろう。〉と。私はこの論評を、吉本隆明氏の『修辞的現在』と併せて、現代詩の批評のように受け取って考える事が多い。

人間存在の根本は言葉である。人と人。人と自然。家族、社会、国家。それらの存立のために言葉はある。言葉は言葉のためにあるのではない。修辞的技巧への偏愛は作者が、豊かな外部を喪失した証拠である。〈反戦平和〉等、戦後思想の言葉が、スカスカになって、冷酷で厳しい現実とリアルに立ち向かう力を失ってしまった。国家エゴをむき出しにする世界の現実を踏まえて、いかに考え、いかに正しく生きるべきかという、日本人の真の哲学が生まれていない。現代の詩人が言語的フェチに陥るのは当然かも知れぬ。宇宙や自然、神話や歴史、国家や土地と人間の生活に基づく深い物語、深い言葉の創造が必要と思うが、さて。

（「アリゼ」174号・二〇一六年八月）

出直し

〈ぼくが死ぬとしたら／バルコンはあけといてくれ／子どもがオレンジを食べている／バルコンからそれが見える／農夫がムギを刈っている／バルコンからそれが見える／ぼくが死ぬとしたら／バルコンはあけといてくれ！〉

ガルシア・ロルカの「別れ」というこの有名な作品について、以前にも書いたことだが、詩人の魂には、故郷の土地と人々への深い愛情に基づく永遠の風景が根を下ろしていたようだ。たまたま、スペイン自治州のガリシアを代表する女流詩人、ロサリア・デ・カストロのガリシア語で書かれた『ガリシアの歌』（桑原真夫訳）詩集巻末にある年譜を読んで知ったのであるが、一八八五年七月十五日正午、詩人が亡くなる最後の言葉は、「窓を開けて、海が見たいから…」であったそうだ。彼女は、愛するガリシアに対する差別や偏見と戦った詩人だそうであるが、リアス式の美しい入り江をもつガリシアの海への憧憬は、郷土あるいは祖国への深い愛情に満ちている。

　今から思うと、私の第一詩集は、国籍不明のやわな抒情詩であった。七十歳を越えて、私はようやく、自分の両足を置いてきた土地・郷土・祖国について、思いを深めなければと思うようになっている。私の受けた戦後教育には郷土の文化や歴史を教える教科がなかった。今更戦勝国の占領政策を嘆いても始まらない。不自然に捻じ曲げられて育った心を取り戻す他はない。私は一から出直して、日本人である私のバルコンから見えてくる風景を切に歌いたいと願うばかりである。

（「アリゼ」１７５号・二〇一六年十月）

〈笑ひこける〉神々

安西均氏の「竹、わらふ」（『晩夏光』所収）という詩が私は大好きである。

「――漢字の〈笑〉は、竹を冠してゐる。」というサブタイトルがついている。アパートの屋上から、主人公は、オペラグラスで、竹林を覗く。「風に吹かれる竹叢《たかむら》」の風景が大好きな様子だ。「縺《もつ》れようとしては離れ、／のけ反っては屈み、／左に右に傾きやまぬ竹。……ああ、こんな詩がかけたらな。／一つの〈比喩〉も用ゐない詩を。／……比喩で濁ることを嫌ふ、／〈純粋風景〉といふものがある。／風に揺れ撓《しな》ふ竹の姿は、しかし／笑ひこける神に似てゐる。」

なんと上手い表現だろうと感心するが、この末尾二行の詩句は、古事記「天《あめ》の石屋戸《いわやと》」を想起させる。弟のスサノオの行いを悲しんで石屋戸に引籠ったアマテラスを、外に出すべく、天《あめ》のうずめの命《みこと》が大らかに半裸身で踊ると「高天《たかま》の原動《とよ》みて、八百萬《やよろず》の神共に咲《わら》ふ」と重なる。楽しそうな笑い声が聞こえて、アマテラスが石屋戸を少し開けて顔をだす。まぶしい太陽光が地上を照らし始める。屈託のない神々の哄笑。

私は、このおおらかで、安らかで、のびらかな性情を、万葉集にも通じる古代日本の本質であったと思う。それは、仏教伝来以前の日本人の自然な性情であり、神道にも通底するものである。四季が循環する風土にあっては、森羅万象に神が宿る。畏怖と讃歌、祈りと歌は日本文化の神髄である。太陽光によって、花が咲き、命が咲く。万象が〈咲《わら》ふ〉のである。天地創造というべき日本神話の冒頭に〈笑ひこける〉神々の伝承があることほど、日本人である私の心を豊かに、和やかにするものはない。

（「アリゼ」177号・二〇一七年二月）

詩人賞の新しい風

六月号（「詩と思想」）には、今年もまた新しい受賞者の作品がずらっと並ぶ。この度は、どういう詩人が受賞したのだろう。どんな内容のものが選ばれたのだろうと、読むのが楽しみな号である。現代の詩が、どういうところに来ているのか、感動したり、疑問に思ったり、興趣つきない思いがする。詩集賞の数も多くなって、昨年六月号の本誌をみると、13の賞の作品紹介がなされている。これ以外に、理由はわからないが、掲載されていないけれども、社会的に認知された賞も含めると、20近くはあるに違いない。すごい数だと思う。その数に比例するように現代詩を読む一般読者がついてくれたらと思うけれども、この難問は、解決の糸口さえ見つからない。

しかし少なくとも、受賞者は、未来の受賞者も含めて、受賞を契機に、これからの現代詩を牽引する役割と期待を担わされる。これだけは、まちがいがない。詩を愛し続けて生涯を終えた有名、無名の詩人たちに報いるためにも、そして、彼等が、私たちが、使ってきた美しい日本語の伝統文化のためにも、どうかよろしくと活躍を祈る他ない。編集者はこのエッセイを「詩人賞の新しい風」というタイトルで要請された。受賞者に現代詩への〈新しい風〉を期待してのことと思う。

詩人は、それぞれ作品を書くにあたっては、根本的に、極めて個人的な動機―これを書かなければ生きていけないというような一種の宿命のようなものを背負っているので、書いたものが、現代詩に新風をもたらすかどうかは本人にはわからない。わからないだけではなくて、関心がないというのが正しいだろう。こんな思想で、こんな斬新な文体で、こんな展望をもって、詩の歴史にこんな新しい領土を切り開けたらと思っても、批評家と違って実作者は、自分の生理や環境や生育の歴史に絡めとられていて、結果として宿命的な自分のウタをうたうほかない存在である。そういう宿命を背負った受賞者に、私は、これ以上、高みから、批評家風にものをいうのは気がとがめる。それで、過去の受賞者の一人として、少し気楽に、自分が詩を書き出した動機や、偶然の恵みともいうべき受賞のいきさつや、その恩恵や、私の背負ってきた立場からする現代詩にたいする二、三の感想や意見等を述べて、現代詩にたいする〈新しい風〉に寄与するかどうか、はなはだ覚束ないけれども、その責めを果たしたく思う。

私は小さい頃から、神経質であまり健康に恵まれなかった。風邪を引いたり、胃をこわしたりしては、学校を休んだ。脈拍が乱れて、心臓病で死ぬかも知れないと思って、母親に手を握ってもらいながら、医者の往診を待ったこともある。バスや電車にも少し長く乗ると車酔いした。内科の名医に診てもらったら、君は、生涯、すき焼きでも腹いっぱい食べられない体質だといわれた。

そういう体質であったからか、繊細で、静かで、儚げで美しいものが好きであった。体が自然に要求したのかも知れない。しかし人間の命とは、不思議なものである。私の体は、弱々しく、神経質で、バランスを欠いていたが、生き抜くために、何とか強く、逞しくなろうとしていたようにも思われる。

昭和二十年代の終わり、中学生のころ、私は心に、儚げで、美しいものを住まわせながら、吉川英治の「三国志」や「宮本武蔵」などを読み耽り、家の前の散髪屋に出入りして、将棋に熱中し、溜り場になっていた近在のアウトローたちの、肉体の損傷を恐れぬ喧嘩話、失敗談の類を聞くのが好きであった。

散髪屋の十六歳年長の将棋敵のあきちゃんは、戦争帰りのアナーキーなアウトローであった。堂々とした体格で、源氏三代の墓があることで知られる大阪南河内の壺井村の〈マッカーサー〉という侠客と葡萄畑で喧嘩をして、勝利を治めて以来、近在の村々の極道たちは、なにかというと表敬訪問にやってくる。私は、喧嘩や博打や女や、梅毒や刑務所暮らしの話などを興味津々に聞きながら、将棋の相手を務めた。それが小、中学時代の日常であった。このときの体験が、文壇将棋四段の詩学社の嵯峨信之氏を負かすのに役立つとは思いもよらなかった。

どうやら私は、この世ならぬ儚げで美しいものを愛しながら、一方で泥にまみれた俗界の、無鉄砲で、行動的なものにも惹かれるところがある少年として、双方の相克のうちに育ったらしい。心身の、二つの矛盾したものが、双方の食材のよさを活かしたおいしい料理のように、見事に止揚、調和されて、心にしみいるように入ってきた詩集があった。その詩集によって心身のバランスが回復したといってもよい。昭和三十三年、高校三年の秋、お隣の一歳年上の幼友達が貸してくれた、井上靖詩集『北国』であった。

冷たいほど美しいものと、虚無的で行動的で男性的なものが、抒情と叙事が、この詩集には、見事に統一されていた。私は『北国』に心底感動し、受験勉強を忘れて、その文体を真似ることに熱中し、稚拙な散文詩をいくつも書いた。それから二十九年たって、その井上靖氏から第一回福田正夫賞を手渡されることになったのだから人生はわからない。

大学生になったのは安保闘争の前年の昭和三十四年である。神戸大学の姫路分校で寮生活を送り、安保条約が、どういうものかよく分からぬままに、安保反対のデモに明け暮れていた。その頃、ドストエフスキーの全集を読んでいた同室の文学好きの友人が部屋の壁に書いた〈人間の血の流れているのが嫌になり今日も騒ごうと思った〉という落書きにひどく感心した覚えがある。なんとなくこれが本当の文学だと思った。私は自分のなかにある脆弱な抒情は、とうてい外にだすのは憚られる気がしていた。

大学を出て二年後に、私は大阪の釜ケ崎に隣接する工業高校の定時制で国語の教師をすることになった。暇があれば、古本屋歩きをし、四季派、浪漫派、荒地や櫂の詩人たち、寺山修司、塚本邦雄などの詩集、歌集を集めるのを趣味としていた。好きな詩歌は分厚い大学ノートに目次を作って書き写し、幾度となく読み返した。その頃、伊東静雄の「曠野の歌」に心酔して、セガンティーニの絵を見に倉敷美術館に行ったりした。職場は、生徒も教師もほとんど男ばかりで、詩を書いていますということはとても口に出せなかった。

三十九歳で出した遅い私の処女詩集『二月のテーブル』は、長年の心の中の秘め事を白日のもとに曝したようなもので、初々しいが、弱々しくて、とても恥ずかしい。それに国籍不明の作品であったことも、今は大きな反省材料である。杉山平一氏が、朝日新聞の批評欄で、美しいが浅い、深みがないと一刀両断であった。しかし思いがけず、辻邦生氏や安西均氏から礼状をもらったこと、特に安西氏の葉書は嬉しくて思わず声をあげて泣いた記憶がある。社交辞令的な、ほめ言葉にも、敏感であったのである。

以後、安西氏の作品に自然と親しむようになったが、井上靖氏と安西均氏の共通点は、新聞記者出身ということである。したがってその文章はまず読者にわかることを大前提としていた。その上で深く、感動的なものを書くことができればベストである。そういう詩人の影響を最初に受けたことは、私にとっては幸いであった。

安西氏は日本の古典に造詣が深く、万葉の〈まこと〉伊勢の〈みやび〉江戸前の〈粋〉の美意識を大切にされていた。氏の作品は、完熟したおいしい果物のようで、果実を味わいながら、ビタミンCをはじめとする種々の栄養素――〈まこと〉や〈みやび〉や〈粋〉の美学を現代風に摂取することができる。そして翌朝にもまた食べたくなる。氏の作品に限らず、すばらしい詩作品というものは、皆そういう味わいのものではないかと思う。

『二月のテーブル』を出した後、辻邦生氏が推奨されていた、ソーントン・ワイルダーの『わが町』を読んでひどく感動した。アメリカにもこんな静かな小説を書く作家がいたのかと思った。人の世を流れる時間。なんでもない平凡な日々の時間が、実は、いかに大切で秘密に満ちているかということ―神のみぞ知るその時間というものの謎めいた性質にひどく魅せられたのである。

ワイルダーの影響下に「日の謎」「変になつかしい冬の日よ」といったタイトルの詩を書いた。あるとき阿部昭氏『短編小説礼讃』(岩波新書)を読んでいたら、日本の文学者で、そのような時間の秘密にふれた作家として、すでに明治時代に、国木田独歩がいたことを教えられた。(実際に独歩の作品に〈日の謎〉という言葉が出てきて、驚いたことがある)独歩好きの阿部昭氏もまた同じポエジーの持ち主であり、『人生の一日』『変哲もない一日』といった魅力あふれる作品があることを知った。

私なりの〈人生の一日〉を書こうとした第二詩集『日の門』は、一九八六年詩学社から出してもらった。詩誌「七月」の詩話会で知り合った嵯峨信之氏と手紙のやり取りが続いていた。一九八〇年代の半ば頃、私は上京のたび、詩学社で将棋を指し、夜は、嵯峨さん宅に泊めてもらっていたのである。嵯峨さんは、明治人らしい気骨と繊細さを併せ持つ、なつかしく、慈愛に満ちた人柄であった。詩は難解であったが、その難解詩には、すばらしい魅力があった。難解詩にも良きものがある。私はひそかにミスター現代詩と呼んでいた。

『日の門』はH氏賞の候補に上がったが、結果は佐々木安美、永塚幸司両氏の同時受賞と決まった。受賞を逃したときはがっかりしたが、今から思うと、結果的には、落ちてよかったとも云える。人生の禍福はまことに糾える縄の如しなのである。

なぜかというと、その後に井上靖氏の選考による第一回福田正夫賞の知らせが舞い込んできたからである。まったく予期せぬできごとであった。

高校生のとき『北国』を読んで感動した私は、大学生になっても、井上靖選集を読み耽った。氏の小説や詩における永遠の時空間と小さな人間の営み、運命や天命にたいする考え方、それらは私の詩を書く動機となり、平家物語を生涯手放さなくなった要因となっていた。

授賞式の夜に、私邸に招かれた思い出は忘れがたい。一九八七年の十二月だったと思う。井上先生は新潮連載の「孔子」の原稿を最後に、その年の仕事をすべて終えられ、すこぶる上機嫌だと聞いていた。〈お疲れでなかったら自宅の方にいらっしゃい〉と云われたのである。故福田正夫氏のお嬢さんで、賞を創設された福田美鈴さんが、こんな機会はめったにないからと強く勧めて下さった。それで「焰」の同人の方たちと一緒に、伺うことにした。

詩集『北国』に出会って以来、三十年近い時間が流れていたのである。私はようやく憧れの文人の家を訪れることになったのだ。署名入りの限定版『遠征路』を頂き、〈上京の折にはいらっしゃい。なんのもてなしも出来ないが、お酒の相手なら致します〉というリップサービスつきで。なんという幸運であろう。

そんな出来すぎたことが起こっていいものだろうか。これはたんなる偶然だろうか。それともこの偶然には意味があるのだろうか。以後も、私は、この種の出来事に遭遇するたび、ユングのシンクロニシテイという言葉を思い出し、この世の不思議について、畏怖と賛嘆の念を抱かざるをえなくなった。

井上靖氏は、天下国家に関心と責任を持つ〈士大夫〉の文学の文人であった。述志の詩人であったから、現今の詩界の潮流になじまないようだが、人間の生死や孤独な人間の生き方を正面に据えた、骨格のある作風は、柔な戦後の民主主義教育を受けた自分にないものを感じて、私は大いに魅了された。歴史や時代、社会と人間が切り結ぶ劇的なもの――そこから生じる抒情精神に、しびれたのである。

『日の門』には、もう一つ好運な出来事があった。作家の阿部昭氏から礼状が届いたことである。以後氏が亡くなるまで、わずか数年の間であったが心温まる交信が生じた。氏の文章には、平凡な日常生活の中に人間のあらゆるドラマが隠されている。自分はそれを書くのだという私小説的作家の矜持と覚悟がひそんでいたと思う。リアリストで、ユーモアがあって、とびきり文章が上手かった。阿部さんの短篇小説作法の言葉は、詩の作法にも通じていて、私は今もひそかに信奉している。

〈あるがままの人生／長い熟視／ひそやかな感動の声〉

『日の門』を出してから六年。一九九二年に湯川書房から『沙羅鎮魂』と『地球の水辺』の二冊を出してもらった。『沙羅鎮魂』は、平家物語を材料にしたものである。一族の滅亡と滅亡の運命に抗う人間を書いた叙事詩は、夜学の教師をしながら、昼大学院に通った私のささやかな研究テーマとなっていた。

平家物語冒頭の〈祇園精舎の鐘の声／諸行無常の響き有り／沙羅双樹の花の色／盛者必衰の理を現す〉の詩句中の沙羅の物語は、『ブッダ最後の旅』という経典に典拠がある。終焉を迎えるブッダの体の上に降りかかり、降りそそぎ、散りそそいだ花のことであるが、平家に親しんで二十数年たって、突然、この花の下に平家一門の死者たちが横たわっているという閃き、幻想が生まれた。それがこのレクイエムの物語の冒頭に置かれた詩句の意味だろうと考えた。この樹下幻想は、やがて、源氏方の将兵にも、あの動乱の時代の全ての死者にも及ぶこととなった。さらに時代を超えて、何故か生者の上にも降りそそぐ花となった。〈人間はサーラの花の散る宇宙を旅しているのだ〉そんな詩句が浮かぶに及んで、私はストイックな研究者に不向きな人間であることを思い知らされた。リアルなもの、現実への〈熟視〉から幻想が生まれる。これは身を持って体験した重要な私の持論の一つである。

〈…長い内面への旅の途上／私は沙羅の花咲く無人の地を通過した／その樹の下で／静かな微笑みを浮かべて女が立っていた／お待ちしていましたと女が言った／万年の時が流れていた／サラサラと／花びらが／宇宙のやみを滑っていた〉（『地球の水辺』「サーラ」の

末尾)

作品「サーラ」を収めた『地球の水辺』は、好運にも第43回H氏賞を受賞した。そのときは家族全員が揃っていて、まだこの世に健在であった愛娘が買ってきてくれた好物のバームクーヘンと紅茶で祝ってもらった。その幸福な夜のことは、未だによく覚えている。その後、近畿大学に職をえたのもH氏賞のお陰だと感謝している。

受賞してわかったことは、その詩集に理解ある選考委員に恵まれるかどうか。それが運命を分ける気がする。次の『プシュパ・ブリシュティ』も私はとにかく好運に恵まれたのだとしか云いようがない。

受賞の言葉で、どうしても私は『地球の水辺』が阿部昭氏の思想の影響下になったことを書いて置きたくて「…故阿部昭氏の眼は、氏の好きだった国木田独歩の、〈(われわれは)みなこれこの生を天の一方地の一角に享けて悠々たる行路をたどり、相携えて無窮の天に帰る者ではないか〉という、氏の言葉で云えば〈芥子粒のような人間〉の生活の方に注がれていた。名もなき一小民に隠されている人生の真実を氏は大切にしようとした。…『地球の水辺』を流れる精神も、無辺際の天に帰る〈芥子粒のような人間〉への愛惜をおいて他にない。…ここに故阿部昭氏との束の間の交信のあったことを記して、氏の徳に報いたいと思う」。と記した。

私は、井上靖、阿部昭、宮本輝といった詩心を秘めた小説家の作品が好きである。彼等は読者にわかる文章を、しかも飛び切り上等の文章を書こうとしている。そうでなければ作品が売れないからである。ただわかりやすいだけの詩はつまらないが、わかりやすくて深い感動を与える詩が昔はいっぱいあったように思う。詩集を読むのが楽しかった。本音をいうと、最近、詩を読むのが少々苦痛になっている。例えて云えば、餃子を食べたもの同士ではわからないが、一般読書子には、強烈に匂うというような、現代詩特有の臭みとわかりにくさを持った作品が、多すぎるように思うのだが、どうだろうか。

戦前の詩人の作品は、熟れた果実のようにおいしかった。戦後も、「櫂」や「歴程」全盛期の詩人たちの詩は、おいしかった。未知の果実でもよい。ドリアンのような臭気があっても構わないが、やはり詩は、まずおいしい果実であって欲しい。果実でなくてもいいが、フランス料理や中華料理でも一向にかまわないが、何度でも食べたくなるようなおいしい料理のようなものであってほしい。

受賞詩集には、様々な要因が絡まりあって、受賞に結びついている。そしてそのことがまた様々な要因と絡まって、次の詩集を生み出していく。受賞が好運な偶然の重なりに見えることは否定できない。が、その偶然の背後に、なんらかのミューズの神様の、後押し、はからいがあったと考えてみるのも悪くない。

われわれは一人で詩を書いているわけではない。日本の詩人の場合は、日本語の伝統とそれを生み出した日本人の精神生活の営み、それらと深いつながりを持つ日本の自然や風土、国土の力、それらに宿る神々の一切の力が複雑極まりない因果的連関によって、今日の一人の詩人の背中を押したと考えることができる。そうとすれば、未来の受賞詩人も、あるいは受賞など眼中にない無冠の詩人も含めて、われわれは、作品創造の根源をなすものに、畏怖と賛嘆の念をもって、一段と覚醒的、自覚的になってよいのではないかと思う。

最近の教育現場では、「仰げば尊し」も「蛍の光」も定番だった小学唱歌もすでに歌われなくなりつつあるという。日本人の感受性の断絶が進んでいる一例である。伝統的なものとの繋がりがずたずたにされている。日本語の営みの根が抜かれようとしているのである。時代社会の暗部で何が進行しているのか。私はこういうことにも自覚的でありたいと思うようになっている。

〈詩人賞の新しい風〉というせっかくのテーマを与えられながら、古い昔の風をなつかしんだだけで終わったかも知れない。が、温故知新という諺もある。どうかご寛恕願いたい。

（「詩と思想」２０１０年６月号より転載＝「アリゼ」１８１号・二〇一七年十月）

詩集『沙羅鎮魂』における『平家物語』の享受

一

一九九三年の十一月に、『平家物語』をモチーフにした詩集『沙羅鎮魂』（湯川書房）を出した。この詩集の成立について、私は、その〈あとがき〉に、次のように記している。

十三世紀に成ったこの物語の時空は、現代人である私の想像をはるかに越えている。時間は仏陀の生きた紀元前五世紀にさか上り、空間は、震旦（中国）、天竺（インド）はもとよりのこと、波斯《はし》国（現在のイラン）の名の記述にまで及んでいる。それに仏教的哲理を加えればこの物語の時空は広大無辺なものとなる。宇宙的規模を持ち、まさに〈深遠〉と呼ぶにふさわしい。

〈神、細部に宿り給う〉という。創作者の創造の秘密は、目につきやすい大仕掛けな文脈のなかに隠されているというよりも、むしろさりげなく配置された語句のなかにひそんでいるというべきである。私はこの物語の細部にこだわりながら、叙事詩人の魂の秘密にふれようとした。

学生の頃から十年余り、私はこの物語を比較的よく読んだ。柄にもなく、研究論文として、発表したものもある。それから十数年、『平家物語』から離れ、詩を書くことに専念したが、ある時、突如として、この物語に使われているいくつかの単語や語句が気になり始めた。それは、俊寛の手にぶらさげられていた〈あらめ〉という海草であるとか、一の谷の戦《いくさ》で、敵陣営の逆茂木を登りこえる源氏方の河原兄弟を照らしたかすかな星影の記述、〈星明りに鎧の毛もさだかならず〉という一句だとかである。

なぜ、私の記憶のなかに、それらの言葉が忘れられずにいたのか、そのことが不思議だった。他のたくさんの亡失した言葉とはちがって、無意識下の記憶の貯蔵庫のなかで、長い時を過ごして、ある日、突如として、意識の表層に浮かび上がったこれらの言葉には、自分の存在や魂と分かちがたく結びついた何かがある。私は、なにゆえ、それらの言葉に牽引され、魅了されるのか、その理由を明らかにしたいと思った。それは、詩を書く私の存在の証しであり、さらにいえば、日本の文学伝統とのつながりを自覚する作業であると思えた。

周知のように、日本の口語自由詩の源は、明治の『新体詩抄』にある。そのマニフェストにいわく、〈明治の歌は明治の歌なるべし、古歌なるべからず、日本の詩は日本の詩なるべし、漢詩なるべからず。これ新体の詩を作る所以なり〉とある。〈泰西のポエトリ〉を模した〈新体の詩〉を作るということ、すなわち、日本の文学伝統との絶縁は、すでに、このマニフェストのなかに胚胎していたのであった。その延長線上にある、今日の詩の停滞現象も、あるいは、日本の文学伝統との不連続から生じていると云えるかも知れない。とにかく私は、『平家物語』を愛読した一人の日本人として、この物語に牽引される理由を、先述の方法によって、書きとめようとしたのである。そのことは、また、詩を書く人間として、日本文学の伝統につながる道でもあると思えた。

二

『平家物語』の作品中の言葉が、私にもたらした恩恵（作品）をここに幾つか紹介する。たとえば、先述の〈星明り〉の一句については、次の作品に結実した。

かすかな星影《せいえい》が鎧の上にひかった。男たちはやがて木柵を登りこえ、まだ明けやらぬ中世の夜闇のなかに消えていった。寿永三年二月七日、義経の鵯越えの坂落としが始まる夜明け前のことである。源氏方に武蔵国の住人で、河原太郎、次郎という兄弟がいた。恐らくは、半農の侍であったこの兄弟には、つき従う家の子郎党のあろうはずはなく、父祖の開いたささやかな土地と一族を守るには、自ら動いて手柄をたてる以外になかった。そこで、兄は弟に、自分は奇襲による先駆けを果たすつもりだが、千万が一にも生きて帰ることはないと思う。お前は残って、恩賞のため後の証人に立てという。しかし、弟は同意しない。やむなく二人は、覚悟をきめ、故郷の妻子に最後を伝える手筈をして、死地へとむかうことになる。〈馬にも乗らずげゝをはき、弓杖をつゐて、生田森のさかも木を登りこえ、城のうちにぞ入たりける〉平家の作者は、この後に続けて、〈星明りに鎧の毛もさだかならず〉と書いている。この物語にたった一箇所現われる星明りの描写とは、ここのところである。かすかな星影は、敵陣営の逆茂木を登りこえる男たちの鎧の上を照らした。先行者の背面にひかったかすかな明り、その縹渺たる薄ら明りにおぼろげに浮かんだ鎧の緘毛。それにしても、いったいこの兄弟は、何を見たというのだろう。鎧の札《さね》を精魂込めて緘した故里の女たちへの愛憐であったのか。それとも弱小なるものの運命の薄幸さであったのか。あるいは、それともきれぎれの未来から届いた中世の暁光でもあったのだろうか。平家の作者は何ごとも語ってはいない。しかし、私には、古代末期の騒然たる夜空から射してきたこの静かな星明りこそ、いつの世にも人間の歴史を緘糸のように彩って、自らは滅びていかざるをえなかった弱小なる無名人への、ひそかな祝福の光ではなかったかと思われてならないのである。

岩波大系本平家物語巻第九・二度之懸

（「星明り」）

〈星明りに鎧の毛もさだかならず〉という表現は、生田森の先陣を果たして討死した河原兄弟の、〈先陣〉の説明に必要な朝早い時刻、すなわち、まだ星明りのある未明の時間を示す記述であると云うこともできる。しかし、仮にそれが作者の表現意図であったとしても、故郷の妻子のために、〈馬にものらずげげ（わらぞうり）をはき〉、先陣をはたして討死する下級武士の〈薄幸〉の生涯と、星明りの〈薄光〉とは、どこかで、〈意味〉として、共鳴している。それは、作者の意識、作者の表現意図を越えた、作品世界の内部から聞こえてくる共鳴音である。この響音に耳をかたむけることは、研究者の〈ストイック〉な方法論とは異質である。しかし、私は、詩の実作者として、あえてこの方法を選んだのである。〈大名はわれと手をおろさね共、家人の高名をもって名誉す。われらはみづから手をおろさずはかなひがたし〉半農の下級武士、河原太郎の、このけなげな覚悟と、その兄弟の討死を描くにあたって、平家の作者は、薄い星明りを用意した。〈鎧の毛もさだかなら〉ぬ星明りが、この文脈に置かれてあること、――唐突だが、これが他の軍記、たとえば『太平記』の文体とのちがいであり、詩魂に裏打ちされた『平家物語』の名文たるゆえんである。私は、平家の作者が、この弱小な下級武士（もちろん、手柄をたてて。後に有名になったが）の滅びに、夜明け前の〈星明り〉をあてて、ひそかに鎮魂したのだと考えるのである。

三

次の詩篇は、巻第九「知章最期」に登場する平知盛の愛馬、〈井上黒〉に焦点をあてた作品である。

〈ひょいと後を向いたあの馬は、かつてまだ誰も見た事のないものを見た〉と二十世紀の初め、ジュール・シュペルヴィエルは書いた。後をふり向いた馬の動作はいつの世にも詩人のポエジーをそそるものらしい。十三世紀、平家の作者も、馬のこの動作について記述した。一の谷の戦《いくさ》敗れた平家の総帥平知盛は、敵の追撃を受け、主従三騎、渚に向かって走っていた。従者二人が防ぐまに、海中に馬を乗り入れ、船に引き上げられ、からくも命助かるのである。しかし、船は混みあって、馬の収容場所がない。〈馬たつべき様もなかりければ汀《みぎは》へおつかへす〉ここに平家の侍大将阿波民部重能が、〈御馬敵のものになり候なんず。ゐころし候はん〉と弓に矢を番る。それを堅く制して〈何の物にもならばなれ、わが命をたすけたらん物を、あるべうもなし〉と知盛。阿波民部重能は後、壇浦海戦で、平家の旗色が悪くなるや四百艘の船団を率いて源氏に寝返った武将である。王朝最後の武人・平知盛の古代的おおらかさに対するに、重能のこのすばしこい中世領主的感覚。馬はしばらく主との別れを惜しんで船を離れないが、やがて陸《くが》に向かって泳ぎはじめ、次第に遠くなっていく、〈足たつ程にもなりしかば、猶船の方をかへりみて、二三度までこそいなゝきけれ〉。――ところでこの馬は、ふりかえっていったい何を見たというのだろう。十代の頃、私はこの馬のいななきに、人間と馬の親密な絆を思って涙した。二十代で、厳然たる運命の支配に対する澄明な悲しみを見た。三十代で、王朝世界の滅亡の挽歌を聞いた。そして、四十代になって私は確信するに至った。人間の愚かしい営みなど、あの澄んだ馬の瞳は何も映していなかったのだと。

岩波大系平家物語巻第九・知章最期
（「馬」）

名馬〈井上黒〉については、「知章最期」の章段の末尾に、後日譚が付加されていて、もとは、御白河法皇秘蔵の馬であったが、平宗盛が内大臣になったとき、院から賜ったのを、弟の知盛に預けた。知盛は、この馬を愛して、延命息災のために〈泰山府君〉という神をまつって祈ったという。その故に〈馬の命ものび、ぬしのいのちもたすけけるこそめでたけれ〉とある。つまり、この後日譚によって、〈井上黒〉の行動・動作を解釈すれば、〈人間と馬の親密な絆〉と、主人に対する馬の愛情、忠誠心に焦点があることは当然である。

馬は人間を裏切らない。しかし、この章段に登場して、馬を射殺することを進言する阿波民部重能は、後日、壇浦海戦で、船団を率いて平家一門を裏切った武将である。命を助けてくれた馬を、敵のものになるのなら射殺すべしとする打算、非情冷酷な計算、冷たい合理精神は、船軍《いくさ》で、〈水手楫取〉を射殺した源義経の考え方に通じている。これは、王朝最後の武人であった平知盛にないものである。ここには、古代的世界と中世的世界の対立が描かれている。よきもの、よき価値、うるわしき精神は滅びゆく。馬のけなげな行動に比して、時代の人心のなんというあさましさ。平家の作者は、主を慕い〈船の方をかへりみて〉いななく馬に、没落する王朝世界の悲鳴を重ねた。いや、それのみならず、渚近く、足場をたしかめ、ふり返っていななくこの馬のイメージの澄明感に、厳然たる運命の支配の洞察を重ねたとも云える。馬の〈いななき〉に、主との離別の悲しみだけしか見てはならぬ、という読み方は、文学作品の読解をひからびたものにする。読解は、ある意味で創造であって、私はこの馬の〈いななき〉に、如上の重層的な思いを感じたのである。

四

『平家物語』の根底には、叙事詩の光としか云いようのない記述がある。たとえば「木曾最期」では、義仲は危険を目前にしながら都の女と別れを惜しむ道草をして、贅沢な時間をふんだんにまき散らし、その最期は勇猛かつ稚気にあふれている。あるいは義経は、一の谷・屋島の奇襲において、大将の身でありながら、馬であれ、船であれ、たえず軍団の先頭に立っている。兵士が眠っている間も、彼自らは徹夜で見張り役をつとめている。あるいは、鎧や弓矢、馬に関する詳細な描写だとか、先刻記した、有王が鬼界の島でみた俊寛の手にぶらさげられていたあらめだとか、義仲が都の貴族にすすめた平茸や椀にうず高く盛られた飯だとか、そういった日常生活上の武具や食物の謎めいたかがやきとか。あるいはさらに、那須与一が、平家の企てた扇の的に矢を命中させると、〈沖には平家ふなばたをたたいて感じたり、陸《くが》には源氏えびらをたたいてどよめきけり〉とある、そんなオリンピアの祭典のような合戦描写だとか。

ヘーゲルの叙事詩論では、彼は、世界最古の叙事詩「イーアス」を分析して、古代ギリシアの英雄時代――ホメーロス的世界の特質を考察している。この世界において、個人は全体と有機的連関を保ち、かつまた人間は日常生活的な〈物〉に対し、〈全意識と全自我をもって生き生きしたものに感じ〉ている。個人は〈本質的に不可分の一者〉であり、掟や法や慣習といった抽象的形式によって支配されたギリシアのポリス国家あるいは近代市民国家の人間の存在の仕方とは、根本的に違っている。また、日常生活に使用する家やテント、椅子、剣と槍、屠殺、飲食、はては蝶番いの細やかな描写に至るまで――それらは、機械工場で作られた近代社会の物に対する人間の見方とその親密感においてまるでちがう。〈不可分の一者〉であり、十全なるものの故郷である叙事詩的世界から射してくる光をどうとらえたらいいものか。次の詩篇「屋島」はそのひとつの試みである。

瀬戸内の入り組んだ島のひとつで慌しい人馬の動きがみられた。雨風に傷んだ甲冑を身につけた兵士たちが、馬首を揃えて威儀を正し、一人の兵士を渚にむかって送りだす。入江の沖合では、船団が、冬の浜辺の夕刻の舞台を見守っている。元暦二年〈比は二月《にんぐわつ》十八日、酉の尅〉とある。吹き荒れる海上に、雲の切れ目から洩れてくる薄日がスポットライトのようにあたっている。渚に登場した馬上の兵士の祈りが続いている。やがて、弓に矢を番え、渾身の力で引絞る。両軍の兵が鳴りを静める。〈沖には平家、船を一面に雙《なら》べて見物す。渚には源氏、轡を雙べて是を見る。何れも何れも晴ならずと云ふ事なし。〉聖なる凪ぎの瞬間、紅の扇が空に舞い上がるや、地と海からどよめきがおこる。〈沖には平家、舷《ふなばた》を扣いて感じたり、陸《くが》には源氏箙《えびら》を扣いてどよめきけり。〉船全体が巨大な楽器になったのだ。背に負う箙が、無数の筒の打楽器になった。〈感に堪へずとおぼしくて平家の方より年の五十ばかりなる男の黒革縅の鎧きたりけるが、白柄の長刀もって、扇たてたる所に立って舞ひはじめたり。〉これらの記述を読むたび、戦闘が直ちに宴でありえた時代のあったことを知る。私は叙事詩の世界の本質を端的に言い表す言葉を捜してきた。平家の作者は、両軍の兵士の心を〈何れも何れも晴ならずと云ふ事なし。〉と記している。この〈晴《ハレ》〉という一語こそ、この物語の本質を言い当てた言葉である。それ故、晴朗たる楽の音は、神々の群れつどうヤシマに轟いたのだ。

日本古典全書平家物語巻第十一・扇

この「扇」の章段については、この詩集の末尾で、私は「叙事詩の光」という散文を置いて、別の角度から〈晴《ハレ》〉という語に集約できる叙事詩的世界の香気、陶酔、高尚、澄明晴朗な感じについて詳述している。こういう語によって示唆される時代・世界があったこと、こういう語の意味、深さ、重さ、材質感を味わえることこそ、『平家物語』を享受する恩恵の最たるものである。〈言葉〉が掌にあって、その重さや感触を伝えること、奥深い内面に反響して、現代人が見失ったイメージをよびさますことがなければ、古典作品は、創造に結びつかない。「叙事詩の光」の末尾を引いて、〈晴《ハレ》〉という語の解説の補足とする。

ホメーロスの「イーリアス」においても、日常生活に必要な家屋敷、テント、寝台、椅子、武器、衣服、戸柱、はては蝶番いの細やかな描写がみられた。わが平家物語においても、克明な矢の描写から、叙事詩的世界の人間の矢に対する愛情・その親密感を看取することができる。……鳥の部位に応じた羽の名称によっても、彼等は一羽の鳥をどれほど親密感をもって克明に見ていたかわかるのである。矢は恐らく兵士自らが作ったであろう。鳥の種類、羽の区分、その模様に応じて自ら好みの矢を矧ぎ、漆を塗り、焼印し、場合によっては署名までしたのである。一本の完成された矢に注がれる人間のまなざしには、近代の機械工場で制作された物に対する視線とはちがった充溢感がある。人間の拵えたいじらしい物たちの〈歓喜にみちて躍動する〉すがたが、〈ありし日の十全な関係〉がみえてくる。

こういう関係の網目を持つ一本の鏑矢が、与一宗高のよく引き絞られた弓に番えられる。〈沖には平家、船を一面に雙《なら》べて見物す。渚には源氏、轡を雙べて是を見る。何れも何れも晴ならずと云う事なし。〉矢は放たれる。〈鏑は海へ入りければ、扇は空へぞあがりける。春風に一按《ひとも》み二按みもまれて、海へさっとぞ散ったりける。……沖には平家、舷《ふなばた》を扣《たた》いて感じたり、陸《くが》には源氏箙《えびら》を扣いてどよめきけり〉。

澄明な叙事詩的世界の香気とでもいう他ない。モノと人間と世界が渾然一体であった世界――〈不可分の一者〉であった世界から射してくる光、私はこの光に射られるとき、全身にいつも快い酔いを感じる。

五

〈晴《ハレ》〉という語に集約される叙事詩的世界の晴朗とした高揚感は、この物語を享受する人間に与えられた最大の恵みのひとつである。いまひとつは、作品の内部、奥深いところから湧き上がってくるレクイエムの甘美な音楽である。作品「星明り」「馬」も、レクイエムの調べが流れている。物語作者は、いたるところで、滅びゆくものへの挽歌をうたっている。その最たるものは、この物語冒頭の表現によって喚起される祇園精舎や沙羅の物語である。私はここに戻るために、いくつかのことを先に述べておきたい。『平家物語』のレクイエムの記述のうち、私は、この物語の別巻に配置された「灌頂巻」には、ほとんど惹かれない。あの巻が特立されたのは、平曲伝授の事情がらみだとする意見は、恐らく正しいにちがいない。平家一門の人々が西海に滅び去った。生き残った建礼門院が、その菩提をとむらったというのは、現実、忠実における〈鎮魂〉、回向としては当然のことであっても、物語を、作品の内部から救済しているとはいえない。また建礼門院が、世の無常を自覚し、みごとな往生を遂げたとしても、それは、女院その人の救済であり、レクイエムであって、この往生譚が、この物語の死者を救済しているとは思われない。

私は、「灌頂巻」全体がこの物語にもつ意味を重要視しない。それより、たとえば、「大原御幸」で、後白河法皇が、大原寂光院に、建礼門院を訪ねるくだりなどに魅了される。初夏、夜明け前の一刻、建礼門院は、裏山に回向の花摘みに出かけていて留守である。やがて、険しい岩だらけの道を、手かごに岩つつじを摘んで、女院が姿を現す。〈上の山より、濃き墨染め衣を著たる尼二人、岩のかけ路を伝ひつつ下りわづらひてぞ見えたりける〉〈花藍肱《がたみ》にかけ、岩躑躅取り具して持たせ給ひける〉（日本古典全書平家物語・大原御幸）の記述に惹かれる。〈岩のかけ路を伝ひつつ下りわづらひて〉とある。この記述は、たんなる偶然だろうか。また、花かごの〈岩躑躅〉も、初夏の花々の一つを選んだに過ぎないものだろうか。私は、岩ばかりの坂道を下りてくる女院の描写には、この物語作者の意図があると思う。この描写は、平清盛の娘として、帝に嫁し、安徳天皇の母となり、やがて、夫も子も一族のすべてをも失った女の生涯がなければ書かれなかった。やせた土の岩のはざまに咲く〈岩躑躅〉も、女院の逆境をふまえた選択であって、たんなる花の一つではない。つまり、平家の作者は、このようなさりげない描写のなかに、真実のレクイエムをひそませたのである。作品の世界が救済されるのは、このような細部の記述にこめられた作者の精神によってである。〈岩躑躅〉は、安徳天皇をはじめとする一族の人々に供えられる。この可憐な花はまた、狂気をはらんだ日常から、かろうじて女院を救っている花でもあるのだ。

いまひとつ、平家作者の詩魂から生まれたさりげないが、こよなく美しいレクイエムの記述をあげておく。平家一門の嫡流、平維盛の子、六代が、入水して亡くなった父をなつかしみ、南紀勝浦の浜宮の海岸を訪れたくだりである。六代は、清盛の曾孫であり、この物語の古態は、六代が鎌倉方に斬られて〈それよりしてこそ平家の子孫はながくたえにけれ〉で終わっているのだから、きわめて重要な人物である。しかも、このくだりは、巻第十二の最後の章段「六代被斬」に現れる。六代は、青い海原を前にして、〈我父はいづくに沈給ひけん〉と、沖の方より寄せてくる〈白波〉に問う。そして、その浜辺で、一夜を明かす。〈念仏申経よみ、ゆびのさきにて砂《いさご》に仏のかたちをかきあらはして、明けければ貴き僧を請じて、父の御ためと供養じて、作善の功徳さながら聖霊に廻向して、亡者にいとま申つゝ、泣々都へ上られけり〉（大系本平家物語・六代被斬）。私は、この白砂の上に描かれた〈仏のかたち〉に、平家作者のレクイエムを感じる。深い嘆きの心が伝わってくる。六代は、もちろんこれを、父親に奉げたのであろうが、十六歳の若者は、自分に死が迫りつつあるのでことを予感していたにちがいない。彼は、砂上のレクイエムを、短命だった自分の生涯にも捧げたのである。いや、一族の人々を含む、この物語の波間に滅び去ったすべての人々に捧げたといってもよい。渚の砂に描かれたレクイエムは風と共に消える。あるいは、寄せてくる波に束の間に消えてしまう。しかし、広い浜辺の白砂に〈ゆびのさきにて＼描かれた印象は鮮やかである。永久に消えることはない。砂上に記された束の間の＼祈り＼ほど動乱の時代にふさわしいものはない。戦乱の時代には、書き残されることなく、人々の胸のうちにしまわれたままで、消えてしまった無数のレクイエムが存在したであろうからだ。作品「岩躑躅」「六代」を挙げておく。

女の父は武家の長《おさ》であった。十六歳で帝に嫁し、二十二歳で皇子誕生し、三歳の幼帝を抱いて高御座《たかみくら》に昇る女に、この国の文武百官はことごとく跪拝した。しかし、一族の盛衰は、この物語をつらぬく思想の理によってすばやかった。女は、二十五歳で賢王のほまれ高い夫をなくし、二十六歳で、偉大なる父を失った。続いて北陸の雄、源義仲によって帝都を追われ、長門国壇浦で、八歳になった幼帝と母と一族の男たちのすべてを失った。女は生きながら六道を輪廻したと自ら語っている。

文治二年（一一八六年）卯月二十日、後白河院は、夜になって都を立たれ、少数の伴びとを連れて、翌暁、大原寂光院に着到された。女は山に花摘みに出かけて不在であったという。その霧のかかった＼上の山より、濃き墨染め衣を著たる尼二人、岩のかけ路を傳ひつつ下りわづらひてぞ見えたりける＼＼花藍肱《がたみ》にかけ、岩躑躅取り具して持たせ給ひける＞と、平家の作者は、後白河院が目撃したこの女―建礼門院・平徳子について語っている。女の日常がどれほど孤独なものであったか、我々は容易に窺い知ることができない。しかし、岩ばかりの坂道をおりてくる女の持つ花籠には、岩つつじが入っていたという。霧のかかった暁、岩のはざまに咲いていた可憐な岩つつじの花。その花を摘んで、女は、はるかな斜面をおぼつかなげにおりてきたというのだ。もし、この可憐な花が、狂気をはらんだ日常から女を救っていたとすれば、その花の真の名を何と呼ぼう。

日本古典全書平家物語灌頂巻・大原御幸

（「岩躑躅」）

平家の嫡流、清盛の曾孫、平六代が滅んで、この物語はおわっている。亡き父の跡を見とどけるべく、この少年が南紀勝浦町浜宮にやってきたのは、維盛入水後の五年めの春であった。そのときもはや在俗の身ではなかったのである。別名渚の宮とよぶやさしい名をもつ波打際で、少年六代は＜一夜とうりうして＞その白浜にほとけのかたちを描いたという。＜ゆびのさきにて砂《いさご》のかたちをかきあらはし＞父の後世をとむらったと平家の作者は書いている。広い海をまえにしてまだあどけなさの残っている少年の無心にえがいた砂のかたどり。それはよせくる波に束の間に消えていったが、その白砂に彫られた少年の祈りこそ、この物語の波間に滅び去った人々への平家作者によるひそかなレクイエムではなかったか。汀《みぎわ》の砂に、そっと仕かけられたレクイエム。砂のレクイエムほど戦乱の時代にふさわしいものはない。それから十年後に少年は捜しだされ、斬られて死んだ。

岩波大系本平家物語第十二・六代被斬（「六代」）

六

最後に私は、この物語冒頭の言葉が、作品全体に占める意味についての私見を記したい。この物語の冒頭は、異国の寺院と、熱帯の植物の名で始まっている。当時の人々にとって、これは、どれほど神秘的で魅惑的なプロローグであったことだろう。〈祇園精舎の鐘の声、諸行無常の響あり。沙羅双樹の花の色、盛者必衰の理をあらはす〉。日本の古典文学史上、もっとも有名な冒頭と思われるこの詩的表現には、二つの仏教説話がひそんでいる。ひとつは、祇園精舎の無常堂の鐘にまつわる話であり、いまひとつは、涅槃に入るブッダに降りつのったサーラの花の物語である。

無常堂は、死期の迫った病僧が、死を迎える建物である。この堂の四隅に、玻璃の鐘があって、臨終を迎える人に、かすかに玲瓏たる響きをたて、〈諸行無常、是生滅法、生滅滅已、寂滅為楽〉の偈を説くという。病僧は、この偈を聞いて、苦悩を除き、清涼の楽しみを得て、極楽に往生すると云う。鐘が偈を説くというのは、一種の奇瑞譚である。祇園精舎の鐘の〈声〉は、したがってたんなる〈音〉ではない。玻璃の鐘の属性としての玲瓏たる響きと共に、四句の偈を説く人声を想起させるのである。したがって、この冒頭の言葉は、この世の法則である諸行無常を強調しながら生滅滅し已《おわ》って寂滅を楽となす、という〈寂滅為楽〉をも説いていることになる。この世に人間が生きることは、熾盛・熾烈な煩悩の炎にまかれて苦しむことである。寂滅は、煩悩の炎が消えた、やすらぎと平安の境地である。諸行は無常である。滅びることは避けられない。しかし、死ぬこと、寂滅の世界に入ることは、楽しみであると、平家の作者は、説いているのである。これは死者を慰める言葉である。生者にとっても、深いやすらぎと平安をもたらす言葉である。

〈沙羅〉の物語は、『ブッダ最後の旅――大パリニッバーナ経』（中村元訳・岩波文庫）に詳しい。『涅槃経』にも詳述されているという。ゴータマ・ブッダは、故郷のルンビニー

（現在ネパール領）のあるインド北方にむかって最後の旅をされた。故郷に近づいたクシナーラーの地で、鍛冶工のチュンダが供した茸料理を食べ、激しい腹痛をおこされた。死期を悟ったブッダは、ヒラニヤヴァティー河で沐浴し、岸辺近くにそびえ立つ、日本の沙羅樹の下におもむかれた。樹下に用意された床で、頭を故郷のある北に向け、右脇を下に、足の上に足を重ね、涅槃の姿勢に入った。前記『ブッダ最後の旅』では、以下、次のように訳されている。

さて、そのとき沙羅双樹が、時ならぬのに花が咲き、満開となった。それらの花は、修行完成者に供養するために、修行完成者の体にふりかかり、降り注ぎ、散り注いだ。

『平家物語』の作者が典拠としたと考えられている『涅槃経』では、ここの部分は、床の四方に各一双、計八本の沙羅樹があったとする。以下孫引きだが、ブッダの涅槃時、東西の二双合して一樹となり、南北の二双合して一樹となり、ブッダを抱くように垂覆し、淡黄色の小さな沙羅花が、悉く白色に変じた。白鶴のようで、沙羅の林を鶴林とも云うと諸注釈にある。

この〈沙羅〉の物語には、深いやすらぎが存在する。『平家物語』の冒頭〈沙羅双樹の花の色、盛者必衰の理をあらはす〉は、この〈沙羅〉の物語をつぶさに想起させる。花の色の変化は、たんに盛者必衰のはかなさを象徴するだけではない。色の変化は、奇瑞である。〈大いなる死〉を悲しみ、浄福に導く奇蹟の表現である。白色に変じ、ブッダの体を抱くように垂覆した沙羅の奇蹟。悲しみを包むその白い花のイメージは、消えようがない。ゴータマ・ブッダの上に〈ふりかかり、降り注ぎ、散り注いだ〉沙羅の花のイメージは、この物語の奥深いところで、この物語世界の死者を哀悼するように作用する。涅槃を迎えるブッダを、母親の腕のようにやさしく抱いたこの花樹のイメージは、平家一門の人々のみならず、この時代とこの物語世界のおびただしい死を、浄福へと導く。

祇園精舎の物語も、沙羅の物語も、死を受容し、肯定し、甘美な悲しみとやすらぎをもたらす働きをもっている。〈祇園精舎の鐘の声、諸行無常の響有り、沙羅双樹の花の色、盛者必衰の理をあらはす〉は、この世界が諸行無常、盛者必衰の厳然たる法則の下にあることを示すだけでなく、その背景に隠し味のように、寂滅の楽しみと、死への慰藉、浄福への祈りをひそませている。世界観の提示とその背後を流れる甘美なレクイエムの音楽。この二重構造こそ、冒頭表現のもつ意味である。

この物語には、因果応報観という思想もある。民衆教化の教訓的、実用的な思想である。物語の製作に、作者の所属する寺院の思惑が働くことは当然考えられる。しかし、そうした〈意匠〉の背後に、この物語の根底をなす諸行無常の世界観と、甘美なレクイエムは存在する。盛んなるものは、必ず衰える。その死にサーラの花が散り注ぐのである。西行法師において桜がサーラであったように、花散る下の死は、願わしき理想であった。そう考える私は、木曾義仲の最期を、次のように幻視した。

紀元前三百八十三年、北へ向かう旅を続けていたブッダは、故郷のルンビニーに近いクシナーラの地で、鍛冶工の子チュンダの供した茸料理を食べ、激しい下痢に見舞われた。死期を悟ったブッダは、サーラの林で、頭を故郷の北に向け、右脇を下に、足の上に足を重ねて横臥した。サーラの巨樹は、時ならぬのに花をつけ、満開となり、やがて白一色に変じて散り注いだ。入滅前最後の説法は、スパッダという名の老修行僧にむかってなされたと言われている。それから約千六百年後、ブッダ最後のことばは、〈盛ンナルモノ必ズ衰フ〉として、この物語の冒頭に刻まれることになった。正確に言えばブッダは、〈生アルモノ必ズ衰フ〉と説いたのであるが。この微妙な〈翻訳〉の差異に、異国の精舎や玻璃の鐘への憧憬《あこがれ》以上の、平家作者のかの地への憧憬が隠されている。なんとなれば、仏籍に通じていた彼にとって、ブッダの生きた天地は、サーラの巨樹は言うに及ばず、〈生アルモノ〉は〈盛ン〉であると理解されていたはずだからだ。亜熱帯植物の繁茂する大地では、自然のみならず人間の生命もまた豊饒で、かのサーラの奇蹟のように神秘にみちていなければならなかった。

北陸から疾風怒濤のごとく帝都を落とし入れた木曾冠者源の義仲は、平家を西国に追い払った軍功によって、征夷大将軍となった。これに疑義を感じた頼朝は、鎌倉から六万の兵を派遣した。先陣はすでに洛中に侵入している。義仲は狭まる敵の包囲網を突破して、勢田の橋を守る乳母子今井四朗兼平会いたさに冬の湖《うみ》辺を駆けていく。女との別れの時を惜しみ過ぎ、家来の諫死によってようやく馬上の人となったのである。この男にとって生の時間は、さながら砂金を撒くように惜しげもなく費やされる。北陸へ逃亡する考えなど微塵もない。ひたすら兼平を案じて走っている。大津の打出の浜で、再会を果した彼は、無邪気なほど力の湧きいずるのを感じる。最後の軍《いくさ》が始まる。残兵はわずかに三百である。次々に襲来する敵の大軍に〈縦様《ざま》、横様、蜘手、十文字に懸け破って〉戦う。主従二騎となって、兼平に防ぎ矢をさせ、自害のため、粟津の松原へ駆け入る。薄氷張った深田に愛馬が足をとられる隙に、敵の矢で命を失う。〈盛ンナルモノ〉の死。その夜、粟津は猛吹雪となった。サーラの白い花のごとく。

岩波大系平家物語巻第一・祇園精舎第九・木曾最期

（「諸行無常」）

〈盛ンナル〉生を終えた死者に、寂滅のやすらぎは訪れなければならない。清盛、重盛、宗盛等、〈盛ンナル〉平家一門の人たちにもこの物語冒頭の〈沙羅双樹〉の白い花は、降り注いだのである。それは、作者のはからいを越えた、作品の内的必然性であると思う。もう一例「沙羅樹」の後半を引く。

十三世紀に成ったこの物語は、熱帯の寺院と熱帯の植物の名で始まっている。これらの名が──沙羅樹《サーラ》の名が記されたとき、平家の作者の体内に高鳴った鼓動は何であったのか。充溢と昂揚、ふしぎにやすらかな鎮まり。沙羅樹《サーラ》の前景、後景をなす聖樹、花樹、大樹のざわめき。忠盛、清盛、重盛、宗盛、知盛、維盛等、盛んなるものを貫く、理法のさわやかさ。閉眼の刻、そのまぶたに散りかかる熱帯の白い花。花の重みで閉ざされる瞳。盛んなる生の封印。

この物語の冒頭を、エキゾチックな異国の寺院や植物を配した、極彩色の、魅惑的な仏教説話の具体的なイメージを想起しつつ読んでいると、いつしかそのイメージは、この物語世界全体に影を落としてくる。その〈影〉の効果を作者がどれほど意識し、綿密に計算していたかどうかはわからない。しかし、作品とは、本来、作者の意識や意図を越えた部分を有するものである。いわゆる〈神の領域〉を有しない作品に、〈偉大〉と名のつくものはない。この物語の冒頭の〈諸行無常、盛者必衰〉の世界観は、あまりに有名であり過ぎる。岩波大系本補注が指摘するように、この冒頭の記述を、たんに観念的に読むのはまちがっている。没落の過程を辿る平家一門の人々の滅びの事象のひとつ、ひとつに、私は、この物語冒頭にうたわれた厳然たる無常の法則の貫徹を確認する。しかし、それと同時に、清涼な鐘の響きや、沙羅の白い花が宙を滑るイメージも想起させられる。〈諸行無常、盛者必衰〉という世界観の提示には、隠し味のように、沙羅の白い花が散り、やすらかなレクイエムの音楽が鳴っているのである。この冒頭の詩句の二重構造をふまえて、作品は成立した。

七

『平家物語』冒頭の詩句に記述された〈沙羅〉という語は、私がこの物語から受けた最大の恩恵の一つである。沙羅は、熱帯樹で、三十メートルから四十メートルに達する巨木である。中央が淡黄色で、周辺の白い、帯状につらなる小さな花をつける。夏椿の異名である日本の沙羅とは、まったく別物である。

沙羅は、サンスクリット語でシャーラ（śāla）、パーリ語ではサーラ（sāla）と呼ばれる。『沙羅鎮魂』を出して間もなくの頃、仏門に関係する畏友、峰雅彦氏から、サンスクリット語の英訳辞典*にある〈シャーラ〉の語義の教えを受けた。その内容は、私の抱いていた沙羅樹のイメージとまったく一致する。

〈シャーラ〉は、樹木の名の他に、形容詞では、〈家の中にいる〉、名詞では〈囲い、中庭、垣根、城壁、壁〉の意味だという。一八九九年、オックスフォード大学で刊行されたその辞書の再版コピーを読みながら驚かざるをえなかった。私にとって、沙羅樹は、ゴータマ・ブッダを、その白い花によって〈囲〉って、〈家の中にいる〉ようなやすらぎと平安に導いたのみならず、いつの間にか『平家物語』を逸脱して、宇宙樹のイメージにまで増殖・発展していたからである。その最後の作品を書いたとき、私は、私の想像力が、この物語の文脈から遠く飛翔しようとしていることに気がついた。

その後、この沙羅樹に関していえば、インド南方のパーリ語の仏典では、ブッダの誕生は、無憂樹の下ではなく、沙羅樹の木陰と書かれてあることを知った。母親のマーヤーは、出産後、一週間で亡くなっている。ブッダの生誕地ルンビニー公園にあったのは、はたして無憂樹か、沙羅樹か。現在日本の考古学者が、発掘調査を進めているという記事を、一九九四年、八月十八日付朝日新聞で読んだ。マーヤー堂の下の地層を、ブッダの時代まで掘りすすめ、炭化した木の根や、花粉によってその名を特定しようとしているそうである。もし、ブッダ生誕の木陰が沙羅樹であったとしたら、死期を悟ったブッダが、沙羅の木陰を選んだのは、偶然でないかも知れない。ブッダは、母親の面影を伴って、その樹下に入ったのである。彼の死は、母親の腕に〈囲〉われて訪れたということになる。私にとって、沙羅という語は、謎めくばかりに美しい。しかし、これは、もはや『平家物語』の文脈から逸脱している。前述した最後の作品「樹下幻想」で、私のこの物語の旅は終わった。その作品を引いて、このエッセイの結びとしたい。

〈願はくば花の下にて春死なんその如月の望月の頃〉とうたった西行のこの歌には、沙羅の花の下で臨終を迎えた仏陀の涅槃が念頭にあった。仏陀の入滅と同じ月日に往生を遂げた西行にとって、サクラは横臥された仏陀の上に〈降り注ぎ、散り注いだ〉サーラであったのだ。高さ三十メートルから四十メートルにも達して、白い花を降らせる熱帯樹、サーラ。サラサラとサクラが散っている。万物流転の理法を説く琵琶の旋律に合わせて、サーラの花が散る。平家の作者は、平家一門の人々のみならず、この物語に登場したすべての人物をその落花盛んな樹下において鎮魂した。

樹下第二は〈竜華の暁〉である。高倉宮以仁王《もちひとおう》は、平家討伐の謀反に失敗し、存命の道を絶たれて、近江・三井寺の弥勒菩薩に、鳥羽院より相伝の名笛〈蟬をれ〉〈小枝〉を奉納した。平家の作者は、その後に続けて〈龍花の暁、値遇の御ためかとおぼえて、あはれなりし事共也〉と記している。弥勒菩薩は、仏陀との約束によって、仏滅後の暗黒時代を救うために、五十六億七千万年の修業の後、再びこの裟婆世界に出現し、竜華樹の下で成道するという。ちなみに竜華樹とは、その高さ、広さ共に四十里に及ぶ巨大な幻想の樹である。平家の作者は、地球の生成よりはるかに長い五十六億七千万年後の、樹下の暁を想定する。そこで瞑想にふける弥勒仏に、転生を重ねた高倉宮が巡り会うのである。

樹下第三。平清盛の末弟薩摩守忠度は、〈熊野そだち、早業《はやわざ》の大力〉とある。武勇の誉れ高いこの武人は、また一門きっての歌人でもあった。一の谷の軍《いくさ》で戦死したこの忠度の箙には、〈旅宿の花〉と題した辞世の句が結ばれてあった。〈行き暮れて木のしたかげを宿とせば花やこよひのあるじならまし〉これは反実仮想による表現である。主人公は〈木のしたかげ〉に入ったわけではない。〈もしも、樹陰で休むことができたなら、桜の花は今宵の主《あるじ》であっただろうに〉という、現実には実現することのなかった一瞬のはなやぎが語られているのである。行き暮れて、世界のどこにも安住の場所を失った武人の束の間の幻想が語られているのである。

以上三つの樹下はすべて現実の樹下ではない。緑陰仮睡、花下遊楽の幸福を語っているわけではない。沙羅の花の下の眠りも、戦場における樹下の安らぎも、はるかな未来における樹陰の再会もすべて平家の作者によって夢みられ、幻想された空間である。言うなれば、すべて〈反実仮想〉の空間であるといってよい。しかし、現実を越えた幻想の樹下ほど真実の樹下はないのだ。よって私もまたこの物語の作者に倣い、ひとつの〈反実仮想〉をこころみる。地と海をもつ球形を緑陰のなかに覆い、サラサラと葉ずれし、サワサワと花をふらし、われらが魂の窓べによき匂いをもたらす、宇宙樹、サーラ。〈その下かげを宿とせば、花やこよひのあるじならまし〉と。（「樹下幻想」）

＊SANSKRIT-ENGLISH DICTIONARY MOTILAL BANARSIDASS

付記

詩集『沙羅鎮魂』は、多くの「研究書」の力を借りている。御橋悳言、高木市之助、梶原正昭氏等に、深く御礼を申し上げたい。

（『平家物語研究と批評』有精堂・一九九六年）

〈沙羅〉という語の恩寵

二〇〇五年の八月十日から五日間、韓国の萬海《マンフェ》財団主催の「世界平和のための国際的な詩の祭典・Manhae Festival」に招待を受けたので出かけました。萬海は僧名で、俗名は韓龍雲《ハンヤングン》(一八七九〜一九四四)。日本の統治時代に、『愛の沈黙』という詩集で、恋愛詩を装って、愛する祖国の悲しみをうたったレジスタンスの有名な詩人です。解放六十周年を記念して、それまで国内でやっていた催しを広げて、世界四十カ国、六十余名の詩人を招待することになったそうです。韓国では日本と違って、僧侶であって詩を書く人が多く、理解があるのでしょう、詩祭の経費はすべて寺院に集まる浄財だと聞きました。催しは、「萬海平和賞」の授賞式、各国詩人全員の自作詩朗読、シンポジウム等。会場は、宿泊先の新羅ホテル、萬海村のバクダム寺、なにかと話題にのぼる北朝鮮の金剛山ホテル(当日になってから朝鮮民主主義人民共和国の詩人は全員欠席との連絡をうけました。どんな詩を朗読するのか、楽しみにしていたのですが）。平和賞の授賞式は、ソウルからバスで四時間の萬海村で行われ、受賞者はダライ・ラマ十四世と、一九八六年にノーベル賞を受賞したウォレ・ショイニカ氏（ナイジェリア）等。萬海平和賞は、韓国で最も権威ある賞のひとつだそうで、当日入国を認められなかったダライ・ラマ十四世のメッセージは次のようでした。〈チベットの一介の僧侶である私にこの賞を授与し、皆さんは我がチベット人を希望で満たしました。〉

祭典の最終日は、シンポジウムと宴会があり、隣国の誼からか、シンポジウムでは私はパネラーの一人として予め参加することを要請されていました。ナイジェリアのウォレ・ショイニカ氏とチリと韓国の詩人と私の四人がパネラーとして各自最初に三十分程度〈平和〉と詩の問題について話すのです。〈平和〉について話す等ということは、安逸を貪る一日本の詩人として、大変憂鬱でしたが、主催者が、仏教徒であることを考慮して、以前から温めていた、仏陀の生誕と涅槃に関係のある〈沙羅〉をテーマに、なんとか凌ごうと決心しました。以下は「〈沙羅〉という語の恩寵」という、その日話したスピーチのほぼ全文です。私にとっての研究と創作の交錯の産物と言えるかと思います。

この度は、世界平和のための国際的な詩の祭典、Manhae Festival にご招待を賜りまことに有難うございます。心から感謝申し上げます。

ここ数年、私の詩作の関心の中心は、〈サーラ〉体験というべきものです。私の言いたいことは、この度の朗読詩「サーラ幻想」のなかの詩句、〈人間はサーラの花の散る宇宙を旅しているのだ〉という言葉、イメージに象徴されていますので、そのことを中心に話します。

沙羅の花の物語については、仏教に関心のあるひとなら誰でもが知っています。八十歳を超えて、仏陀は故郷へ帰る旅をされました。途中、信仰心の厚い鍛冶屋の子チュンダという青年の供した茸料理があたって、病にたおれます。死期を悟った仏陀は、ヒラニヤヴァティー河の彼岸にあるクシナーラーの沙羅の木陰に行くことを弟子のアーナンダに命じられます。顔を北に向け、右脇を下に、足の上に足を重ねて、しつらえられた寝台の上に横臥されます。なぜ沙羅樹を選んだのかについては考えがあるので後で話します。大パリニッバーナ経（ブッダ最後の旅）という経典によりますと、其の時、沙羅の花は、時ならぬのに花が咲き、満開となり、白一色に変じて、仏陀の体に〈ふりかかり、降り注ぎ、散り注いだ〉と書かれています。夜になって師の最期を見守るために集まった修行僧たちに、仏陀は有名な臨終の言葉を残します。〈もろもろの事象は過ぎ去るものである。怠ることなく修行を完成なさい〉と。こうして涅槃に入られた仏陀に涅槃経という経典では、四方の沙羅双樹が垂覆して仏陀を包んだと書かれています。まるで親鶴が白い大きな羽で子鶴を抱くようであったから、沙羅の林を別名、鶴林と呼ぶのだそうです。いずれにしてもブッダは熱帯の白い花に覆われ、包まれ、抱かれながら涅槃を迎えられたのです。

次に説明の都合上、ぜひここでふれておかなければならないことがあります。

それはわが国の有名な古典文学、『平家物語』のことです。この物語は、古代から中世へ、貴族階級から武士階級へ支配体制が変わる変革と激動の時代を、平家琵琶という楽器の伴奏にあわせてうたう、あるいは語る、ほとんど叙事詩と呼んでいい作品です。私は若い頃『平家物語』研究を志していました。実は、この作品の冒頭に日本人ならほとんど誰でも知っている有名な詩句が書かれています。そこに沙羅の花が登場するのです。

祇園精舎の鐘の声、諸行無常の響き有り。

沙羅双樹の花の色、盛者必衰の理をあらはす。

この美しい音楽的な詩句は、この物語を厳然と貫く法則、世界観をうたっています。この世は無常であること、あらゆるものは生じ、滅するものであると認識しながら、どこか甘美なひびきを湛えています。その甘美さはどこから来ているのかと言えば、沙羅の花に包まれ、覆われて、涅槃を迎えられた仏陀の伝説にあるのです。仏陀の涅槃のイメージがこの作品の死者を慰めるように作られているのです。私は長い間この物語に親しんできましたが、ある時、沙羅の花の下にいるのは平家一門の人々ではないか、いや平家の人々のみならず、この物語に登場して滅びていったすべての死者たちではないかと思い始めたのです。登場する人物は束の間の耀きの後にすべてすみやかに滅び去ります。沙羅の花の下の仏陀のイメージに、この物語の具体的な死者のイメージが重なったのです。そう読むことによって、沙羅はこの物語の鎮魂の花となりました。私はその読みにしたがって、『沙羅鎮魂』という詩集もだしました。

しかし、やがて私にとって、この沙羅の花は、物語のなかの死者のみならず、物語の枠組みをこえて歴史上の現実の死者の上にも、いや死者のみならず、この世を生きる人の上にも降りそそぐ花となったのです。こういうイメージが生まれるようになって、私は研究の領域から詩の領域に足を踏み入れたと感じました。研究を志す者から詩人になったのです。もともと私には研究者としてのストイックな厳格な態度に欠ける所がありましたから、この成り行きは必然だったかもしれません。沙羅はもう私の心のなかで宇宙樹のような大きな樹に育っていて、窓辺に坐ると、さわやかな葉擦れの音が聞こえてくるほどでした。またあるときは、沙羅の花は、永遠の女性のイメージとなって現れました。

長い内面への旅の途上
私は沙羅の花咲く無人の地を通過した
その樹の下で
静かな微笑みを浮かべて女が立っていた
お待ちしていましたと女が言った
万年の時が流れていた
サラサラと
花びらが

宇宙のやみを滑っていた

（詩集『地球の水辺』「サーラ」の末尾）

新しく沙羅をテーマにした幾つかの作品が生まれた頃、沙羅に関する喜ばしいできごとが次々と起こるようになりました。私はそれをサーラの恵み、サーラの恩寵と考えています。

そのひとつは、私の作品を読んだ僧籍にある元同僚の数学教師から、インドのデリーで発行されたサンスクリット語の英訳辞典の沙羅についてのコピーが送られてきたことです。私はそこで初めてサンスクリット語の沙羅には植物の名のほかに〈囲い〉や〈家の中にいる〉という名詞や形容詞的な意味があることを知ったのです。私にとって、これは望外の喜びでした。仏陀を囲み、包み、家の中にいるような平安とやすらぎをもたらすサーラとはいったい何でありましょう。愛という使い古びた言葉が浮かんできました。韓国語にはサランという美しいひびきをもつ言葉があるそうですね。私はこの言葉についていつか深く学びたいと思っています。仏陀を包んだのは、おおいなる優しい愛、おおいなる優しい何かである、私には、それ以上のことは言えませんでした。

私の身に起こったふたつめのできごとは、ある日の新聞の記事によってもたらされました。

〈仏陀生誕の木陰〉と題するその記事には、仏陀が生まれた、現ネパールのルンビニー園のマーヤー堂の修復工事に伴い、日本やインド、ネパールの学者たちが共同で、仏陀生誕の時代の地層を調べて、仏陀の生誕を見守った樹木を特定しようとしているという内容のものでした。

私はその時まで、仏陀はルンビニー園の無憂樹の下でマーヤー夫人を母として生まれ、入滅は沙羅双樹の下であるという一般的な知識しか持ちあわせていませんでした。今日広く流布しているサンスクリット語の仏典では、仏陀生誕の木陰は無憂樹だが、パーリ語で書かれた仏典のなかには、沙羅樹と書かれてあるものもあることを初めて知ったのです。しかしその時以来、私は仏陀生誕の木陰は沙羅樹であること、生誕と入滅は同じ沙羅樹であると確信するに至りました。仏陀の入滅時、仏陀の心に満ちていたもの、仏陀を囲い、包んでいたものの本質がやっとわかった気がしたのです。

仏陀の母親であるマーヤー夫人は仏陀をお産みになって後、一週間でなくなられました。したがって仏陀は母親の顔も容姿もその声も知りません。多感な少年時代に母の気配を感じるため、母の声を聞くために仏陀が沙羅の木陰に入ったと考えることは決してたんなる空想ではありません。仏陀にとって沙羅樹はどこかなつかしく、したわしく、やすらぎをもたらす木であったのです。クシナーラーの終焉の地で、仏陀が沙羅双樹の木陰に入った意味が私には初めてわかった気がしました。仏陀の涅槃図にかならずマーヤー夫人が沙羅樹の葉かげに顔を覗かせていることの意味も了解できました。

涅槃を迎える仏陀の上に惜しげもなく〈ふりかかり、降り注ぎ、散り注いだ〉沙羅の花とは、仏陀が生前ふれることも、抱かれることもなかったゆえに、仏陀にとって永遠の憧れであった母なるものの慈愛、母なるものの無限の優しさでありました。修行完成者仏陀はこの世界の真理を体現しながら赤ん坊のような新しい生命体となって、この上なく、やわらかく、優しいものに包まれ、抱かれて旅立たれたのです。

沙羅の木陰とは、母なるものの空間であったのです。さらに言えば、沙羅の木陰は、優しさといのちに満ちた仏教的宇宙の空間であったのです。

人間は、サーラと呼ばれるものをもとめる永遠の旅人です。それは人類の悲願である恒久の平和をもとめる旅人のイメージとも重なります。目にはみえぬサーラの白い花。詩の言葉ほど、詩の言語によるイメージの力ほどわれわれの生命と深くつながるものはありません。

＜人間はサーラの花の散る宇宙を旅しているのだ＞沙羅という言葉の恩寵としか言いようがありません。鎮魂とも祝福とも永遠の憧れともとれるサーラのイメージを大切にして、私はこれからもつたない詩作の旅を続けたいと思っております。ご清聴に感謝申し上げます。

（於新羅ホテル・二〇〇五年八月十四日講演「アリゼ」１０９号・二〇〇五年補筆）

母に抱かれたブッダ

祇園精舎の鐘の声、諸行無常の響き有り。
沙羅双樹の花の色、盛者必衰の理をあらはす。

日本人なら誰もが知る『平家物語』冒頭の言葉だ。沙羅の寺で有名な京都の妙心寺内の東林院は、例年六月半ばになると、朝《あした》に咲き、夕べには散る、諸行無常の象徴のような、白い沙羅の花を見学しようと人出になる。

わが国では沙羅寺として有名なお寺は、東京谷中の天王寺をはじめ数多いが、日本人になじみの沙羅は、実は、ツバキ科の夏椿という学名を持ち、仏典に登場するフタバガキ科の沙羅とは違う。印度の沙羅は、高さ三十メートルにも及ぶ高い木で、小さな白い花をつけ、旬日を経て、降りしきるさまは、プシュパ・ブリシュティ（花の雨）と、当地では呼んでいるそうだ。

日本で、本物の沙羅の花は、新宿御苑の植物園か草津の水生植物園でしか見ることが出来ないが、後者の開花は、四、五年も前のことで、電話を入れると今年も咲かないということだった。

仏教には、三大聖樹なるものがある。生誕の木陰は無憂樹、悟道の木陰は菩提樹、涅槃は沙羅の木陰だと言われてきた。三大聖地を辿る旅の企画もよく聞く話である。

インドから中国を経由して日本に伝播したサンスクリット語（雅語）の仏典では、ブッダのお母さまのマーヤー夫人は、お産で里帰りの途中、ネパールのルンビニー園の無憂樹の木陰で、出産され、夫人は、それから七日後に亡くなられた。従って、ブッダは母の顔も声も知らない人として育った。

ところで、生誕の木陰については異説がある。タイやスリランカ等、東南アジアの国々に伝播したパーリ語（俗語）の仏典では、無憂樹ではなく沙羅樹なのだ。私の娘は、タイ語を専攻したので、指摘されて驚いたことがある。どちらが正しいのか、長く気になっていたのだが、パーリ語系の仏典の記述が真実に近いことが、科学の力で明らかになったのである。

インド、ネパール、日本等の考古学者の発掘調査で、ブッダを出産し、七日後に亡くなられたマーヤー夫人をお祀りするマーヤー堂の地下二千五百年前の地層を掘り下げると、ブッダ生誕の場所を示す記念石やそのまわりに落ちていた黒い炭化物が発見された。持ち帰って、北海道大学の農学部で調べたところ、沙羅の木の根であることが判明したのである。つまりブッダは、沙羅の木陰で生まれ、沙羅の木陰で亡くなられたということになる。

仏典によると、ブッダは、八十歳になって、故郷に帰る旅をされた。旅の途中、仏典では、マンゴ樹下の休息が一番多いのであるが、体をこわされ、重篤になられて、高弟のアーナンダに、わざわざ川向こうの沙羅樹の林に自分を運ぶことを命じられる。はたして、その満月の夜、沙羅双樹の木陰に横たわったブッダに沙羅の奇蹟がおこったのだ。

「さて、そのとき沙羅双樹が、時ならぬのに花が咲き、満開となった。それらの花は、修行完成者に供養するために、修行完成者の体にふりかかり、降り注ぎ、散り注いだ。」

（中村元訳『ブッダ最後の旅』より）

涅槃のブッダを優しく包んだ沙羅の白い花。それはまるで白鶴が垂覆して子鶴を抱くようであったという。ブッダは慈愛に溢れた母親のマーヤーに抱かれたのだ。沙羅の木陰とは、母なるものに満ちた、仏教的宇宙を象徴する空間である。沙羅は、私にはブッダの母と結びついている。

（「共同通信配信」・第一回二〇二一年五月）

沖縄詩への讃歌

日本の流行歌は北国が好きだ。「津軽海峡冬景色」とか「北帰行」とか、失意の心を抱えたひとが帰って行くのは、雪の降る北国がたしかに似合っている。私の場合、高校三年の頃、井上靖詩集『北国』を読んで感動し、詩は、北の方角に、それも日本海とか、半島とか、岬とかに宿るものと思ってしまった。ところが、沖縄の山之口貘賞の選考を務めるようになって、南方も大好きになった。

山之口貘賞は、沖縄出身者の詩集に与えられる賞で、「琉球新報」という新聞に大きく取り挙げられる。大小さまざまな島からなる沖縄には、昔から神に祈る呪文や歌謡、民話の類がたくさんある。沖縄の人は、ご先祖や、神様との繋がりが深いので、敬虔な歌が本土の詩人よりはるかに多い。例えば、周囲十七キロの小さな島、伊是名《いぜな》島の受賞詩人、米《こめ》須盛佑《すせいゆう》氏の詩集『ウナザーレーィ』では、島の夜明けは、次のようにうたわれる。

〈黄色い実の熟れた　福木《ふくぎ》に囲まれた／屋根瓦の端切れのシーサは／はるか沖の夜明けの海を見ている／／やがて水平線から光は生まれ／海原を金色に輝かせ日は昇る／／陽光にきらめく白銀の波の花と／入道雲の先端は光を集め　放射し／シーサの目を細めさす〉

東の水平線から姿を現す神々しい太陽。心洗われ、厳粛な思いに駆られる。今を越えて、古代的時間のなかに身を置く自分を感じる。

このような世界では、人もまたどこか神性を宿して立派だ。漁夫としての父親は次のようにうたわれる。〈父よ／海人の父よ／一生海人だった父よ／私はあなたに感謝と敬意を捧げる〉。〈明けの明星で漁に出た父よ／宵の明星に一家団欒を楽しんだ父よ／十四人の子供を立派に育てた父よ〉

小さな島を囲む海は、珊瑚礁の魚、岩礁魚、表層遊泳魚、中層遊泳魚、低層遊泳魚、深海魚、沖合魚、等々十二に分類され、魚の種類と住処が、具体的に記述され、父たちが祖先から受け継いできた、生きた知識の豊かさに圧倒される。偉大な父親への賞賛は、本土の詩ではもう読むことができない。沖縄では古代と現代が重なっているところがある。

同じく受賞詩集『八重山讃歌』の作者、小浜島生まれ、石垣島育ちの大石直樹氏は、祖父や父親たち、遠いご先祖たちが、語り伝えてきた言葉や民話を今に残そうとする詩人である。

男の三大事業は
井戸を掘り　家を建て　墓を造ること
とは祖父の教え

地上の美の順位は
栄誉礼の帆船　馬　人間の女

とは父の教え

大石氏が、祖父や父親から直接聞いたというこれらの言葉は、生きる目的、美の秩序まで、明白であった世界が、遠からぬ昔に、存在したことを教えられて、観念的で難解な現代詩にうんざりしていた私には、実に新鮮であった。

沖縄八重山諸島には、悪名高い人頭税なるものが長く存在した。薩摩藩の侵攻に屈した琉球王朝は、薩摩に年貢を納めるため、琉球弧の島々に過酷な労役を課した。一カ月のうち二十日は、公のため、残りは家のためというような、過酷な労働を強いられたという。但し夜の時間は自由であったので、沖縄のお母さんたちは深夜まで働いて早くに死ぬことがあったという。

〈はやくに死んだという母は／おさない子どもたちが気がかりで／パパイヤに／生まれかわった……栄養いっぱい／パパイヤは／本当のおっぱいになって／おなかいっぱいになった／あかちゃんは／ゆかいに　わらう〉

〈にぬふぁ星は／子どもを見守る／母の星……／星になった／母は／子どもたちが／
さみしがらないよう／ひとつところで／いつも見守っている〉

作者不詳の民話を材料にした作品だが、パパイヤや、にぬふぁ星（北極星）に変身した母親は、琉球の王の課した過酷な労働によって若くして亡くなったと分かれば、民話を作った名もなき島人たちの悲しみと優しさが偲ばれて、私は感動するのである。

伊是名島の米須氏も石垣島育ちの大石氏も本土の詩人のように自己の内面をうたうことに関心がないようだ。自分より圧倒的に大きな大自然、海や空、それらを統べる神様、何世代にもわたるご先祖の物語、それらにつながる自分を自覚してこそ、詩が生まれる、創られているという感じなのだ。

〈愛情を残して／愛着を残して／遠くの日々を夢見るように／私と　私につながる先
祖たちが目を閉じた／何世代も　何世代も〉

私が沖縄の詩文を知ったのは、実は、沖縄戦で、亡くなった「沖縄師範学校女子部・沖縄県立第一高等女学校」の教師・女生徒二百二十七名の名と人柄、死亡状況を記録した『墓碑銘―亡き師と亡き友に捧ぐ』（一九八九年・ひめゆり平和祈念財団）に出会ってからである。沖縄戦で、負傷した日本兵を弾雨を潜って介護し、その後、全員亡くなったというけなげで崇高な女生徒たちの名と遺影とその人柄を、石に刻むが如く記した冊子を読んで、詩を読む以上に感動したからである。

そこには例えば上地愛子さん（十九歳）「首里に生まれ育ち、言葉づかいが丁寧であった。学校では、教室の黒板を隅々まで拭き、よく教卓に花を生けていた。奉仕的な事を進んでする愛子は、学友から親しまれていた。」巻末には過去帳の言葉が記され、〈名は実をあらわし親のはじめて呼んだ名であり死後も叫び続けた名です〉とあった。〈死後も叫び続けた名〉という言葉に、いかなる詩の言葉にも勝る深い感動を覚えた。沖縄の歴史は、苦しみや悲しみの連続だが、しかし沖縄人の心は、何とも優しいのだ。そして健やかなのだ。紹介した両詩人の作品を読んでもらえばわかって頂けると思う。

（「共同通信配信」第二回・二〇二一年六月に加筆）

母なるものの力

一九六五年から三十三年間、私は大阪市西成区の釜ケ崎と国道26号線を道ひとつ隔てた大阪府立今宮工業高校定時制に国語の教師として勤務した。いわゆる夜学生との出会いは、世間知らず、苦労知らずの私の人生をすっかり変えてしまった。給料をもらって、人生勉強をさせてもらっているようなところがあった。

彼らが夜学に行かざるを得なかったのは、家の経済の事情からであった。夜学生は、父よりも母の苦労をじかに見て育っている。戦争を挾んで生き抜いた母たち。そのような母親を楽にさせたい。それが当時の夜学生の共通の願いであった。

最初に担任したクラスの生徒たちが卒業して、二年たった土曜日の秋の夜のことであった。卒業後も、気の合う級友七人の中心であったAから電話があって、相談したいことがある、学校に車で迎えに行く、他の連中はすでに神戸の私の家に向かっているというのだ。

車中で聞いたAの話によると、理髪店専用の椅子のメーカーに勤めるBを見込んで、社長から米国某州の支店に、転勤の打診があったという。Bは「やった！」と舞い上がったが、家には保険の外交員をして、最近とみに足腰を弱らせている母親がいる。毎晩、腰を揉《も》む毎日が続いている。そういう母親を、五年間も日本に残して行ってよいものかどうか、悩んでいるというのだ。

Aが言うには、Bからこの話を打ち明けられたとき、少々嫉妬も感じたが、最初は絶対行くべしと思ったという。しかし、Bの家庭の事情を考えると、無理ではないか。父親はすでに死亡し、兄は家を出ている、姉は間もなく結婚の予定である。そういう状態なので「俺がBの立場なら、やはりよう行かん」というのがAの結論だった。

神戸市の賃貸住宅に帰り着くと、もう全員がそろっていた。家内がいつものように心尽くしの供応をしてくれていた。議論の結果は、六対一であった。元学級委員だったCだけは、自分なら行く、母親も賛成してくれるだろうと言うのだった。

酒に酔ってか寝転がっているBの耳元で、Aが怒鳴るように叫んでいた。「おまえなあ、おふくろの足腰を揉むぐらいしか能のないやっちゃさかい、もう諦めろ」。私は、半世紀前のその光景をいまだに忘れないでいる。ボス格のAは少し泣いているようであった。夜学生の流儀をまざまざと見た思いがした。

数年後、私はこの話を、仲人を務めたBの結婚式で披露した。宴が終わった控室で、Bの母親が、私の手を強く握りしめ「先生、よう言《ゆ》うてくださいました。私は、今日のお話、初めて知りました。何にも聞かされていませんでした」と涙ぐまれたのであった。

Bは米国行きのチャンスを、一切母親には告げずに断念したのである。後で知ったことだが、Bは、小学生の頃から新聞配達のもぐりのアルバイトを、中学生になってからは牛乳配達もして、稼いだお金をそっと母親の財布に入れておくような少年だったという。

Bの偉さはもとよりだが、最近の私は、人生の痛苦を黙って背負い続けた母なるひとの生き方が、このような子を育てたのだと思うようになっている。母なるものの力こそ生の源泉であると思うようになっている。私の拙い連続エッセイの隠れた主題は、すべて母なるものであった。言葉を超えた母なるものの力こそ詩の源泉でもあると思う。

（「共同通信配信」第三回・二〇二一年七月）

*

以倉紘平　自筆年譜

一九四〇年（昭和十五）　当歳

四月八日、大阪府南河内郡磯長《しなが》村大字太子（現太子町）一八四五番地で生まれた。父以倉源次と母眞子の三男で、兄弟は、十五歳上の長兄の隆、十二歳上の次兄の廸夫、六歳上の姉の葉雨子の四人であった。ヨウコという名の女性は多いが、葉と雨の漢字のヨウコさんは、姉以外に私は知らない。磯長村は、記紀・万葉に出て来る二上山の、山麓の村で、生家は、聖徳太子の御廟である叡福寺のごく近くであった。二上山麓には山田村、磯長村の二村があったが、一九五四年に合併して太子町になった。何故か天皇陵の多い土地で、第三十代敏達天皇陵、第三十一代用明天皇陵、三十三代推古天皇陵、三十六代孝徳天皇陵がある。遣隋使・小野妹子の墓のある山田村の科長《しなが》神社の神主は南條家で、長兄、隆の妻艶子は南條家の長女である。

父源次は大東亜戦争中、磯長村の村長であった。敗戦後は公職を追われ、不遇の人生を送った。歌を詠み、「白珠」の同人であった。私の幼年期は、戦争と共にあったようだ。乳幼児の頃、廊下で両足を投げ出し、日の丸を振っている写真が残っている。紀元二千六百年生まれの私の名前は、八紘一宇の、「紘」の一字にあやかって父がつけたらしい。時代を背負って生まれたと思っていたが、中学生の頃、墓参した叔父たちが「お前は望まれて生まれてきたのではないぞ。すでにひと姫二太郎だったので、だれも期待していなかった」と言われて、がっかりした覚えがある。

幼年時、米軍の飛行機B29が田舎の上空を通過するようになった。爆弾の投下はなかったが、機銃掃射の連続音を聞いたことがある。夜空の奥深くを照らす灯火管制下のサーチライトの美しさは今も記憶に残っている。夜間、空襲警報のサイレンが村中に鳴り響くと、お隣りの一歳上の遊び友達の杉山茂子ちゃんと、夜も防空壕で遊べるのが楽しかった。杉山家と以倉家と防空壕の入口が二つあって、二家族合流できたのだ。

戦争中の田舎は、極めて静かだった。夏には蟬しぐれに満ちていた。その静けさは、出征した我が子を案じる家々の静けさでもあったことを、幼年の私は知る由もなかった。

一九四三年（昭和十八）　三歳

夏。私の古い大切な記憶の一つは、叔父方の旧制中学在学中の従弟二人が、夏休みに、京都の田辺から泊まりがけで遊びにやって来たことである。近鉄吉野線の上の太子駅から、間道を通って、私の家の裏の竹藪に姿を現すのだが、元気盛んな彼らの来訪で、蟬しぐれに満ちた田舎のわが家がにわかに活気づいたことを今も懐かしく思いだすことができる。彼等、従弟二人と、私の兄二人と、二キロほど先の石川の清流に網を張り、鮒やバスを追い詰め、網に掛った魚を、水の入ったバケツに入れて持ち帰った記憶が残っている。バスという名の魚の色彩の美しさ。

『プシュパ・ブリシュティ』所収の作品「虹」

は、その幼年時代の記憶に基づいて書いた。

一九四四年（昭和十九）　四歳

聖徳太子の御廟である叡福寺の裏山に、防空壕が掘られたこと、小学校の近くに兵舎が建てられたこと、父が村長だったので、軍の偉い人が、くつろいで座敷に座っていた光景が記憶にある。兵隊さんが、家の前の自転車屋さんの子供の三輪車を漕いだりして、くつろぐ姿を覚えている。日本軍は、やがて上陸してくる敵軍を迎え撃つ本土決戦のための拠点づくりを、日本各地で進めていたのではなかろうか。敗戦後、兵隊さんの建てた二階建ての兵舎は、村立磯長小学校の新校舎として利用された。新校舎は、五、六年の高学年用の教室になった。

一九四五年（昭和二十）　五歳

八月十五日、天皇の玉音放送を、両親と聞いた。兄二人は、学徒志願兵として、出征していた。両親は、今まで見たことのない沈痛な表情であった。「アメリカ兵が来たら、私は縁の下に隠れていたらよろしいのか」絣のモンペ姿の母が暗い表情で父に尋ねた言葉を忘れないでいる。やがて、ジープで、村道を通過していく進駐軍の米兵を見るようになった。秋には、学徒志願兵として、熊本・広島の駐屯地にいた長兄と愛知県豊橋にいた次兄が、帰還した。兄たちは、叡福寺領の寺山を開墾させてもらって、食料を確保した。薩摩芋、トマト、西瓜、葡萄、ほうれん草、野菜や果物を育てた。農薬がまだなかったので、池や川には、えびや魚が一杯いた。

一九四六年（昭和二十一）　六歳

磯長小学校に入学前、母の両親が大阪寺田町の源ヶ橋市場の一角で、風呂屋を開業したので、寺田町周辺の界隈で、ランドセルを買ってもらった記憶がある。そのころ阿倍野、天王寺一帯は一面の焦土であった。市電に乗ると、白い土蔵だけが焼け残っていて、土蔵の屋根にはぺんぺん草が風にそよいでいた。遠く、故郷の金剛山、葛城山、二上連山が見えるのだった。

一九四七年（昭和二十二）　七歳

村立磯長小学校に入学。襟のあるサージの学生服を、寺田町の服屋で買ってもらったが、首筋が痛く首にガーゼを巻いた記念写真が残っている。一年と二年の担任は田所みつえ先生であった。先生は戦争中は、薙刀を教えておられたそうであるが、優しい先生であった。

一九四八年（昭和二十三）　八歳

叡福寺の境内に住んでいらっしゃって四天王寺学園の先生をされていた藤田さんの、上品で綺麗な奥様から白と茶の子猫をもらった。みーみと名付けて可愛がった。みーみはそれから十一年生きた。私の愛猫であった。

一九四九年（昭和二十四）　九歳

チャンバラごっこや、将棋や、用明天皇陵の広場で、野球をして遊んだ。

一九五〇年（昭和二十五）　十歳

クラスで、いわゆる〈いじめ〉にあった。担任は代用教員で、まだ二十歳ぐらいか。学級委員を選ぶ選挙で、開票を行う時、投票用紙に書かれたぼくの名前を消しゴムで消して書き換える不正を、見抜く力を持っていなかった。陰湿ないじめが繰り返されたので、月曜日になると仮病をつかって登校しないことが重なり、訳を聞いた父親が学校に乗り込んで、クラス替えが実現した。四年二組になった。二組は遅生まれなので、早生まれの一組より体力的に劣る。しかし、運動会のプログラム最終の花、一組・二組対抗リレーでアンカーを務めた私は、一組のアンカーを抜いて、毎年負けている二組を逆転優勝に導く立て役者になった。二組の担任はすべて女の先生であったので、たくさんの女の先生に誉めてもらって嬉しかった。

一九五二年（昭和二十七）　十二歳

私の小学校時代は、手塚治虫の漫画に夢中だったことと、将棋に明け暮れたことだ。家の前が、平谷という散髪屋で、親父《おやじ》さん夫婦の他に、私より十六歳上のあきちゃん、六歳上ののぼるさんがいて、親父さんから将棋を教えてもらった私は、夏休みなど、平谷一家を相手に、将棋に熱中した。散髪屋は、村の若い衆のたまり場で、あきちゃんは、源氏三代の墓のある隣村の駒ケ谷の壺井村のマッカーサーというあだ名を持つ喧嘩の強い若い衆と、葡萄山で天下分け目の喧嘩をして勝利した。噂が広まって、平谷の散髪屋は、活きのよい若い衆たちが、隣村からも表敬訪問することが多かった。あきちゃんとのぼるさんの二人とも散髪の仕事で忙しい時は、小学生の私が将棋の相手をした。若い衆の将棋は、無理筋だが活きのいい攻め将棋、たまに巡回でやってくる村の駐在所のお巡りさんの将棋は、受け将棋で、子供ごころにその対照が面白かった。

一九五三年（昭和二十八）　十三歳

四月、太子町立科長《しなが》原中学校に入学。山田村小学校と磯長村小学校の生徒が入学した。

一九五四年（昭和二十九）　十四歳

そのころ下村湖人の『次郎物語』、徳冨蘆花の『思出の記』、学校の図書館で、吉川英治の『三国志』を借りてきて夢中で読んだ。国語の奥田先生からは、吉川英治の『宮本武蔵』をお借りして、武蔵を慕うおつうという女性に憧れた記憶が残っている。奥田先生は、文章を書かせてよくできると、皆の前で誉めて読み上げて下さるので、国語の時間が大好きであった。

一九五五年（昭和三十）　十五歳

高校進学指導雑誌『中学コース』十一月号ジュニア・ルーム欄の作文の部に「米蔵じいや」という文章を投稿した。秀作として取り上げられ、内藤正之という先生が「自然を愛し自然を支えとして一生を終えた、自然の一部とも言える……彫の深い田園詩がある」と誉めて下さって嬉しかったのだが、実は米蔵じいやは、全くのフイクションで、複雑な気持だった。中学三年になって、高校受験のため勉強に目覚め、毎夜十二時半まで勉強した。

一九五六年（昭和三十一）　十六歳

三月、中学卒業。皆勤であった。高校の入学試験から帰って、徹夜で小説「阿芙蓉」を書く。大阪府立富田林高校に入学し、文芸部に所属する。初めて書いた小説「阿芙蓉」は「富校文芸」に二回に分けて掲載してもらったが、何年か前に読み返して、読むにたえず、恥ずかしかった。

一九五八年（昭和三十三）　十八歳

高校三年の夏、次兄が建てた羽曳野市、古市の新築の家で、友人と大学への受験勉強という名目で、ひと夏を過ごす。

友達の茂子ちゃんが貸してくれた井上靖『北国』を読んで詩に目覚める。『北国』は返していない。ぼろぼろになったが私の宝物である。

一九五九年（昭和三十四）　十九歳

三月、富田林高校卒業。

四月、国立神戸大学文学部入学。一年半の教養課程は、神戸分校か姫路分校かどちらかを選択できた。神戸を選べば自宅通学、姫路を選べば寮生活になる。寮生活に憧れがあったので、家を出て姫路分校で教養課程の一年半を過ごすことに決める。姫路に行くとき、大阪駅まで父親が見送りに来てくれた。

白鷺寮の六畳の同室の友人は、社会学部志望の岡山県出身の赤枝満君、同じく社会学部志望の三重県の伊東武夫君であった。男子ばかりの自治寮だったからか、細かな規則は一切なかった。旧制高校のバンカラな気風が残っていて、夜、雨が降ってきたと思うと、二階の寮生が、窓から小便をしているのであった。〈寮雨〉の洗礼を受けた時は驚いた。三人共有の押入れの白壁に〈人間の血の流れているのが嫌になり、今日も騒ごうと思った〉という赤枝君の落書きを発見して感動した。彼は高校生の時、肺結核で一年休学したそうで、一年年上の文学青年であった。

六畳一間の共同生活は、なにかと不便であったので、三カ月ほどで寮を出て姫路市辻井、堀吉春宅で下宿生活を送ることにした。図書部に入部。分校の図書館の井上靖の選集を下宿先に持ち込んで読み耽った。

食事は三度寮の食堂を利用した。下宿先には高校三年生の多喜ちゃん、高校二年生の雪ちゃんがいた。多喜ちゃんは、下着の洗濯もしてくれていて、今から思うと、大変申し訳なかったと思う。さらに下には小学生の男の子と女の子がいた。姫路を去るとき、姫路民衆駅で、セーラー服姿の多喜ちゃんと雪ちゃんと、御座候をたべて別れた。彼女たちは、今や八十歳、七十九歳になっているかと思うと、感無量である。私の心の中には、今もまぶしいセーラー服の二人が住んでいる。

一九六〇年（昭和三十五）　二十歳

九月より、教養課程を終え、神戸大学御影分校で、国文学を専攻した。大阪太子町の自宅から通学した。

近代文学の猪野謙二先生、中世文学の永積安明先生のお二人は、歴史社会学派に属する学者であった。猪野教授の夏目漱石、永積教授の平家物語の講義が強く印象に残っている。猪野先生は、詩人の立原道造、小説家の田宮虎彦、評論家の寺田透と一高時代の同級生とお聞きしたように思う。先生は、国家と文学者の関わりを問題にされる人であったので、例えば立原道造の抒情詩を卒論に選ぶことは、できない雰囲気であった。

日米安保条約改定の年で、安保反対の抗議デモが、学生自治会主導で盛んにおこなわれた。

一九六二年（昭和三十七）　二十二歳

三月、神戸大学国文学科卒業。卒業論文は平家物語。

四月、神戸大学国文科助手になる。国文学科では、まだ大学院がなかったので、研究を続けたい学生は選ばれて、二年に一度、期限付き助手になる道が開かれていた。仕事は国文関係の図書のある研究室を開けること、学生たちの相談相手をすることであった。期限付き助手二年目に、文学部の新校舎が六甲台にできて、山と海の見える研究室に移った。素晴らしい環境であったが、このような環境に身をおくことは、文学を志すものには相応しくないという思いもあった。

助手時代に、教育学部の中村茂隆先生のお誘いで作詞を手掛ける。先生から作詞の要諦として、聞いてわかる歌詞を書いてほしいと言われた。注文はその一点のみ。中村茂隆氏が作曲された蔵原伸二郎「風の中で歌う空っぽの子守唄」（底本『岩魚』所収）に感動する。ＪＲ神戸線の車内で、詩集『岩魚』を読んでいると、隣に座っていたロマンスグレーの紳士が、芦屋駅で下車する際、親しみのこもった笑顔で『岩魚』ですね、と声をかけて下車されたことが今も強く印象に残っている。当時は、詩を読む紳士がいたのだ。そして読まれるにふさわしい詩集が存在したのである。

一九六四年（昭和三十九）　二十四歳

全日本合唱連盟主催、以倉紘平作詞、中村茂隆作曲、第十七回全日本合唱コンクール課題曲「小さな町が流れてきた」が選ばれる。

中学校校歌の作詞作曲のため、中村茂隆氏と養父《やぶ》市の大屋中学校を訪問する。中村氏の依頼で、神戸大学グリークラブのため、合唱曲「流氷」「二月のテーブル」「燃え上れ　やさしい海よ」等作詞する。

一九六五年（昭和四十）　二十五歳

四月、神戸大学文学部国文科期限付き助手を退職。大阪府立今宮工業高校定時制課程・国語科教諭になる。神戸大国文科出身の先輩で、学生運動のリーダーだった河田光夫（親鸞の研究家としても有名）が、同校の定時制の教師で、私を校長に推薦してくれたのである。当時は、夜学全盛時代。田中角栄の減反政策で、故郷の田地を売って、大阪に出てきた地方出身者の子弟が、定時制高校に進学し、全日制の生徒を上回った。機械科四クラス、電気科、建築科それぞれ二クラス。一学年で八クラス。四学年で計三十二クラス。在籍数は千名を超えていた。

私は、定時制高校への就職を決めると同時に、学業も継続すべく、大阪大学大学院国文科修士課程の試験を受け合格する。生活と学業のめどがたって、喜んでいたのも束の間、大学院の主任から呼び出しがあり、高校の方は非常勤なら許可するが教諭職なら許可できない。どちらをとるかという選択を迫られ、生活に心配のない学生のみ入学を許可する大学なら辞めさせて頂きますと啖呵を切って、入学を辞退する。

一九六六年（昭和四十一）　二十六歳

四月、就労に理解のある大阪市立大学国文学科修士課程に入学する。夜学の教師でもあったので、修士課程に四年間在籍。神戸大学の国文科は、東京大学出身者で、主に歴史社会学派、大阪市立大学は、京都大学出身者で、主に実証主義者であった。研究・学問に対する態度に違いはあったが、幽玄の研究家の谷山茂教授。上代文学研究家の小島憲之教授。国語学の塚原鉄雄教授等の講義を受けることができて有益であった。

一九六七年（昭和四十二）　二十七歳

四月一日、神戸大学国文科の学生で、助手時代に知り合った䵷《あらき》星子と結婚。大学時代の友人たちが、その頃流行りの会費制の結婚式を企画してくれた。父源次は、中風で欠席、母も父の介護で欠席。五月に入籍する。神戸市東灘区住吉宮町六丁目二六番地の新築の文化住宅に住む。

定時制高校に務めて二年、機械科一年D組の学級担任となる。このクラスの生徒との交流は、私が『夜学生』（編集工房ノア）を出版するきっかけとなった。夜学生とのつきあいが、大袈裟に言えば、私の半生を決めてしまった。今宮工業高校には、同校出身の先生たちも沢山いて、彼らも元夜学生であったから、私は、双方から多大の影響を受けることになった。

五月二十四日、父・源次死亡。七十四歳。父は、私が大学一年の冬の寒い日、姫路から帰る私を風呂に入れようと薪割りをして倒れた。脳内出血で、以来、十年近く、半身不随の状態であった。

一九六八年（昭和四十三）　二十八歳

全共闘運動が大阪市立大学にも波及して、研究室の図書が放水で水浸しになるような騒ぎになった。

十月から十一月、永山則夫連続ピストル射殺事件発生。翌年逮捕されるが、定時制の中退者であったことに、問題意識を抱く。

一九七〇年（昭和四十五）　三十歳

三月、大阪市立大学大学院修士課程卒業。修士論文は「平家物語論」。平清盛―遅すぎた東国回帰（この論文は岩波「文学」に掲載された）他二編。

一九七一年（昭和四十六）　三十一歳

永山則夫『無知の涙』出版される。石川啄木歌集と共に教材に使用する。

一九七二年（昭和四十七）　三十二歳

ガリ版刷りの「今工生の証言集」を作製。機械科・電気科・建築科二年生の生徒たち全員に、生まれて夜学に入学するまで、いわゆる〈自分史〉を書く授業をした。書かれた作文は、家に持ち帰って、鉄筆でガリ版に切り、学校で謄写印刷してクラス全員に配布した。授業中、生徒各自が、読み、作文を書いた級友に、手紙を出すという作業を繰り返した。結果として自分の苦労は自分だけのものではないということ、クラスメイト全員がそうであることを私も含めて理解することができた。背景に時代と社会のいかなる問題が潜むのか、あとは私と生徒たちの宿題として残った。当時の私の国語の試験は、自分が一番感動した作文の作者に手紙を書くことであった。

一九七三年（昭和四十八）　三十三歳

八月、中国に招待される。その理由は、国交回復前、義妹・釼《あらき》美穂子、学生訪中団の一員として、一九七一年、中国に渡り、学生同士、きびしい討論を重ねるうち、精神の安定を失い、西安市のホテルの屋上から自行墜落死する事件が勃発したことに始まる。周恩来総理自ら陣頭指揮をとられ、以後毎年岳父夫婦を、中国に招き、悲しみを力に変えましょうと、励まして下さっていた。その何回目かの岳父夫妻の訪中に、私たち夫婦も招かれたのであった。郭沫若、廖承志、当時の錚々たる人物とも、天安門の接待所でお会いした。当時の日中友好協会の会長であった廖承志氏のご自宅に招かれた夜もあった。廖承志氏は、日本の大相撲のファンであった。

墾美穂子の記念碑は、周総理の命により、郭沫若氏の揮毫で、「中日友好戦士墾美穂子」として、西安市の迎賓館の庭に、阿倍仲麻呂の記念碑の横に建立されたという。しかし岳父夫妻の中国招待も、周総理が亡くなられてからは途絶えた。

十二月二十六日、朝日旅行社主催の二週間に渉るヨーロッパ旅行を経験する。素晴らしい経験であった。しかし以後スイスを除いて一度もヨーロッパに行ったことがない。

一九七四年（昭和四十九）　三十四歳

私の長い夜学生活でも、もっとも印象に残る、海野高明に出会う。体重は九〇キロ、身長は一八〇センチぐらい。マユを剃り落とした童顔で、おしゃれで、喧嘩の強いアウトローであった。家出して新宿の弁慶と呼ばれていた時期があったという。小学校一年ぐらいの学力で、二年間、落第を繰り返した。この青年との付き合いが、この頃の私のテーマであった。ＪＲ甲子園口の四階建ての賃宅マンションに転居。

七月二十九日、長女いずみ誕生。

一九七五年（昭和五十）　三十五歳

この頃本校独自の解放教育運動を河田光夫らと共に実践する。中学を卒業して、神戸の零細企業に勤めていた二十八歳の、すでに妻子のあるきわめて真面目な模範生が倒産で職を失い、生活の安定を求めて郵便配達員募集に応募するも不採用になる。不採用に抗議して、郵便局や大阪府教育委員会と交渉し、採用を勝ち取るというような日々を以後数年送った。

一九七六年（昭和五十一）　三十六歳

十月二十四日、長男周平誕生。

一九八〇年（昭和五十五）　四十歳

三月、尼崎市塚口町六丁目の現住所に転居。新築の一戸建てを購入した。

第一詩集『二月のテーブル』（三月十五日発行）私家版三〇〇部、装丁は、神戸の渡辺一考氏に依頼。出版後、安西均氏から頂いた詩集礼状に号泣。詩人のつき合いは無かったので、よほど嬉しかったのに違いない。

五月、安西均氏が客人であった三井葉子氏主宰の詩誌「七月」の同人となる。詩作品「北欧冬の朝」を詩誌「七月」に掲載。同人誌に作品が載ったのはこれが最初であった。六年後、発刊の第二詩集『日の門』収録の作品はすべて詩誌「七月」掲載時のものである。

十月、論文「平清盛試論—遅すぎた東国回帰」岩波書店「文学」に掲載される。

十一月、詩誌「七月」主催の詩話会で、来阪された嵯峨信之氏に出会う。嵯峨氏は、このとき七十八歳。以後、嵯峨信之の「詩学」を通じて、現代詩を知る。上京の度、千葉の柏の自宅に泊めて頂く。百通を超える手紙を交換し、将棋を指し、旅をした。嵯峨信之氏との出会いは、以後、詩人としての私の人生を決したと言ってよい。

一九八一年（昭和五十六）　四十一歳

四月、駿台予備校、駿台外語専門学校講師。その前に大阪予備校、夕陽が丘予備校にも勤めた時代があった。家のローン返済のためである。

一九八二年（昭和五十七）　四十二歳

三月、駿台外語卒業生文集、第一集を出す。以来、一九九七年第十六集まで、毎年二〇〇名を越える学生たちに日本語による文章を書かせる授業を担当する。英語、中国語、スペイン語を学ぶ学生たちに、日本語を書かせる講座を作ったのは、学校当局者の英断による。毎年、文集巻末に収録した学生たちの、特に優秀作文に感想を書くことは、実に楽しみであった。

一九八三年（昭和五十八）　四十三歳

「詩学」五月号から「大阪人」の連載を始める。商業詩誌からのエッセイ連載の依頼は初めてであった。

第一回、与謝蕪村路地裏の夢―前篇
第二回、与謝蕪村路地裏の夢―後篇
第三回、〈近世都市大坂〉をめぐる断章―附角田清文
第四回、大阪弁―たくらみの言葉
第五回、〈淀川〉の背後―附清水正一
第六回、〈きん色〉の時間―附三井葉子

幸い好評だったので、嵯峨さんからあと半年続けないかと言われたが、全力を出し切ったので辞退した。（拙著『朝霧に架かる橋』に第六回を除いてすべて収録）

一九八五年（昭和六十）　四十五歳

八月、清水氏の文学『続清水正一詩集』（編集工房ノア）栞に書く。

七月、姪以倉淳子自死。三十一歳。クリスチャン。思い出多く、悲しみ限りなし。作品「哀歌」「姪が生きていた日」によって追悼する。

十二月、『嵯峨信之「自己『半年譜』次第」を読む』詩誌「PO」八号に書く。

一九八六年（昭和六十一）　四十六歳

五月、詩誌「七月」突然解散。安西均氏の提案によって新しい同人誌の創設を模索。

十月二十日、第二詩集『日の門』詩学社上梓。阿部昭氏の小説のファンだったので、贈呈したところ、懇切な礼状を頂く。

十二月、『日の門』第一回福田正夫賞受賞。選考委員長は井上靖氏。受賞式のあと、世田谷の井上靖邸訪問。安西均氏同伴。福田正夫氏のご息女、福田美鈴さんが付き添って下さる。詩集の受賞はこれが初めて。詩を書き始めたきっかけが、井上靖『北国』であったから、その因縁が嬉しかった。井上邸訪問の際、ご自宅の上がり框で出迎えて下さった白髪の上品な女性を、姫路時代下宿先で見た井上靖氏のアルバムの中の御祖母とそっくりなのでそう思ったが、実は奥様であった。三十年近い時間が経過していたのだ。近くで見た井上氏の両耳は、若い頃の柔道の稽古でつぶれていた。氏は「上京の折は、お立ち寄り下さい。お酒の相手なら致します」とリップサービスまでして下さったが、もちろん、畏れ多くて、その後、お邪魔したことはない。ただ、「アリゼ」同人の故小山しづさんが、井上氏の私設秘書をされ、氏が日本ペンクラブの会長時代、ペンクラブの事務局に勤めていらっしゃったことがあって、しづさんの心づかいで、井上靖氏の署名入りの本を頂くことがあった。家宝である。

一九八七年（昭和六十二）　四十七歳

九月、同人詩誌「アリゼ」創刊。装丁は湯川書房の湯川誠一氏。創刊同人は、吉崎みち江、丸山真由美、丸山創、綿貫千波、松本昌子、服部恵美子、桃谷容子、田代久美子、柳内やすこ、小山しづ、小池一郎、吉野高行等十三名。客人は、嵯峨信之、安西均、大野新、角田清文、斎藤直巳各氏。詩誌への寄稿、合評会への出席等、その友情には感謝の他ない。大野新氏は、合評会の先生としてほぼ毎回出席して下さった。

十月八日、阿部昭氏より、「アリゼ」の創刊その他で御礼の葉書を頂き感激する。

「拝復、先日はお気持ちのこもった、いいお手紙をいただいて、うれしく存じました。未だ見ぬ貴兄を、なんだかひどく近しく感じています。詩誌「アリゼ」のご創刊も慶ばしく、暑苦しい雑誌に囲まれている私に清々しい風のようでした。貴兄の夜学生（野村君と言いましたね）の詩、私が涙したあの詩を、今も時々思い出すことがあります。御礼迄、早々」

一九八八年（昭和六十三）　　四十八歳

五月、「アリゼ」五号の合評会に嵯峨信之氏を招聘。場所は特別に夙川の大谷美術館の茶室を借りる。

一九八九年（昭和六十四・平成元）四十九歳

四月、吉野の花見、詩学研究会主催の花の客に参加する。東南院宿泊。以後度々、詩学社主催の花見が企画された。

九月二十二日、「アリゼ」同人「五冊の出版を祝う会」を開催。大阪上六・高津ガーデンで。同人の桃谷容子、吉崎みち江、服部恵美子、松本昌子、柳内やすこ各氏。

一九九〇年（平成二）　　五十歳

九月、「アリゼ」一九号より、林堂一氏を同人に迎える。〈林堂くんとつき合い給え〉という嵯峨信之氏の一言による。林堂一氏の加入による恩恵は計り知れない。

「アリゼ」一九号合評会に安西均氏招聘。翌日奈良に遊ぶ。

一九九一年（平成三）　五十一歳

九月、「アリゼ」二五号合評会に嵯峨信之、安西均、栗原澪子氏参加。翌日桂離宮見学。安西氏は帰京。

一九九二年（平成四）　五十二歳

十月二十日、第三詩集『地球の水辺』（湯川書房）上梓。栞に「阿部昭氏のこと」を書いたが、詩集には挟み込まず、後この文章はエッセイ集『心と言葉』に収録する。

十二月二十五日、第四詩集『沙羅鎮魂』（湯川書房）発刊。

一九九三年（平成五）　五十三歳

三月六日、『地球の水辺』で第四十三回H氏賞を受賞する。「読売新聞」、「朝日新聞」に大きく取り上げられる。

五月十三日、「毎日新聞」「生きる歓び―「地球の水辺」夏の歌」掲載。

五月、湯川書房の湯川成一氏が『地球の水辺』特装版三〇部を作ってくれた。表紙の型染作品及び挿画のペン画は望月通陽氏。

六月、受賞式（於東京ダイヤモンドホテル）。

七月四日、以倉紘平H氏賞受賞記念会（於東洋ホテル）嵯峨信之、杉山平一、安西均氏等一二九名出席。安西均氏最後の来阪となる。夜学の卒業生、滝北健治君がスピーチしてくれたのが嬉しかった。

七月八日、「夜学生を見つめて」「公明新聞」。

七月十二日より年末まで、「神戸新聞」夕刊にエッセイを以下のタイトルで連載する。「切れるという流行語」「子供の感情生活」「人生の道場」「タイの少年」「四年間皆勤」「ヘルパーさん」「子供の時間」「時代風潮」（『夜学生』に収録）

十月二十八日、「水の至福」「朝日新聞」掲載。与謝蕪村によって謳われた淀川讃歌について書く。

一九九四年（平成六）　五十四歳

二月、安西均氏七十四歳で逝去。お茶の水病院にお見舞いに行ったのが最後だった。病室の枕もとに友人の伊藤桂一氏の戦記小説が積まれていたのが印象に残っている。安西均氏と嵯峨信之氏の恩恵は、言葉では言い尽くせない。

「安西均先生追悼」、「詩学」四月号掲載。

三月、土曜美術社出版販売・日本現代詩文庫87玉置保巳詩集解説に「玉置保巳氏の文学―つつまれてあることの喜び―」を書く。

三月、「言葉に巡り会うということ」神戸大文学部国語国文学会会報。

四月、「与謝蕪村の〈大坂〉」「大阪人」第四八巻四号掲載。

某月、「井上靖氏の詩業寸感」、詩誌「焰」三五号。

十二月。大学時代の先輩で、今宮工業高校定時制に招《よ》んでくれた河田光夫氏、肺ガン、脳に転移し、五十六歳で逝去。職場の組合の分会長で、府立高校日教組の反主流派のリーダーであった。親鸞の研究家としても有名で、三国連太郎が、親鸞について話を聞きに来阪したこともあった。河田光夫著作集や岩波「文学」に親鸞についての連載がある。勤め先の組合の分会で、提案したストライキに失敗した夜、眠れないから、と彼の家に泊まりこんだことがあった。就寝中、突如起き出した彼は、布団に座り込んで、寝言を言い、北極の氷は厚いなあと言ったので、河田光夫は、組合の活動家として、本物だと感心した。

一九九五年（平成七）　五十五歳

一月十七日、午前五時四十六分、阪神淡路大地震。所用で名古屋にいたが、新幹線は動かない。近鉄電車の各駅停車で大阪にもどり、夜半、タクシーで自宅に戻る。家族は全員無事なるも書斎等は、本でうずまって使用不能だった。

一月から、月一度、「読売新聞」「詩評」欄を以後九年間担当する。前任の大野新氏が、地震を契機に、心境の変化があって、降板されたのである。髪を染めることも止められ、「アリゼ」の合評会に来て下さった時の頭髪は、真っ白であった。

一月二十二日、富山のスキー場に修学旅行。地震のあとであったが大阪にはあまり地震の影響はなく、夜学の生徒たちにとって、はじめて、寝食を共にする修学旅行は大切な行事なので決行する。

四月、廊下を単車で走る暴走族出身の生徒を見て、夜学の変化を痛感する。

五月、シベリアンハスキーと雑種の雌の子犬をもらう。モネという画家が好きだったので、もねと名付けて可愛がる。

六月、嵯峨信之について「畏るべき詩、畏るべき現役詩人」「詩学」六月号に書く。

十一月八日、「読売新聞」夕刊、詩「栗の歌」掲載。

十一月、丸山真由美第二詩集『螢の家』解説「つつましく、静かな音楽―丸山真由美詩集『螢の家』寸感」を書く。

一九九六年（平成八）　五十六歳

六月、論文「詩集『沙羅鎮魂』における『平家物語』の享受」（有精堂『平家物語研究と批評』）。

一九九七年（平成九）　五十七歳

一月一日、詩「新年の明かり」神戸新聞掲載。

二月、「桑島玄二氏の文学」「海鳴り」九号。

二月二十八日、「読売新聞」詩評欄に「杉山平一全詩集」を書く。

三月、沖縄に定時制の教員と共に研修旅行。ひめゆり平和祈念資料館で『墓碑銘―亡き師亡き友に捧ぐ―』(ひめゆり同窓会・ひめゆり相思樹会発行)の冊子に出会い感動する。詩「遠い教室」を書く。

六月、詩誌「RAVINE」一二二号に「さようなら、玉置さん」を書く。

七月二十五日、「アリゼ」同人の飽浦敏さん詩集『星昼間』で第二十回山之口貘賞(於琉球新報社)を受賞され受賞式に出席する。石垣島から見えた八十歳を越すご母堂をはじめ一族の方とお会いする。

九月、詩誌「アルファ」一一七号に「玉置さんの文学、ふたたび」を書く。

九月十六日、「読売新聞」詩評欄に『安西均全詩集』を取り上げる。

十二月、詩誌「地球」一二〇号に「伊藤桂一氏の文学―詩集『連翹の帯』をめぐって」を書く。

十二月二十八日、嵯峨信之氏逝去。九十五歳。生涯忘れえぬ詩人である。上京の度、千葉の柏のご自宅に泊めて頂き、詩人の会合にご一緒し、将棋を指し、旅をした。私は春と夏の休暇を利用して上京することを常としたが、ある時大阪に帰る私を東京駅まで見送に来て下さった氏は、新幹線の発車のベルが鳴り始めると、「ぼくも乗って行こうかな」と無邪気におっしゃって、旅の続きをしたこともあった私は、嵯峨信之から詩人を学んだのである。

一九九八年(平成十)　五十八歳

一月一日、詩「新年の橋」「朝日新聞」。〈未来に架かる吊り橋……〉完成した明石海峡大橋の架橋を祝う作品と写真掲載。

一月十九日「読売新聞」に「ミスター現代詩」と題し嵯峨さんを追悼する。

三月、「詩学」三月号に「弔辞―嵯峨信之氏に」を書く。

三月末、近畿大学文芸学部の学部長で、作家の後藤明生氏から、近畿大学文芸学部の国文学科の創作科に来ないかという誘いの電話があった。同一校に長く勤務できないことになり、いずれ転勤しなければならないという事情もあったので、三十三年勤めた今宮工業高校定時制を去る決心をした。最盛期の人生とお別れするような気分で、感無量であった。

四月より、近畿大学文芸学部国文学科の講師となる。国文科には研究科と創作科があり、私は研究科に所属して、詩の創作も担当した。小説家の後藤明生、奥泉光、島田雅彦、批評家の柄谷行人、歌人の塚本邦雄氏等錚々たる人たちがいたが、東京から見えていることもあって、塚本邦雄先生を除いて、接触はほとんどなかった。近代文学の浅野洋教授、古典文学の小川幸三教授の学識の深さには驚くほかなかった。小川教授は古典の入試問題で質問すると、原典に当たることなく、「ああ、そこのところね」と即答されるのが常であった。

七月一日、綿貫千波第二詩集『蝸牛の家出』（湯川書房）に跋文「綿貫千波さんの詩心―『蝸牛の家出』寸感」を書く。

九月、「言葉・現実・幻想」と題するエッセイを「詩学」九月号から翌年の四月号迄連載。

一九九九年（平成十一）　五十九歳

一月二十四日、腰骨を折って河内長野の病院に入院中であった母以倉眞子肺炎を併発して死亡。九十四歳。通夜の前日、一人で母親のそばで寝た。田舎の家を出て以来、母の横で寝たのは、父と姪の葬儀の時以来であった。何たる親不孝かと思った。何ひとつ不平をいわず、〈けっこうな一生やった〉と口癖のように言っていたが、はたして内心はどうであったか。

一月二十四日、エッセイ「『墓碑銘』—ひめゆり同窓会篇」、沖縄「琉球新報」に掲載。

二〇〇〇年（平成十二）　六十歳

十二月十日、『朝霧に架かる橋』（編集工房ノア）
十二月三十一日、第五詩集『プシュパ・ブリシュティ』（湯川書房）発行。特装本『プシュパ・ブリシュティ』（湯川書房）限定二〇部発刊。

二〇〇一年（平成十三）　六十一歳

三月、第五詩集『プシュパ・ブリシュティ』で第十九回現代詩人賞を受賞する。

五月二十八日、「京都新聞」文化欄に「『近江詩人会』賛—五〇周年に寄せて」を寄稿。

十月、毎日新聞社の毎日文化センターで詩の教室を開講する。この教室は、二〇二一年現在二十年経過してなお続いている。機関紙「沙羅」も発行。初代編集長は松尾智恵子さん。現在、松嶋智佐というペンネームで、新潮文庫から〈女副署長〉シリーズが出版されている。活躍ぶりに驚く。受講生の受賞は、織田作之助賞、三好達治賞、伊東静雄賞佳作、神戸ナビール文学賞佳作、奈良国民文化祭現代詩部門日本現代会会長賞等、受賞者が結構出ている。

二〇〇二年（平成十四）　六十二歳

二月八日、日本現代詩人会西日本ゼミナールを大阪で開催するにあたって、「朝日新聞」夕刊文化欄に「実生活から詩を」という一文を寄稿する。

二月九日、「朝日新聞」夕刊文化欄、詩「日の謎」掲載。

三月から翌年の四月まで『短歌現代』詩壇時評欄に以下十二編のミニエッセイを書く。

嵯峨信之の手紙、嵯峨信之の作品、茂吉の言葉、子規のリアリズム、井上靖「地中海」、阿部昭の言葉、大人の読者、沙羅双樹について、『戦艦大和ノ最期』、追悼・桃谷容子、簡潔の美学、〈才能〉との出会い。

三月三十日、「朝日新聞」夕刊文化欄に、「花」をテーマに創作した、俳句、短歌、現代詩の各ジャンルの作品が掲載される。俳人の石田勝彦「一水」、歌人の篠弘「星とさざめく」、現代詩の以倉紘平「爛漫」。たいへん面白い試みと思った。

四月十四日、嵯峨さんを偲ぶ「無辺の会」最終回（五回目）が日本出版クラブ会館で開かれた。会報「無辺の会」発行と会合は、池下和彦氏のご尽力による。五回目最後の会報は、「一〇〇通の手紙」というタイトルで、筆まめな嵯峨さんから頂いた手紙を、会報に紹介するという特集であった。私も一〇〇通を超える手紙を頂いていたので、当日「嵯峨さんの手紙と詩」というタイトルで講演。この「手紙百通」のなかに明治人嵯峨信之の言葉として宮地智子あて昭和五十七年（一九八二）十月二十二日付けの八十歳の時の書簡がきわめて印象深い。

「敗戦後は、日本に何の自由もなくなった。あるように見えるのはアメリカに泳がされているのだ。ぼくは物を書くこと、ぼくにとって詩を書くことを決意したのは、このことでは、はっきり自由があるからだという思いがあったからだ。」

それと杉山平一あて、平成二年（一九九〇）三月二十四日付書簡にも感動した。

「夜学生―本当に有難うございました。……明治、大正の社会水が届けられた感じで、……救われております。……あなたのヒューマニティが、亡国以前の日本の姿を背景として捉えられていることで、ぼくは安らぐらしいです。日本は亡びました。ぼくは老いました。しょぼしょぼする眼の前を、政治家どもの鞠躬如としてアメリカに仕えるありさまは、堪えがたいものがあります。」

九月十九日、「アリゼ」同人の桃谷容子逝去、五十四歳。桃谷容子の遺言により、彼女の遺産を現代詩への貢献に役立つよう奔走する。日本現代詩人会（現代詩人賞・先達詩人顕彰）、大阪市（三好達治賞創設）、社団法人大阪文学学校小野十三郎賞実行員会、日本近代文学館、関西詩人協会賞新設（事情により一回で中止）などに寄贈。

十一月二十日、木津川計『優しさとしての文化』（かもがわ出版）が出版され、映画、アニメ漫画、漫才、喜劇、詩歌の各ジャンルを分析し、優しさこそ、国民的人気を獲得する条件であるとして、最終章「詩歌—感動した歌と優しい詩へ」で、「夜学生」をテーマにした杉山平一氏と私の作品をとりあげ、「杉山平一から以倉紘平へ」という文章で、詩歌ジャンルの結びとされたことに感激する。

二〇〇三年（平成十五）　六十三歳

三月十日、『高等学校現代文』第一学習社発行の教科書に詩「冬の日」が掲載される。『現代文B』と教科書名は変わるが、現在に至る。

八月二十四日、長男周平結婚式。

九月十九日、桃谷容子遺稿詩集『野火は神に向って燃える』（編集工房ノア）巻末に詩集賛「——そのパラドキシカルな文体」を書く。

十二月二十日、第二エッセイ集『心と言葉』

（編集工房ノア）上梓。

十二月二十七日、角田清文氏永眠。七十三歳。「アリゼ」の恩人の一人である。その個性ある文体は独特で、まことの詩人の一人と思う。

十二月三十一日、第三エッセイ集『夜学生』（編集工房ノア）上梓。

二〇〇四年（平成十六）　六十四歳

一月三十一日、日本現代詩人会ゼミナール担当理事として、大阪で西日本ゼミナールを挙行する。講演は山田俊幸氏（帝塚山学院大学教授）「梶井基次郎と三好達治の周辺」、杉山平一氏「詩と触覚」の二本。二〇〇名近い参加者があった。

十月十六日、三好達治賞設立の一環として、大阪市文化振興課主催による文学講座「今、改めて出会う三好達治の世界」が開かれた。杉山平一氏と私が、戦後不遇であった三好達治の詩の魅力について話した。

二〇〇五年（平成十七）　六十五歳

八月十日から二十日迄まで、韓国の萬海財団主催の「世界平和のための国際的な詩の祭典・マンフェ・フェスティバル」に招待される。世界四十カ国、六十余名の詩人が招待された。平和に関する詩の朗読とシンポジウムの他に、「萬海平和賞」の授賞式典があった。受賞者は、ダライ・ラマ十四世と、一九八六年にノーベル文学賞を受賞したウォレ・ショイニカ氏（ナイジェリア）。各国詩人全員の自作詩朗読があった。祭典の最終日は、シンポジウムと宴会があり、隣国の誼からか、シンポジウムのパネラーの一人として予め参加することを要請されていた。パネラーは、ウォレ・ショイニカ氏とチリと韓国の詩人と私の四人。パネラーは、各自最初に三十分程度〈平和〉について話すことになっていたので、私は、主催者が仏教団体であることを考慮して「〈沙羅〉という語の恩寵」というタイトルでブッダと沙羅の物語について話をした。仏教徒の詩人が多かったこともあって、日本で話すより好評であった。

二〇〇六年（平成十八）　六十六歳

四月、大阪市主催三好達治賞設立。選考委員は、杉山平一、中村稔、新川和江、作家の宮本輝各氏。

六月、「現代詩と私」と題して大阪府立岸和田高校で講演。総合学習の一環。同校で採用している国語の教科書に「冬の日」が載っていることもあって実現。六月二十日付け「朝日新聞」河内版に掲載される。

七月、沖縄琉球新報社主催山之口貘賞の選考委員を第二十九回より引き受ける。選者は、天沢退二郎氏、与那覇幹夫氏と私の三名。以後、選考会と贈呈式で毎年、七月に二回、与那覇幹夫と会うことができたのは我が人生の最上の歓びの一つであった。彼の案内で、ひめゆりの塔や、白百合の塔にお参りし、自転車でやってくるアイスクリーム売りのおじさんのアイスクリームを道端で食べたり、沖縄各所で、へちまの味噌煮（ナーベラ）を食べることができた。与那覇幹夫によって、琉球王朝から先島諸島に課されていた三百年余に及ぶ過酷な人頭税の存在とその税を背負った人たちのウタや悲劇の物語があることを教えられた。

二〇〇七年（平成十九）　六十七歳

三月三十一日、近畿大学文芸学部教授退職。四月より二年間特任教授として勤める。元高校の教師であったので、教員志望の学生たちの指導に尽力する。

八月上旬、スイスに旅する。帰国して詩「青山」を書く（詩集『フイリップ・マーロウの拳銃』に収録）。

二〇〇八年（平成二十）　六十八歳

二月十二日、「読売新聞」夕刊インタビュー記事掲載。「釈迦の誕生と死　散り注ぐ沙羅の花」。

三月末、長崎諫早で、第十八回伊東静雄賞授賞式。伊藤桂一氏の推挙により選考委員をこの年から務める。当日「時代の〈悲〉を宿した芸術—良寛「毬つき唄と伊東静雄」」と題して講演。

五月十六日、韓国に行く。日韓両国の詩人の交流を目的とした「詩と音楽の出会い」に出席。音楽家で詩人の李承淳さんの計らいによる。日本側からは二十数名が参加。

六月二十六日、大阪府立刀根山高校で、「詩に就いて」と題して講演。

七月十一日、日本有数の装丁家、湯川書房の湯川成一氏逝去。七十一歳。「アリゼ」一二六号に追悼文「ありがとう、湯川さん」を書く。

十月四日、毎日文化教室の人たちの詩誌「沙羅」二〇号記念会（梅田ベトナムレストラン・オンジャバコンチェ）。

十一月、大阪市民表彰を受ける。

十二月、長女いずみ、豊中市の国立刀根山病院に入院する。病室に泊まり込む。肺がんから全身に転移の疑い。

二〇〇九年（平成二十一）　六十九歳

四月下旬、いずみを京都の東山武田病院に転院させる。免疫療法の権威、島袋隆先生のお世話になる。

八月二十一日、『フイリップ・マーロウの拳銃』（沖積舎）上梓。いずみが詩集を抱きしめてくれる。

八月二十九日、愛娘いずみをうしなう（三十五歳）。免疫療法のおかげで、一時は近所のレストランやホテルに出かけたり、泊まることも出来た。私は入院から亡くなるまで、病室に泊まり込んだ。大学の講義の下調べも「読売新聞」の詩評も病室で行った。人生最大の悲しみ。

二〇一〇年（平成二十二）　七十歳

三月、近畿大学特任教授職退職。

四月四日、大野新氏逝去。八十二歳。「アリゼ」創刊以来毎回遠方の滋賀県守山市から大阪の合評会に出席。温かで鋭い批評をして下さった。その恩恵は計りしれない。

六月六日、兵庫県現代詩協会第十四回総会（於姫路文学館）講演。時代の〈悲《カルナー》〉を宿した芸術—良寛「毬つき唄」を中心に。

十月二十一日、『フイリップ・マーロウの拳銃』第十七回丸山薫賞受賞式（於豊橋市ホテルアソシア）。

十一月二十七日、大手前大学公開講座Ⅰ「平家物語と詩作品の創造　沙羅幻想」。

十二月十一日、大手前大学公開講座Ⅱ「平家物語と詩作品の創造　叙事詩の魅力」。

二〇一一年（平成二十三）　七十一歳

二月、第七回三好達治賞選考委員に任命される。第十五回三好賞終了まで務める。

六月、『大野新全詩集』砂子屋書房より出版。編集苗村吉昭、外村彰、監修以倉紘平。

九月二十日より、近畿大学芸術学部教授・伊藤尚子作品展「闇夜の日時計」（版画と漆の作品展）にメッセージを寄せる。後、伊藤尚子先生にはたびたび詩集装丁のお世話になる。伊藤先生は詩のセンスも抜群で「闇夜の日時計」という命名からも分かる。

十月一日、あすと市民大学・講演・平家物語入門〈叙事詩〉の魅力（アスト市民ホール）。

十月二十九日、滋賀県彦根で「「沙羅」という言葉について」と題して講演。

十一月四日、大阪府高齢者大学校・文化講座「平家物語序章―祇園精舎と沙羅の物語」と題して講演。

十二月十日、大手前大学公開講座「平家物語の魅力―滅びの運命を生き抜いた人びと」と題して講演。

二〇一二年（平成二十四）　七十二歳

二月二十日、大阪松原市願生寺婦人部萌の会主催、講演「平家物語序章―祇園精舎と沙羅の物語」。

五月十九日、杉山平一氏急逝。九十七歳。第三十回現代詩人賞の受賞式を目前にした出来事であった。

六月二日、日本現代詩人会詩祭。杉山平一氏受賞詩集『希望』（編集工房ノア）についてのお祝いの言葉は、選考委員でもある私が選考理由もかねて話した。

六月十九日、『嵯峨信之全詩集』の出版を祝う会が、無辺の会（世話人池下和彦氏）主催で開催。「全詩集刊行に寄せて―嵯峨さんの形而上詩・人の名とは何か」と題して講演（於日本出版クラブ）。

十月二十一日、杉山平一さんを偲ぶ会（ホテルグランヴィア大阪）開催。参会者多数。司会を担当する。

二〇一三年（平成二十五）　七十三歳

大阪狭山市熟年大学、古典文学講座「平家物語の世界」について、一年間毎月一回、講義する。

二月二十五日、愛犬もね死亡。シベリアンハスキーと雑種のあいのこで、十八年生きてくれた。人懐っこい犬で、夜の散歩が楽しみであった。亡くなったのは第九回三好達治賞（藤田晴央氏『夕顔』に決定）選考の寒い夜であった。

三月一日、「アリゼ」創刊同人綿貫千波、心不全にて逝去。七十三歳。心臓の手術を二度にわたって受け、右手足の不随を背負いながら飛び切り上等の詩を書く不屈の詩人であった。
七月三十一日、大阪倶楽部に招かれ、『平家物語』について講演する。物語を貫く人間のドラマと超越者のまなざしについて話す。大阪倶楽部は、大阪の財界人が、大正時代に、英国に倣って作られた、ネクタイ着用、女人禁制の社交場であった。今どき珍しいですねと尋ねると、女性を入れると、いろいろ厄介ですからなと、ウインクされた。女性にいろいろ苦労された財界人の言葉として面白かった。

二〇一四年（平成二十六）　七十四歳

八月二十三日、日本現代詩人会総会で講演する。「平家物語―鎮魂の構造」於早稲田奉仕園キリスト教会。

二〇一五年（平成二十七）　七十五歳

日本現代詩人会会長に選出される。任期は二年間。理事長は新延拳氏。新延氏には二年間お世話に成りっぱなしであった。

二〇一六年（平成二十八）　七十六歳

二月二十日、日本現代詩人会西日本ゼミナールが沖縄・那覇市で開かれた。日本現代詩人会の会長として出席する。講演者の〈日毒〉ということばについて考えさせられる。現在は〈中毒〉ですねと笑わせる人もいた。沖縄の先島諸島の詩人からは電話で〈琉毒〉（琉球王朝から三百年余にわたって人頭税に苦しめられた）という言葉もでて、沖縄をめぐる差別の構造に対する理解が深まって有益なゼミナールであった。
四月二十日、「アリゼ」の創刊同人吉崎みち江、老衰により逝去。享年九十三歳。「アリゼ」の校正と発送、寄贈者への宛名書きは、手書きでないと失礼だというのが彼女の信念であった。

吉崎みち江の詩は、そのような生き方の反映でもあった。

五月、土曜美術社出版販売、新・日本現代詩文庫129柳内やすこ詩集解説に「柳内やすこ論―新詩集『夢宇宙論』を中心に」を書く。

七月二十三日、講演「詩を読むこと　書くこと」、沖縄名桜大学で、山之口貘賞の選考委員である天沢退二郎、与那覇幹夫、私と三人で講演する。詩人以外の人も出席されて、有益であった。

七月三十日、岡山県詩人協会・総会で「現代詩と私」と題して講演する。

八月十二日、富田林高校の同窓生置田克己君（株式会社ナカテツ社長）の招きにより、杉本与志雄、伏谷博雄、高岸徹君等夫婦共々、阿波踊りに招待される。置田君は徳島出身で、工場が徳島にある。

十月一日、あすと市民大学・講演、「平家物語の序章について―祇園精舎と沙羅の物語」（於あすとホール）。

十二月十五日、「文藝春秋」十二月号に、富田林高校の学友たち、衆議院議員竹本直一、ナカテツ社長置田克己、大学教授岸本君等と同級生交歓欄に紹介される。

二〇一七年（平成二十九）　七十七歳

三月六日、次兄以倉廸夫胃癌で逝去。八十九歳。親思いで、何かとよく気がつく人で、大和銀行に勤め、両親の信頼が厚かった。私が愛知県豊橋市の丸山薫賞を受賞したとき、次兄は、豊橋陸軍予備士官学校の特別甲種幹部候補生だった昭和二十年八月二十七日付の在校証明書のコピーを送ってくれたことがある。当時彼はまだ十八歳だったのだ。

五月、土曜美術社出版販売、新・日本現代詩文庫133中山直子詩集巻末に「中山直子詩集『雲に乗った午後』賛—失われた詩の王国へのあこがれ」を書く。

十一月、「現代詩《ことば》の祭典—時空を超えて　心ときめく第三十二回国民文化祭・なら２０１７」大和郡山市で現代詩の祭典を行う。実行委員長大倉元氏。私は日本現代詩人会代表として協力する（九月より会長は新藤涼子氏）。

十二月二十日、選詩集『駅に着くとサーラの木があった』（編集工房ノア）上梓。

二〇一八年（平成三十）　七十八歳

三月二十日、長兄隆、肺炎で逝去。九十二歳。母校の富田林高校の英語の教師をし、学校では仏さんというあだ名で、兄弟喧嘩等、無縁の人であった。怒った顔を見たことがない。退職後は神戸の松陰女子大で語学を教えた。


三月一日から三月四日まで、日本現代詩人会の代表として、ベトナム作家協会から招待される。元理事長の新延拳、元国際交流担当理事の鈴木豊志夫、元会長の私の三名。三月二日、ベトナムは「詩の日」とされており、世界から詩人が招待される。当日私たちは舞台に上がって詩を朗読した。私は「夏至」を朗読。ベトナムでは全土から詩を募集し、選ばれた作品は赤い風船をつけられ、晴れやかな青空に放たれる。ベトナムは小径を歩くと詩人に出会うというほど、詩が盛んな国である。

この招待は、二〇一七年、私の会長時代に、日本現代詩人会の国際交流の事業として、ベトナムの詩人をお招きした返礼として行われた。日本で講演して下さったアインゴックさんと再会する。アインゴックさんは、アメリカとベトナム解放戦争を戦った元軍人でもある。私がスピーチに用意した原稿（ベトナム語に翻訳された原稿）は沙羅双樹とブッダに関するもので、ベトナムの文学館に保管されている。
七月一日、第四エッセイ集『気まぐれなペン』（編集工房ノア）発刊
十月一日、第七詩集『遠い蛍』（編集工房ノア）発刊。
十二月十五日、NHKラジオ深夜便「明日への言葉」に出演。「言葉の海に漕ぎ出でて　夜学生と見つめた戦後の日本」というタイトルで、私の詩と夜学生について話す。

　二〇一九年（平成三十一・令和元）七十九歳
四月二十八日、福井県詩人懇話会総会・福井県教育センターで「現代詩と私」と題して講演。

九月、丸山薫賞選考委員となる。

九月十五日、「風—詩を朗読する会」（五〇七回目）で自作詩を朗読する。

十月十二日、昨年十二月に出演したNHKラジオ深夜便「明日への言葉」の再放送。

十月二十六日～二十七日、日本現代詩人会創立七十周年記念事業のプレイベントとしてふくい県詩祭IN三国・テーマ「詩の地方主義」に、記念イベント実行員長としてかかわる。

十一月十七日、第二十六回関西詩人協会総会で「現代詩と私—詩の原点について」と題して講演。

十一月二十三日、『遠い蛍』第五十七回歴程賞受賞式。東京私学会館。

　二〇二〇年（令和二）　八十歳
二月十五日、第九十三回国語教育研究会・主催大阪恵雨会・後援守口市教育委員会で、「詩と私」と題して講演。場所・守口小学校。
四月十日、『日本現代詩人会・七〇周年記念アンソロジー』発刊。記念事業実行委員会委員長

の立場から「七〇周年を迎えるにあたって」を書く。北海道・東北・中部地方・近畿地区・中四国・九州で行うはずであった記念事業は、武漢ウイルス禍で、軒並み中止となる。

十二月三十一日、詩誌「アリゼ」二〇〇号記念号発刊。一五〇号から二〇〇号に至る同人誌「アリゼ」の歩みを巻末に記す。一九八七年創刊から三十三年間、四十七歳から今日まで、詩誌「アリゼ」に関わった次第を、嵯峨信之、安西均、大野新、角田清文各氏等先輩詩人たちの無私の友情への感謝と共に記す。

二〇二一年（令和三）　八十一歳

三月二十四日、第四十一回・梶井基次郎「檸檬忌」にてミニ講演。「現代詩への寄与―『櫻の樹の下には』を巡って」於大阪上本町常国寺。

四月、共同通信社より月一回のエッセイを依頼される。五月から七月まで。第一回は「沙羅」第二回は「沖縄詩」第三回は「夜学生」について書く。

五月八日、日本詩人クラブ奈良大会、ウイルス禍で中止。講演の予定だった「野長瀬正夫・賛」の内容は、「日本詩人クラブなら大会講演会資料」に収録された。


本書は『夜学生』二〇〇三年発行を基本に、『朝霧に架かる橋』二〇〇〇年、『気まぐれなペン』二〇一八年、から増補し『わが夜学生』として出版します。

ノア叢書16
わが夜学生《やがくせい》
二〇二一年十二月一日発行
著　者　以倉紘平
発行者　涸沢純平
発行所　株式会社編集工房ノア
〒五三一—〇〇七一
大阪市北区中津三—一七—五
電話〇六（六三七三）三六四一
FAX〇六（六三七三）三六四二
振替〇〇九四〇—七—三〇六四五七
組版　株式会社四国写研
印刷製本　亜細亜印刷株式会社

ISBN978-4-89271-351-4

ノア叢書＝自伝的エッセイ集・年譜付　既刊

1　『ディアボロの歌』　小島輝正　一九〇〇円（本体価格）
2　『狸ばやし』　富士正晴　一六〇〇円
3　『光っている窓』　永瀬清子　一八〇〇円
4　『物言わざれば』　桑島玄二　一九〇〇円
5　『右往左往』　木村重信　一八〇〇円
6　『消えゆく幻燈』　竹中　郁　二八〇〇円
7　『影とささやき』　山田　稔　一八〇〇円
8　『人の世やちまた』　足立巻一　二三〇〇円
9　『新しい靴』　庄野英二　二二〇〇円
10　『京の夢大坂の夢』　山下　肇　一九〇〇円
11　『木洩れ日拾い』　天野　忠　一八〇〇円
12　『人の居る風景』　大谷晃一　一八二五円
13　『再読』　鶴見俊輔　一八二五円
14　『わが敗走』　杉山平一　一八四五円
15　『火用心』　杉本秀太郎　二〇〇〇円

表示は本体価格

気まぐれなペン

以倉　紘平

「アリゼ」船便り　詩に就いて。夜学生との出会い。戦後日本を考える。風土、伝統の無限。詩人追悼。「アリゼ」誌掲載、30年の航海記。　二五〇〇円

心と言葉

以倉　紘平

人生への感動がなければ、小説も詩も成り立たない。現実に対する深い関心、内発するものが、幻想を生み、幻想と結合する。魂・生命の詩論。　二二〇〇円

夜学生

以倉　紘平

＜忘れえぬ＞夜学生の生のきらめき、真摯な生活者の手ざわり。熱いかかわりを通して書き留める、元夜学教師の人生の詩と真実の挽歌。品切一九〇〇円

朝霧に架かる橋

以倉　紘平

平家・蕪村・現代詩――平家物語に隠された真実のレクイエム。蕪村の闇と光。大坂の哀感と美学。愛惜の詩人たち。詩の核心と発見の橋。　二二〇〇円

駅に着くとサーラの木があった

以倉　紘平

乗物選詩集　未知なるもの、遠くへの憧れ、乗物は象徴としてどこか謎めいていて、私のこころの深層に生き続けてきたのかも知れない。　二二〇〇円

遠い蛍

以倉　紘平

歴程賞受賞　不条理の神々よ　かくもいじらしく美しい魂を返せ　ひとはけの悲しみの如きもの　消えていく夕映えの如きもの、尊きものよ。二二〇〇円